„Die einen waren auf der Suche und

deshalb unzufrieden,

die anderen hatten gefunden und

waren letztlich

mit dem Gefundenen unzufrieden.

Und der Gefundene …?

… wäre wohl oft am liebsten nie

entdeckt worden!"

René B. Werner

WEGGEGLÜCKT

Roman

von

René B. Werner

2015

2. Auflage

Impressum

Erstauflage veröffentlicht durch RBW-Verlag, Chemnitz, August 2015

Umschlaggestaltung/Illustration: Miles Media – Entertainment, Chemnitz

Foto: Thorsten Villander (Sogenannter Photographie und Sogenannter – street photography), Dresden

Model: Hazel Hattie (Fashion/Portrait/Nude), Chemnitz
www.model-kartei.de/sedcards/model/327232/hazel-hattie

Autor und Herausgeber: René B. Werner, Chemnitz

Lektorat: Nicole Lehmann, Zollernalb Film GmbH, Rosenfeld

Herstellung und Verlag: BoD - Books on Demand, Norderstedt

ISBN: 9783739205625

Bibliografische Information der Deutschen Nationalbibliothek: Die Deutsche Nationalbibliothek verzeichnet diese Publikation in der Deutschen Nationalbibliografie; detaillierte bibliografische Daten sind im Internet über
http://dnb.d-nb.de abrufbar.

Vorwort

‚Glücklich sein' … Was ist das eigentlich? Wie
lange dauert so etwas und wie genau fühlt sich
das an? Ist dieses Gefühl käuflich, austauschbar, wie fast alle Dinge im Leben? Oder ist
Glück nur eine Art Intervall? Ein kurzer
Moment, der mit einem Küchentuch beseitigt
wird und uns müde und matt zurücklässt. Was
sind wir bereit, für diesen Zustand zu tun –
ihn nicht als gegeben hinzunehmen, sondern
uns dessen bewusst zu sein, dass nur durch
permanente Arbeit das Rädchen der Zufriedenheit schnurrend weiterläuft?
Wo Erkenntnis beginnt, reift die Erfahrung
und wo das Innehalten nicht als Faulheit oder
gar Schwäche zugelassen wird, sondern wir
dem Leben mit Achtsamkeit begegnen, dort
dürfte der Boden für die Frucht des Glücks
recht nahrhaft sein.

Der stärkste Feind des Glücks scheint wohl
die Gewohnheit zu sein – oder es treibt uns
das Streben nach noch viel besserem, voll-
kommenerem Glück und lässt uns das alte
achtlos zurück lassen! Wie definiert man nun
überhaupt diese Erscheinung scheinbarer
Zufriedenheit? Heißt das Stillstand? Ist das

tatsächlich nur in einer Person oder einer einzigen Sache zu finden? An der nächsten Ecke wartet doch schon das nächste Hoch und alles und jeder ist austauschbar! Auch Glück? Auch Liebe?

Haben wir verlernt, einfach wir selbst zu sein, etwas bescheidener – für andere da zu sein – Liebe zu geben ohne stets aufzuwiegen und den eigenen Vorteil zu suchen – unser Glück zu erkennen, ohne es abhängig davon zu machen, ob es konform mit den Wertvorstellungen unserer Umgebung geht? Wo sind die Individualisten? Nicht die aufgesetzten Revoluzzer, die im Streben nach Einzigartigkeit letztlich auch nur nach Anerkennung ihrer Mitmenschen lechzen …

Durch die Begleitung der Romanfigur Julia werden wir unter anderem mit diesen Fragen und Gedanken konfrontiert und auch die weiteren Personen in diesem Buch bringen den Leser zum Nachdenken. Und so mancher wird sich hier auf beeindruckende Weise inmitten der Wirrungen der Liebe wiederfinden. Wird an seine Liebe denken, an seine Freunde und diese Sache, die es festzuhalten gilt: … das Glück!

Kapitel 1
Am Fenster

Wenn Berlin so verträumt da liegt, seine Umwelt in tristes Grau bettet, die Autos in sich aufsaugt, um sie mit dem nächsten Atemzug in gleicher Menge wieder freizugeben, dann bleiben bisweilen die Zeiger der Zeit für einen Augenblick stehen und manche Menschen nutzen diesen Moment, um kurz innezuhalten und ganz tief Luft zu holen.

Heute war einer dieser Tage und Julia blies die angestaute, warme Luft mit einem tiefen Seufzer an die Fensterscheibe ihres Zimmers. Sie vernahm das Rauschen der Heizung und spürte die Wärme durch ihre Jeans dringen. Oft stand sie hier, schaute einfach hinaus und gab sich ihren Gedanken hin. Für kurze Zeit nahm ihr das von der Atemluft beschlagene Glas die Sicht. Julia – es war einer dieser blonden Engel, die es vermochten, ihre Umwelt zu verzaubern. Diese Wesen haben eine unheimliche Kraft. Männer werden zu Trotteln, die Türen der Welt öffneten sich weit und die neidvollen Blicke der weiblichen Konkurrenz pflasterten ihren Weg zum nächsten Tresen, an dem das Freigetränk wartete. Ihr Alter von fast 27 Jahren sah man ihr nicht an. Man mochte sie auf Anfang Zwanzig schätzen. Während sie so am Fenster stand, ihre Stirn an die kalte Fensterscheibe drückend hinaus in das wippende Grün der vom Winde getriebenen Blätter schaute, malten ihre Gedanken eifrig Bilder. Mal ganz bunt, mal einfach nur schwarz-weiß. Hier lachte, weinte, telefonierte sie, hier wurden Pläne geschmiedet und wieder verworfen, hier wurde Kummer verarbeitet und begraben, hier wartete sie auf ihn und hier legten sich so manches Mal zärtlich Männerarme um ihre Hüften und wurde somit der Anfang für den ein oder anderen Akt der Liebe gelegt.

Wenn sie grübelte, dann drehte ihr Zeigefinger unendliche Spiralen in ihr langes, blondes Haar. Wieder und wieder stellte sie ihre Augen auf Weitsicht um dann im nächsten Augenblick wieder der Versuchung nachzugeben, ihr Spiegelbild aus nächster Nähe in der Fensterscheibe zu betrachten, die Konturen wohlwollend wahrzunehmen und zufrieden mit dem was sie sah wieder in die Ferne zu schauen.

Während sie den silbernen Ring an ihrem Finger betrachtete dachte sie an IHN – ihren

Verlobten – Steve. Sie kannten sich nun schon neun Jahre lang. Eine Ewigkeit, wenn man bedenkt, inmitten einer unsagbar schnelllebigen Zeit zu leben. Einer Zeit voller Versuchungen. Die Auslage stets prall gefüllt von immer wieder neuen Verlockungen, die Vertrautes allzu schnell verblassen lassen konnten. Im gesellschaftlichen Streben nach oben, nach Erfolg, Geld und Macht, blieb keine Zeit für Schwächen oder den Blick nach links oder rechts. Unter dem Dauerdruck allgegenwärtiger Schönheitsideale schienen Werte ebenso schnell in Vergessenheit zu geraten, wie das Abendprogramm der Vorwoche. Getrieben von diesen Faktoren des vermeintlichen Glücks, waren die Kliniken Berlins gefüllt von Menschen, die diesem Druck nicht mehr standhielten; die ihr Leben bisher einfach anders definierten und an diesen Idealen zu scheitern drohten. Zumeist handelt es sich hierbei um Menschen, die wir alle gern haben. Liebevoll, sensibel, nachdenklich und in der Regel ein wenig schüchtern. So begegnet uns diese scheinbar aussterbende Rasse des menschlichen Wesens, verdrängt an den Rand des Alltags, den Ellbogen ausweichend kaum mehr Platz findend, den eigenen Ansprüchen gerecht zu werden, ohne sich auszugrenzen, gar zu isolieren.

Julia runzelte die Stirn. Waren sie denn auch so? Waren sie nicht ganz ‚normale' Menschen? Auch wenn Julia hier in ihrer WG und Steve noch immer im Haus seiner Eltern wohnten. Sie hatten es trotzdem geschafft, eine Beziehung zu führen und nicht nachzugeben, auch wenn in letzter Zeit das Glück tagtäglich ein Stück weiter in die Ferne gerückt zu sein schien. Ja, Steve und Julia waren ein Traumpaar und dieses Bild neun Jahre lang nicht verblassen zu lassen, dem scheinbar existierenden Anspruch durch Freunde und Bekannte über einen solchen Zeitraum gerecht zu werden – allein das war bereits ein akrobatischer Kraftakt. Es war inzwischen doch eher ein Kampf, auf dem Pinsel des Lebens zu balancieren, immer schön gerade und konzentriert, um bei all den Wirrungen der Gefühle das Gleichgewicht nicht zu verlieren.

Und hier am Fenster wurden irgendwann auch die ersten Zweifel an der Beziehung zu Steve laut. Die Angst, etwas zu verpassen, wurde größer und größer. Sie spürte das Treten auf der Stelle und war sich bewusst, dass auch für sie die Uhr des Lebens unaufhörlich weitertickte. Längst war das

Thema ‚Baby' im Laufe der Zeit zum Streitgegenstand geworden. Obwohl das Wort Streiten falsch platziert erschien. Es war eher ein Totschweigen und in ihrem Inneren brodelte ein Vulkan, der jederzeit auszubrechen drohte. Nie war der richtige Moment da. Steve war noch nicht bereit und viel zu sehr mit seinen Karriereplänen beschäftigt. Und sie selber? Julia hatte sich damals für die Lehre zur Bürokauffrau entschieden. Eine Sackgasse, wie sie später merkte. Je alltäglicher ihr Arbeitsleben wurde, desto mehr nagte an ihr der Blick auf ihren strebsamen Freund und erst recht das Thema Nachwuchs. Letzteres lastete wie ein schwerer Klotz auf ihr und war somit ein nahrhafter Boden für die Entstehung von reichlich Frustpotenzial. Hier sah sie den Ursprung ihrer Unzufriedenheit.

Wie oft konnte sie in letzter Zeit den Anblick von Steve, seine bloße Anwesenheit, einfach nicht mehr ertragen. Wie oft war schon der sich nähernde Atem ein Grund, sich widerwillig abzuwenden, beim Versuch der ungewollten Nähe zu entkommen. Wie oft sah sie Steve heimlich nach. Sein Po und sein viel zu vertrauter Penis waren schon lange nicht mehr Teil ihrer Begierde. Wo noch vor einigen Jahren Wogen des Verlangens über ihr zusammenschlugen, sie die Stärke seiner Männlichkeit nicht oft genug in Empfang nehmen konnte und unter den Stößen zufrieden wippend in eine Kissenecke biss, war scheinbar nur noch Leere. Was war geblieben? Der Alltag hatte zunehmend Oberhand über sie gewonnen. Ein noch so schöner Mensch ergraut im Schatten des täglichen Einerleis. Die Schönheit verblasst und auch Brad Pitt hängt seine Unterhose über die Wäscheleine und pupst bei der Morgentoilette … Was hält die Farben frisch? Wer hat nun den Zauberpinsel, der die Konturen immer wieder nachzieht und die Farben am Leuchten hält? Wo liegt das Geheimnis? Ist es eigentlich möglich, dieser von der Zivilisation geschaffenen Monogamie gerecht zu werden? Wie viel Opfer kann eine Liebe denn überhaupt verlangen? Und was eigentlich ist Liebe? Unzählige Bücher wollen dem Geheimnis auf die Spur gekommen sein. Es werden Empfehlungen ausgetauscht wie Großmutters Backrezepte und ein jeder hegt den Anspruch auf die einzig wahre Lösung. Doch lieben wir einander oder lieben wir am Ende nur uns selbst? Ist nicht jede Abwägung im Leben nur eine Entscheidung für das Angenehmere, Bequemere – den Weg des geringsten Widerstands und dem erhofften positiven Ergebnis fürs eigene Empfinden?

Für Julia war Liebe ein Naturereignis. Ein Vulkanausbruch. Eine Explosion. Nichts war stärker als das Gefühl unbändiger Kraft. Ein Gefühl, was das Leben von einem Tag auf den anderen in ein neues Licht tauchte. Die Farben wurden intensiver, die Blätter an den Bäumen wippten vergnügt. Der Mensch stand früh auf und lächelte den Morgen an. Alles wurde süß, die Kugel Eis schmeckte noch viel besser, das Licht strahlte heller. Melodien im Radio erreichten das Herz, Liebesfilme waren auf einmal gar nicht mehr so kitschig. Und wo war nun dieses Gefühl geblieben? Es lag doch schon längst im Gestern begraben. War bedeckt vom furchtbaren Grau des Alltags. Das Licht war schon lange nicht mehr hell und überhaupt – Eis macht dick!

Kapitel 2
Die erste Begegnung

Julia hatte mal wieder viel zu lange geschlafen. Ihr Handy klingelte schon zum wiederholten Mal. Sie lag wie so oft in der Badewanne, hatte sich eine Flasche Prosecco mit an den Wannenrand genommen und war nun doch, von Neugierde getrieben, hin- und hergerissen. Verdammt, warum hatte sie das Teil nicht in Reichweite zu sich an die Wanne gelegt? Sie wollte eben einfach mal entspannen. Niemanden hören und sehen. Aber nun wollte sie doch an ihr Handy. Das nächste Klingeln ließ Julia endlich aufspringen und aus der Wanne steigen. Sofort war der Boden pitschnass und Julia musste aufpassen, nicht auf den nassen Fliesen auszurutschen. Nun aber schnell!

Julia riss die Tür auf, rannte die drei Meter bis zu ihrer Handtasche, kramte das Handy hervor und ... zu spät. Es war Steve. Dieser Blödmann. Seinetwegen hatte sie nun die schöne, warme Wanne verlassen und stand splitternackt im Flur. Sicher war das nur wieder einer dieser vermeintlichen Kontrollanrufe. Als ob sie sich nicht schon genug sahen. Entnervt drehte sie sich um und blickte in zwei fremde Augen.

Vor ihr stand ein großer, dunkelhaariger Typ und guckte unter einem Handtuch hervor, welches er gerade dazu nutzte, sich die nassen Haare abzutrocknen. Was wollte der jetzt hier und wo kam der auf einmal her? Peinlich berührt versuchte Julia das notwendigste ihres Körpers zu bedecken, was aussichtslos war und jetzt eigentlich auch egal. Er starrte bereits wie vom Blitz getroffen auf ihre Brüste. Julia schätzte ihn auf etwa Mitte Zwanzig. Ein verlegenes und doch auch sehr lässiges Grinsen dieses hübschen, sportlichen Jünglings entschärfte die Situation ein wenig und jetzt grienten sich beide, peinlich berührt, einfach nur für endlose Sekunden an. Julia mit einem Telefon bekleidet und ein wildfremder Mann, mit freiem Oberkörper und offener Jeans, der gerade einem Unwetter enteilt und durchnässt war bis auf die Knochen.

„Hi. Ich bin Thomas!" Endlich zerbrachen ein paar Worte dieses furchtbare Gebilde aus Scham und Regungslosigkeit. „Ich bin ein Freund von Michael." Es blieb nicht aus, dass einer der WG-Jungs Besuch mit nach Hause brachte. Manchmal hörte man nur das

Kichern weiblicher Spielgefährten durch die hellhörigen Wände, ein anderes Mal musste man vermuten, dass eines dieser Weiber am lebendigen Leibe operiert wurde, so schrien sie des Öfteren beim Liebesspiel und gaukelten den vermeintlichen Sexmonstern ungeahnte Orgasmen vor. An anderen Tagen wiederum war die Küche ein Ort von sagenhafter Aura, wenn stahlharte Typen sich mit eisernen Blicken zu einem Pokerabend zusammenrotteten.

Mitten auf der Oranienburger Straße hatten sie sich alle hier vor etwa zwei Jahren einquartiert. Julia und ihre vier Jungs. Steve war anfänglich rasend vor Eifersucht. Er verstand nicht, was an einem WG-Leben so toll sein sollte und warum es alles Männer sein mussten. Er fügte sich aber schlussendlich, denn Julia hätte sich nicht davon abbringen lassen.

„Julia", murmelte sie nun doch recht schnippisch hervor. „Ich habe auch zwei Augen, dafür müsstest du deinen Blick mal kurz etwa 30 cm höher richten …!" Noch angriffslustiger fuhr sie fort: „Und nun mach mal, dass du Land gewinnst!" Thomas guckte etwas überrascht, drehte sich aber ohne ein weiteres Wort um und ließ sie stehen. ‚So eine

Zicke. Was denkt die sich denn eigentlich?'
Ok, das was er da gerade sehen durfte, das
war wirklich zum Augen reiben schön. Aber
auch Thomas wusste um sein Aussehen und
war nun schon fast beleidigt, mit einer solchen
Ansage konfrontiert worden zu sein. So eine
kleine Ziege! Der Reiz war groß, sich jetzt
einfach noch einmal umzudrehen und dieses
Kunstwerk in Augenschein zu nehmen. Aber
er lief so aufreizend und lässig wie nur
möglich weiter. Julia blickte diesem Thomas
nach. Sein durchtrainierter Rücken fiel ihr
natürlich auf, aber sie wollte in diesem
Moment nichts Positives an diesem arro-
ganten Affen finden! Mit einem mittelschweren Knall fiel die Tür zu Michaels
Zimmer ins Schloss. Julia stand noch immer
wie angewurzelt da, erwachte nun aus ihrer
scheinbaren Starre und tippelte wieder zurück
ins Bad. Jetzt hatte sie auch keine Lust mehr
zu baden.

Heute war Samstag und der obligatorische
Mädelsabend stand auf dem Programm. Mit
ihren Freundinnen Tanja, Susen und Maria ein
bisschen durch die Bars ziehen und die
Gegend samt der darin tummelnden Männerwelt unsicher machen.

Kapitel 3
Partyfieber

Während Julia begann sich abzutrocknen, schweiften ihre Gedanken zu Steve. Sein Anruf. Er hatte in den letzten Stunden auffallend oft probiert, sie zu erreichen. Bisher hatte sie das einfach ignoriert. Hoffentlich war nichts passiert! Nun doch etwas beunruhigt drückte sie die Rückruftaste. Sie lauschte dem Rufzeichen und betrachtete sich dabei im Spiegel. Instinktiv machte sie ein kleines Hohlkreuz und vergewisserte sich, dass ihre Brüste nicht doch schon anfingen zu hängen. Mit skeptischer Miene und gerunzelter Stirn inspizierte sie ihr Spiegelbild. Diese Bewegungsabläufe wiederholten sich fast schon täglich und nun wollte sie nochmal überprüfen, welchen Anblick dieser Thomas vorhin zu sehen bekommen hatte. Aus seiner Perspektive waren sie vielleicht doch ein bisschen klein? Und wenn man von oben schaute, sah es dann womöglich doch so aus, als ob sie ein wenig zum Boden zeigten? Sie blickte sich tief in ihre graugrünen Augen und mahnte sich innerlich dazu, nicht so grimmig zu gucken, um damit nicht die Bildung von Falten zu unterstützen.

„Julia?!", war am anderen Ende der Leitung fragend zu vernehmen. Julia ließ ihr Spiegelbild nicht aus den Augen. Er weiß doch, wer dran ist! Statt dieser überflüssigen Frage, wäre doch viel mehr ein freundliches ‚hallo, mein Schatz' angebracht gewesen. Nichts. Kein liebes Wort zur Begrüßung, keine herzliche Floskel. Alles schien so abgenutzt und alltäglich. „Hi Schatzi", erwiderte sie betont überschwänglich und spitzte dabei hochnäsig ihre Lippen. „Ich war in der Wanne und hatte mein Handy in der Tasche. Was gibt's denn?", fuhr sie fort.

Irgendwie konnte sie in letzter Zeit immer weniger nett zu ihm sein. Es war eine spürbare Distanz zwischen ihnen und dieser Graben wuchs von Zeit zu Zeit zu einer scheinbar unüberwindbaren Hürde. Es war, als ob jeder den anderen einfach nur noch nervte. Der Partner war der ausgemachte Grund für die eigene Unzufriedenheit. Und somit fokussierte man im Laufe der Zeit alle nervraubenden Dinge, den Alltag, all das Grau nur noch auf diese Person. Steve! Der Schuldige war ausgemacht. Und wenn bis zum Zeitpunkt des Wiedersehens oder des eingehenden Anrufes noch alles schön war, dann kippte die Laune schlagartig in eine negative Richtung. „Ach nichts", hörte sie ihn sagen. „Wollte nur mal sehen, was du so machst. War nicht so wichtig! Wann sehen wir uns denn mal wieder?"

„Du, ich bin extrem in Eile", erwiderte sie. „Ich gehe heute mit den Mädels aus und muss los. Lass uns später oder am besten morgen telefonieren!" Sie wimmelte ihn ab. Ja, sie hatte keine Lust auf ein Gespräch, schon gar nicht auf ein Treffen. Auf ihren Verlobten. Sie wollte jetzt einfach in Ruhe im Bad sein, sich schön machen, eincremen, die Haare glätten und wohl duftend in Schale werfen. Kein ‚Für wen hübschst du dich denn so auf?' und auch kein ‚Trink nicht so viel!' Nein, auf solche Sprüche hatte Julia jetzt einfach keine Lust. „Ok. Dann bis später! Mach´s gut!" Er nahm es so hin und sie hörte an seinem Tonfall, dass er enttäuscht war. „Kussi!" Sie legte auf. Demonstrativ drehte sie den Regler des Badradios noch ein wenig lauter und elektronische Klänge brachten ihre Laune nun wieder in Partystimmung. Steve war schnell wieder vergessen. Und ihre Brüste waren schön! Selbstbewusst warf sie ihre nasse blonde Mähne in den Nacken, warf ihrem Spiegelbild einen Kuss zu und nickte vergnügt zu den leicht übersteuerten Bässen.

Euphorisch hüpfte sie nun im Takt der Musik und jaulte überschwänglich mit. Sie beobachtete sich dabei unentwegt im Spiegel. Wie schön sie war. Sie liebte sich und ihren Körper. Jetzt hielt sie inne und betrachtete sich wieder ganz konzentriert. Die kleine freche Stupsnase, die zarte Wangenpartie und der seidige Kussmund verbanden sich zu einem Gesamtkunstwerk. Julia spitzte wohlwollend die Lippen. Vielleicht könnten ihre Brüste doch etwas größer sein? Aber nein. Heute war sich Julia ganz sicher, dass alles perfekt war. Da das morgen schon wieder ganz anders aussehen konnte, saugte sie diesen seltenen Moment der Zufriedenheit in sich auf.

Genüsslich tropfte sie sich die Bodylotion auf ihre Haut. Die Kälte ließ sie kurz schaudern und bescherte ihr eine Gänsehaut. Während sie die Creme auf ihrem Körper verteilte, dachte sie an den letzten Sex mit Steve. Zumindest versuchte sie sich zu erinnern. Wann war das eigentlich gewesen? Julia schüttelte missmutig den Kopf. Schon lange waren die intensiven Momente scheinbar unendlichen Verlangens vorbei. Keine abenteuerlichen Praktiken mehr, keine Experimente, keine unmöglichen Orte zu den unmöglichsten Zeiten.

Den Platz der flammenden Leidenschaft hatte Blümchensex für sich eingenommen. Obwohl diese Umschreibung viel zu romantisch erschien. Es war einfach fad und langweilig geworden. Manchmal hatte sie das Gefühl, der eigentliche Akt war nur noch eine Entladung unvermeidbarer Anstauungen, eine pflichtbewusste Handlung, um dem Bild einer normgerechten Beziehung die Schärfe zu erhalten. Sie kam auf keinen Nenner. Die Gedanken drohten ihr nun doch die Partylaune zu vermiesen und so wischte sie diese schnell beiseite. Der Abend gehörte ihr. Sie war bereit. Und sie war gewillt, ihre Lust auszuleben – wenn sich die Gelegenheit bieten sollte. Sie zog ihr schwarzes Top an und zufrieden sah sie, wie sich die Konturen ihrer Weiblichkeit unter dem glatten Stoff abzeichneten. Ja, sollte doch nur jeder auf ihre Brüste starren. Sie waren zu schön, um sie zu verstecken. Steve konnte die Schönheit inzwischen sicher nicht mehr sehen und schätzen. Und den Blick von Thomas, den spürte sie noch immer und ein wohliges Gefühl breitete sich bei diesem Gedanken aus. Sie ging zurück in ihr Zimmer, zog ihre enge Lieblingsjeans an und schnappte sich ihre Handtasche. Es war angerichtet und der Abend konnte beginnen.

20 Uhr. Treff an der Weltuhr auf dem Alexanderplatz. Für Julia ein Katzensprung und so war sie über den zentralen, touristischen Treffpunkt geradezu dankbar gewesen. Vorbei an den Hackeschen Höfen bahnte sie sich ihren Weg durch die Massen. Touristen schoben sich mit gewichtiger Miene an ihr vorbei. Hier und da sah man die ersten Damen des anschaffenden Gewerbes mit ihren Gürteltaschen auf Position gehen. Ein schönes Schauspiel für vorbei laufende Passanten, denn eines musste Julia sich eingestehen: Die Frauen waren wirklich was fürs Auge. Kaum zu glauben, dass sie sich diesem Gewerbe verschrieben hatten. Julia lief schneller, denn der Blick auf die Uhr deutete ihr, dass sie nun auch mit einem olympiareifen Sprint zu spät kommen würde.

Und sie war tatsächlich wie immer die letzte. Da standen die Mädels und blickten ihr erwartungsvoll entgegen. Aber schon beim Aufeinandertreffen war die nervige Wartezeit vergessen. Die vier Freundinnen fielen sich in die Arme. Die Theatralik eines solchen Momentes war bemerkenswert. Eigentlich musste man auf eine Familienzusammen-führung nach jahrelanger Trennung schließen und hinter der nächsten Ecke Kai Pflaume vermuten, aber es war eine Zeremonie, die so normal war, wie der gegenseitige Kuss auf den Mund. So macht man das unter Freundinnen. Tanja, Susen, Maria und Julia. Eigentlich wie eine von einem Casting geschüttelt und gerührte Komposition von vier hinreißend aussehenden jungen Damen, deren Haarfarbe und Klamottenstil so abgesprochen erschienen, dass der Betrachter durchaus dem Gedanken erliegen konnte, einer aus dem Bezahlfernsehen gesteuerten Manipulations-Group gegenüberzustehen. Ein optischer Selbstbedienungsladen – für jeden Geschmack etwas dabei.

Der Abend verlief unspektakulärer. Die vier Mädels waren nicht weit gekommen und in ihrer Lieblingsbar hängen geblieben. Susen tippte die ganze Zeit auf ihrem Handy herum und tat geheimnisvoll. Sie war die kleinste der vier Frauen. Die Männer waren verrückt nach ihr. Sie war blond und zierlich und es tat dem Männerego so unendlich gut, einem scheinbar schützenswerten Wesen zu begegnen und sich in ihrer Nähe stark und unheimlich männlich zu fühlen. Tanja, die natürlichste von allen, wurde den ganzen Abend vom Barkeeper umworben. Sie war wie ein unbeschriebenes Blatt. Ihr Aussehen wirkte rein und unschuldig und da sie sich nicht viel aus Schminke machte, war das einerseits auf den ersten Blick etwas farblos, auf den zweiten Blick wartete da eine Traumfrau darauf, entdeckt zu werden. Und sie wurde entdeckt. Jeder Mann nahm für sich in Anspruch, diesem scheinbaren Geheimnis als erster auf die Spur gekommen zu sein.

Julia indes tanzte stundenlang mit Maria zu den blödsinnigsten Liedern. Eigentlich nahmen sie nur ein Bad im Meer der Blicke und genossen es, die Stars des Abends zu sein. Maria war das perfekte Gegenstück von Julia. Mit störrischen schwarzen Locken und den zumeist viel zu roten Lippen hatte sie schnell den Spitznamen ‚Marie' bekommen. Denn wenn man es so wollte, dann waren die beiden wie Gold- und Pechmarie – zumindest äußerlich. Maria war genau wie Julia schon viele Jahre in einer Beziehung. Aber seit gut zwei Jahren hatte Maria ein Verhältnis mit ihrem Dozenten. Anfänglich hatte sich Julia von ihr abgewandt und sie für ihr Verhalten verurteilt. Sie war angewidert von der Falschheit, den Lügen und gleichzeitig verärgert, nun als Mitwissende auch eine gefühlte Teilschuld zu tragen. Es war aber auch ein unterschwelliges Gefühl der Eifersucht, das Besitz von Julia nahm.

Als gute Freundin war sie bisher immer Teil ihrer Veränderungen gewesen. Sie schrieben ihre Liebesbriefe gemeinsam, lagen früher stundenlang eingekuschelt unter der Bettdecke, um unter Erörterung einer breiten Themenpalette gemeinsam an die Decke zu starren. Kein Weg wurde ohne den Rat der Freundin begangen. Hier jedoch war es anders gewesen und das irritierte Julia anfangs sehr. Aber mittlerweile erwischte sie sich auch dabei, dass sie neugierige Fragen stellte. Ein bisschen beneidete sie die Freundin sogar um ihre sexuellen Erfahrungen und Erzählungen von ihr sorgten für eine ansteigende Lust. Julia saugte alles auf und ihre Fantasie hatte sie inzwischen schon so manches Mal die Stelle der Freundin einnehmen lassen.

Und so lauschte Julia auch heute gespannt auf die gehaltvollen Brocken, die ihr Maria beschwingt ins Ohr trällerte. Sofort war da wieder diese Sehnsucht zu spüren, eine Art Fernweh. Schon längst war in ihr ein Feuer entfacht und schmunzelnd gestand sie sich ein, dass sie heute ihren 1,90 m großen Feuerwehrmann getroffen hatte.

„Was lachst du?", hörte sie Maria neugierig fragen. „Ach, nichts", log Julia, „ich stelle mir nur gerade vor, wie bei euch die mündliche

Prüfung aussieht!" Jetzt kicherten die beiden Freundinnen und Julia musste sich keinen bohrenden Fragen stellen.

Die vier Mädels kannten sich bereits aus der Schule. Sie hatten gemeinsam gespielt, die Pubertät durchlebt, von Jungs geschwärmt und Geheimnisse gehütet. Das Erwachsenwerden hatte aber auch bei den Freundinnen Spuren hinterlassen. Der Alltag brachte einen immer größer werdenden Abstand zwischen die gemeinsamen Treffen und die meisten Freundschaften waren inzwischen mehr und mehr geprägt vom gemeinsamen Schwelgen in Erinnerungen ...

Kapitel 4
Die Taxifahrt

Gegen fünf Uhr rührten die Vier in den Resten ihrer Gläser. Tanja hatte sich unter der Vielzahl baggernder Männer schon längst eine attraktive Mitfahrgelegenheit gesucht, verabschiedete sich überschwänglich mit einem Augenzwinkern in die Runde und die drei Verbliebenen steuerten schlussendlich einen nahe gelegenen Taxistand an. Keine hatte Lust mit einem der röhrenden Elche aus der Balzfraktion den Heimweg zu beschreiten. Sie wollten jetzt einfach ihre Ruhe – irgendwann war dann auch genug und mit jedem zu nah vorm eigenen Gesicht auftauchenden Männergesicht, was mit angestrengt lässiger Mine und irgendeiner dämlichen Floskel den gemeinsamen Weg zur Bar anpries, schwand zu späterer Stunde der Respekt vor dem hormonell etwas überversorgten Geschlecht.

Es regnete nun schon zwei Tage ununterbrochen. Pitschnass nahmen sie auf den hinteren Sitzen des wartenden Taxis Platz. Und nun wurde es Julia ganz heiß. Ihre Wangen füllten sich mit Hitze und sie spürte, wie ihr pochendes Herz ihr den Atem zu nehmen drohte. Der Mann da am Steuer – es war Thomas.

Seine Augen begegneten ihr im Rückspiegel und es war ein merkwürdig vertrauter Blick. Wie konnte das sein? In die Augen hatten sich beide bisher ja nur ganz kurz gesehen …

‚Mensch Julia, was ist los?' Zum Glück waren Susen und Maria schon so müde, dass sie von all dem nichts mitbekamen. „Oranienburger Str. 86?", fragte Thomas provokant. Julia nickte und sie lächelte verlegen. Da saß er nun zum Greifen nah, ihr Feuerwehrmann. Nun war ihr das schwarze enge Top doch ein wenig peinlich. Aber der Taxifahrer kannte ja schon das Geheimnis ihrer Rundungen und das brachte Julia innerlich total in Unruhe. Normal war das nicht. Das musste der Alkohol sein.

Sonst war Julia mit dem Stolz einer Göttin ausgestattet. Sich selbst liebend wusste sie mit der werbenden Männlichkeit umzugehen und zu spielen. Sie war also dahingehend völlig gelassen – kannte es überhaupt nicht anders. Eigentlich …

Seit Anbeginn liefen ihr die Jungs hinterher und sie spürte regelrecht schlechte Laune aufkommen, wenn mal ein paar Männer nichts von ihrer Schönheit zu sehen schienen und sie scheinbar ignorierten. Und was war nun?

Ihre Augen verfolgten die Regentropfen an der Fensterscheibe. Wie lange würde dieser Thomas heute noch arbeiten? Hatte er danach vielleicht das gleiche Ziel wie wir? Und warum mussten Susen und Maria gerade heute bei ihr schlafen? Unkontrolliert schwirrten ihr alle möglichen Gedanken und Fragen durch den Kopf.

„So. Da wären wir!" Julia schreckte auf. So schnell? Sie standen vor ihrem Haus. „Das macht dann 24,10 €!" Thomas hatte sich umgedreht und grinste Julia an. Sie mochte seine weißen Zähne und seinen Mund, der sicherlich zu super zärtlichen Küssen taugte. Sie spürte genau, dass er versuchte, den Blick in dieser Lage nicht nach unten abschweifen zu lassen. Thomas sah aber dennoch genau, dass sich Julias Brustwarzen anmutend unter dem regennassen, engen Oberteil abzeichneten.

„Stimmt so!" Julia drückte ihm 25 € in die Hand und versuchte, möglichst schnell aus dem Taxi zu kommen und dieser komischen Situation zu enteilen. Thomas schaute ihr beim Verlassen des Taxis unverblümt auf den

Hintern und dachte: ‚Was für eine Frau!‘ Diese Mischung aus augenscheinlicher Perfektion, einem gewissen Trotzkopf, gepaart mit einer liebenswerten Zurückhaltung, faszinierte ihn vom ersten Augenblick an.

„Was war denn das jetzt?", hörte Julia nun Maria fragen. „Kennst du den?" Ihr fragender Blick richtete sich auf Julia. „Flüchtig!", erwiderte sie. „Nicht der Rede wert!", fügte sie noch lügender Weise hinzu. Indem sie sich mit der Hand durch die Haare fuhr, erhaschte sie noch einen letzten Blick auf den adretten Taxifahrer, der ihre Aufmerksamkeit mehr auf sich zog, als ihr lieb war. Sie sah den Rücklichtern des Taxis hinterher und das eigenartige Gefühl im Bauch begleitete sie noch die Treppen hinauf bis in die Wohnung. Heute konnte sie die Schlafgäste nicht gebrauchen. Gern wäre sie mit ihren Gedanken allein gewesen und hätte ihrem Körper die erotische Anspannung genommen, indem sie sich selbst berührte.

So richtig lohnte der Weg ins Bett nicht mehr. Draußen hatten schon längst die Vögel begonnen, den Tag zu begrüßen.

Die Drei machten sich wortlos, jede in ihre Gedankenwelt versunken, bettfertig und während sich Maria und Susen auf ihre aufblasbaren Matratzen lümmelten, saß Julia noch in der Küche mit einer Tasse Tee in der Hand und starrte auf den Kühlschrank. Wie konnte sie nur so empfinden? Was war denn nur los? Ihr Blick streifte über ihre Hand, die bis vorhin noch einen Verlobungsring trug. Wie nackt ihr Finger ohne ihn war. Aber fühlte sie sich auch nackt ohne ihren Verlobten? Diese Frage beschäftigte sie mehr und mehr. Steve tat ihr in diesem Moment leid. Er war so bodenständig und liebenswert. Sie wusste insgeheim um seine guten Seiten. Nie würde er sie betrügen oder absichtlich verletzen. Er war das, was man gern mit dem Wörtchen ‚lieb' umschrieb. Aber gegen das was hier geschah, waren sie wohl beide machtlos. Was kann schon ein laues Lüftchen der Gewohnheit gegen einen Sturm des Begehrens ausrichten?

Julia hatte vor etwa einem Jahr einfach ‚ja' gesagt, als Steve sie fragte, ob sie seine Frau werden würde. Natürlich! Das macht man doch so! Zumal sie Steve nicht im ganzen Restaurant lächerlich hätte machen können. Er kniete im Überschwang von Rotwein und des schönen Abends plötzlich neben ihrem Tisch und tat das, wovon jede Frau insgeheim träumte. Da er sogar einen Ring dabei hatte, schien sein Vorhaben zumindest schon eine Weile geplant gewesen zu sein. Später erzählte er ihr, dass er schon seit vier Monaten auf den passenden Moment gewartet hatte. So – seither waren sie nun verlobt. Von einer Hochzeit hatte seitdem aber niemand mehr gesprochen. Mit Ausnahme ihrer Eltern. Da wuchs natürlich die Verwunderung über diese merkwürdige Konstellation aus zwei getrennten Wohnungen und einer sich scheinbar entwickelnden Dauerverlobung.

Aber auch wenn Julia versuchte, sich gedanklich auf das Thema Ehe einzulassen – es funktionierte nicht. Im Fernsehen sieht das immer alles ganz anders aus. Eine Hochzeit erfolgt doch im Taumel des Glücks?! Die Paare kämpfen mit ihren Tränen und die Welt liegt sich in den Armen. Aber wie soll das nach neun Jahren gehen? Wie sollen wir den ganzen unbewussten Anforderungen an eine romantische Hochzeit gerecht werden? Weinen? Nein – höchstens wegen der Bedeutsamkeit des Moments und letztlich wohl auch wegen der Angst vor dem, was man da tut.

Kapitel 5
Auf einen Tee mit Thomas

Julia erschrak. In der Scheibe des Küchenfensters zeichnete sich die Gestalt einer männlichen Person ab. Sie fuhr herum. Wütend schrie sie: „Mensch! Musst du dich denn ständig so anschleichen! Du hast doch echt ´nen Knall!" Es war doch tatsächlich Thomas. „Sorry", entgegnete er mit verständnisloser Miene. „Ich habe ganz normal die Tür aufgeschlossen und die Wohnung betreten!", sagte er sichtlich verstört. Julia rang noch immer um Fassung. Scheinbar hatte sie in Gedanken versunken tatsächlich nicht die Bewegung an der Tür bemerkt, aber der Schreck saß noch zu tief. „Ach vergiss es …!", raunte sie vor sich hin.

Natürlich hatte sie gehofft, dass er heute noch nach Hause kommt. ‚Nach Hause', wie sonderbar das klang. Wo kam er denn jetzt so schnell her? Sie kam sich vor wie in einem Klatschroman, so naiv und kitschig erschien ihr dieses absurde Gefühlskarussell.
Plötzlich spürte sie seine Hand auf ihrer Schulter. „Hey. Es tut mir echt leid! Ich wollte dich wirklich nicht erschrecken …!" Julia

fasste seine Hand und sagte: „Schon ok!" Schnell stand sie dabei auf, um der Enge zu entkommen. Das war einfach zu nah. Was denkt der sich? Ihre Blicke trafen sich wieder und in diesem Moment standen zwei junge, schüchterne Teenager in der Küche. Sie trank aus ihrer Tasse, die schon längst leer war. Er wiederum stützte sich verlegen an das klapprige Küchenregal und brachte es damit fast zum Einstürzen.

„Willst du auch einen Tee?", hörte sie sich sagen. Er nickte. Sie stellte den Wasserkocher noch einmal an und beobachtete die Bewegungen des Wassers bis es kochte. ‚Wie sehe ich jetzt bloß in meinem karierten Schlafanzug aus?', dachte sie. ‚Wieso habe ich auch gerade heute diesen Liebestöter an?' Die Chance war zumindest groß gewesen, dass sie sich schon bald in der Wohnung ein weiteres Mal begegnen. Julia kannte es aber nicht anders. In einem von Männern dominierten Haushalt musste man als Frau schon ein bisschen mit seinen Reizen geizen. Sie beruhigte sich. Denn tief im Inneren wusste sie genau, dass sie auch in einem noch so biederen Schlafanzug eine Provokation für die Männerwelt war. Sie würde doch selbst Malerarbeiten nur in einem Blaumann ausführen, der ihrer Figur schmeichelte und ihre Weiblichkeit hinreichend betonte. Und Thomas? Er sah irgendwie immer gut aus. Wie er da jetzt stand, wie ein großer Junge. Seine starke Brust zeichnete sich unter dem T-Shirt ab und sie bewunderte diese schönen, glatten Arme, die an wunderschön gepflegten Händen endeten, welche sicherlich zu unsagbar sanften Berührungen imstande waren. Für einen kurzen Augenblick wünschte sie sich, dass er sie jetzt einfach von hinten in die Arme nahm, ihren Hals küsste und dabei sanft mit den Fingerspitzen über ihr Dekolleté streichelte …

Das Wasser des Wasserkochers musste wohl schon eine Weile kochen, denn der Dampf breitete sich bereits unter den Hängeschränken aus. Ohne sich jedoch etwas anmerken zu lassen und immer noch den Rücken zu Thomas gewandt, nahm sie, nachdem sie mit einem kurzen Schreck in die Realität zurückgekehrt war, eine Tasse aus dem Schrank. „Pfefferminze oder Früchtetee?", rief sie so unbeschwert wie möglich. „Egal", hörte sie ihn sagen. „Hauptsache du bleibst noch ein bisschen mit hier!" Jetzt grinste er bestimmt wieder so, dachte sie.

Sie saßen sich schweigend gegenüber, während es draußen schon längst wieder hell geworden war. Dieser Küchentisch war der Mittelpunkt des ganzen WG-Lebens. Doch heute wäre eine gemütliche Singlewohnung der passendere Rahmen für ihr Aufeinandertreffen gewesen.

Julia bereute, dass sie nicht allein hier wohnte. Auch wenn beide gerade nichts sagten, war es einfach schön, gemeinsam in der Küche zu sitzen. Nachdem ein paar Minuten vergangen waren, wurde das Schweigen nun doch etwas unangenehm. „So, ich spring dann mal unter die Dusche!", sagte sie. Und fügte hinzu: „Bist du jetzt öfter bei uns?" Thomas schaute sie mit seinen Kinderaugen an. „Ich denke schon!" Das reichte ihr fürs erste, denn sie wollte nicht zu viel Interesse zeigen. „Dann schlaf gut und bis die Tage ...", fügte sie scheinbar belanglos hinzu.

Thomas blieb noch mindestens eine halbe Stunde sitzen. Er lauschte den Geräuschen der Dusche und spürte sein Verlangen. Wie gerne würde er sich jetzt einfach neben die Dusche setzen und Julia dabei zusehen. Wie sie ihren Körper einseift, wie die Wassertropfen an ihrer glatten Haut abperlen, wie sie sich die nassen Haare in den Nacken streift und sich ihm dabei mit ihrer ganzen

Schönheit offenbart. Er stellte sich vor, wie der Duschschaum an der Innenseite ihrer Schenkel hinablief, um über ihre süßen Füße den Weg in den Abfluss zu suchen …

Das Rauschen des Wassers verstummte. Sicherlich wickelt sie gerade ihren schönen Körper in ein Handtuch ein und steht so unschuldig im Bad, wie sie gestern Abend noch vor ihm stand. Thomas war schon längst in diese Julia verknallt. Sicher mehr in die sie umgebende Hülle aus samtig zarter Haut. Doch auch ihre ganze Art hatte ihn längst in ihren Bann gezogen. Er hörte nun seit fünf Minuten keine Geräusche mehr zu ihm rüberdringen und lauschte nur noch der Stille, die ab und zu durch das Brummen des Kühlschranks unterbrochen wurde.

Julia indes hatte die Badtür nicht abgeschlossen. Eine nicht ernstzunehmende Hoffnung und stille Sehnsucht hatte sie dazu bewogen. Sie nutzte den Moment unter der Dusche, ihren Gedanken nachzuhängen und malte sich aus, wie er da nun wohl gerade in der Küche saß. Hörte er das Wasser rauschen? Was er wohl von ihr dachte. Was, wenn er jetzt hier rein käme. Etwas übermüdet, fiel es Julia schwer, fertig zu werden und als sie nun das Bad verließ und noch einen neugierigen Blick in die Küche warf, fand sie diese leer vor. Er war nicht mehr hier. Etwas enttäuscht schlurfte sie in ihr Zimmer und rollte sich bereits halb schlafend in ihre Decke ein.

Kapitel 6
Gefühlswelten

Der Wecker riss Julia nach viel zu wenig Schlaf zurück in die reale Welt. Das konnte doch nicht wahr sein! Völlig erschlagen war sie nicht fähig, auch nur ein Auge zu öffnen. Ihre Hand suchte nach dem brüllenden Ding und nachdem der dritte Klaps das Ziel traf und damit schlagartig Ruhe einkehrte, sank sie aufatmend zurück in ihr Kissen. Sie war allein im Zimmer. Scheinbar waren ihre Freundinnen unbemerkt hinausgeschlichen und so konnte sich Julia noch einen Augenblick ihrer Müdigkeit hingeben.

Sie wollten doch aber gemeinsam frühstücken! Neugierde trieb Julia nun doch aus dem Bett. Auf dem Boden lagen zwei leere Schlafsäcke. Ein leichtes Kichern drang über den Flur. Sie waren also noch da! Julias Antennen waren schlagartig auf Empfang gestellt. Vielleicht amüsierten sie sich bereits mit Thomas in der Küche, während sie hier noch in ihrem Bett lag? Julia spürte tatsächlich aufkommende Eifersucht und war nun, angetrieben von einem spürbaren Herzschlag, hellwach. Schon wieder war da dieses Kribbeln im Bauch und sie gab sich ihrer Neugierde hin. Barfuß ins

Bad schleichend vergewisserte sie sich, ob die Nacht schwere Spuren hinterlassen hatte. Verdammt – … hatte sie! Hektisch versuchte Julia, mit ein paar Handgriffen ein wenig Leben in ihr Antlitz zu hauchen, gab dann aber auf. Es war zwecklos. Die anderen waren hoffentlich mindestens genauso von der vergangenen Nacht gezeichnet.

Julia tapste über den Flur und stand nun in der Küchentür. Da saßen Maria und Susen. „Mensch, was kichert ihr denn hier so rum?" Julia ließ ihrem Unmut freien Lauf. Sie war enttäuscht und ein wenig wütend. Thomas war nicht da. Wie konnte sie nur eben so etwas wie Eifersucht empfinden? Peinlich war ihr dieser Moment, obwohl ja niemand der hier Anwesenden die Zusammenhänge ihrer Gedanken erkennen konnte. „Hey. Du siehst ja aus wie meine Mutter!" Die beiden Weibsbilder kamen aus dem Kichern gar nicht mehr raus. „Ihr habt ´nen Schaden!", gab Julia den beiden jungen Frauen noch zu verstehen und stampfte wütend zurück in ihr Zimmer, um sich mit Schwung wieder in die Waagerechte zu begeben. Aber ihre Gedanken kreisten viel zu viel umher, um jetzt noch an Schlaf denken zu können. Ob er noch da ist? Wie wird er wohl in seinen Schlafsachen aussehen? Wie gern würde sie ihn ganz müde mit völlig zerzausten Haaren sehen. Julia schmunzelte kurz, dann wurde ihr Blick wieder ernst. Bei Steve empfand sie in letzter Zeit nur noch Abneigung. Anfangs fand es Julia noch erregend und toll, wenn er sich nach dem ersten Klingeln des Weckers an sie heran kuschelte und sie sein Begehren am Po spüren konnte. Sie schämte sich für ihre vergleichenden Gedanken und fragte sich ebenso, wie ihr dieser gedankliche Ausbruch in die bisher unbekannte Welt des fremden Begehrens widerfahren konnte. Sie war stets eine Verfechterin von Werten wie Treue, Achtung und Ehrlichkeit. Ebenso glaubte sie an die große Liebe – eine Liebe fürs Leben. Aber sie war es auch, die sich unlängst des Verlobungsringes entledigt hatte. Was war, wenn sie sich, mit all ihren bisherigen Wertvorstellungen, dem falschen Mann verschrieben hatte? War Steve der Mann ihrer Träume? Woher sollte sie das wissen? Waren bisher nicht alle ihre pubertären Liebschaften ein einziger Witz gewesen? Selbsternannte Romeos hatten in aufrichtiger Eifrigkeit versucht, sie in ungeschicktem Liebesspiel zu beglücken.

Aber war er nun tatsächlich der Vater ihrer Kinder und war es der Mann, dessen Körper fortan der einzige sein sollte, den ihre Hände berühren sollten und dessen Männlichkeit sie spüren darf? Aber waren nachts nicht alle Katzen grau und wird nicht jeder Mann irgendwann zur Gewohnheit? Woran erkennt man denn nun den richtigen Mann? Diesen einen Mann fürs Leben!?

Steve war doch mal ihr Beschützer gewesen. Ihr ein und alles. Wo war denn nur diese Zeit hin? Und wo ihr Gefühl? Sie liebte ihn einst so sehr, dass jeder Abschied schmerzte. Jedes nahende Ende eines Telefonates war eine Herausforderung, bei der das Herz zu zerspringen drohte. Niemand schaffte es, das Gespräch als erstes zu beenden. Ihr erster Kuss. Ein sagenhafter Aufmarsch bis dahin unbekannter Gefühle brachte sie an den Rand einer Ohnmacht. Ein von Liebe getränkter Kuss war für sie durch nichts zu ersetzen. Nichts wog das Gefühl immenser Anziehungskraft auf. Es schmerzte zu ahnen, dass diese Zeit schon längst der Vergangenheit angehörte und mit dem Jetzt nichts mehr gemein hatte. Aber wann war das passiert? Wann war aus der großen Liebe das geworden, was sie jetzt in ihren Händen hielt?

Kapitel 7
Definition Traummann

Schon als junges Mädchen hatte Julia klare Vorstellungen von ihrem Traummann. Toll aussehen sollte er. Am besten dunkelhaarig, groß und sportlich. Doch im Laufe der Zeit kam ihr das so unlebendig vor. Diese Beschreibung passt doch etwa auf eine halbe Milliarde Männer dieser Erde. Wie soll man da nun den einen Mann fürs Leben finden? Also begann sie, das weiter zu definieren. Charmant, klug, witzig und ehrlich sollte er sein. Das grenzte das Ganze weiter ein. Doch wie viele Männer sollte man nun probieren, um das herauszufinden? Diese Eigenschaften sieht man leider nicht auf den ersten Blick. Damit war es ein scheinbar aussichtloses Unterfangen. Was ist, wenn der Mann fürs Leben vielleicht in einem anderen Land wohnt? Wie soll man den denn finden?
Julia hatte mal gehört, dass statistisch gesehen auf jede Frau bzw. jeden Mann genau zwei Menschen auf dem ganzen Planeten hundertprozentig passen. Dieses Glück musste doch schon wehtun! Da heult man wahrscheinlich den ganzen Tag vor Fassungslosigkeit oder kneift sich in die

Pobacken, aus Angst zu träumen. Vielleicht stirbt man aber auch jung an einem Herzinfarkt, weil das vermutlich keiner aushalten kann?! Also lohnt die Suche scheinbar doch nur bedingt und man beschränkt sich dabei einfach nur auf Berlin. Da bleiben immer noch Millionen von Männern, aber durch die Eingrenzung von Alter, Körpergröße und Gewicht, dürfte sich die Zahl der infrage kommenden Herren immerhin schon auf ein Fußballstadion voll beschränken.

So! Und dort fange ich einfach im VIP-Bereich an, denn die haben vermutlich ein bisschen Geld, um das Leben noch ein wenig lebenswerter zu gestalten. Welche Frau will nicht abgesichert sein, versuchte sie ihre Gedanken zu rechtfertigen …

Julia stand auf, um sich anzuziehen. Ihr Blick fiel auf ihr Handy. Sie dachte an Steve und was er wohl gerade machte. Bei all ihren Gedanken spielte immer nur SIE die Rolle und die Suche nach Mr. Right. Denkt man so, wenn man liebt? Ist es nicht eigentlich schon viel zu spät und die Beziehung zu Steve schon längst vorbei? Man sucht doch im Grunde nur, wenn etwas fehlt oder man etwas verloren hat. Oder ist das in der Liebe anders?

Tiere suchen Nahrung, Bettler Geld, Künstler Applaus und Romeo sucht Julia. Wie passend. Konnte dieser Romeo jetzt nicht endlich mal unter ihrem Balkon stehen!? Ihr fiel auf, dass sie nicht mal einen Balkon hatte …
Suche war also ein Begehren nach Befriedigung eines Mangels. Das Ziel der Suche demnach definiert. Nur erschien es so, als wäre das beim Menschen, speziell in der Liebe, wesentlich komplexer. Da gab es nämlich noch die Suche nach etwas, was man gar nicht kannte! Da weckte schon Langeweile ein Begehren und die vermeintlich grundlose Unzufriedenheit. Da klatschten die Zuschauer einfach nur zu leise … Der Mensch – das undankbare Wesen.

Als mit ihnen damals alles anfing, war Julia 18 Jahre alt. Das ganze Leben stand ihr offen und dazu die ganze Männerwelt. Steve war ein Mitschüler ihrer Abiturklasse und sie verliebten sich auf der Abschlussfahrt. Er war der Klassenschwarm. Blond, blaue Augen, schlank und mit seiner Brille wirkte er auf die jungen Frauen wie der zukünftige Vater ihrer Kinder. Er war Schulsprecher und Julia bewunderte ihn. Und sie war stolz, als die anderen Mitschülerinnen von ihrer Beziehung erfuhren. Sie hatte für alle sichtbar einen

Traummann an ihrer Seite. Wie lange hatte sie davon geträumt.

Ihr Sexualleben war durchaus erfüllt. Steve war gut gebaut und wusste für sein Alter schon bemerkenswert gut, wie man mit einer Frau umging und sie sexuell stimulierte. Zumindest empfand das Julia damals so. Erotische Experimente prägten den Anfang ihrer Beziehung. In dieser Zeit lernte Julia auch den Zauber des sexuellen Höhepunktes kennen und wurde schnell süchtig danach. Ihre Beziehung fand zu der Zeit, nüchtern betrachtet, fast ausschließlich im Bett statt. Als dann aber mit der Zeit der Zauber der sexuellen Anziehungskraft nachließ, blieb nur noch die Person Steve. Trotz kreativer Phasen war er schlussendlich doch nur ein karriereorientierter Langweiler ohne Hobbys und Ideen. Sie waren bisher noch kein einziges Mal zusammen im Urlaub gewesen. Und nach neun Jahren wohnten sie noch immer getrennt voneinander. Keiner wollte seine Komfortzone verlassen und Julia wollte zwar gern ein Kind, hatte aber auch keine Lust, das Hausmütterchen zu mimen und das Ganze, während seines scheinbar ewig andauernden Studiums, auch noch zu finanzieren. Sie lebten nebeneinander her und immer mehr aneinander vorbei.

Er gehörte irgendwann einfach zu ihrem Leben und zur Familie. Aber mittlerweile mehr als ein Bruder anstatt als Geliebter. Er war einfach da und dieser Umstand versprühte mittlerweile so viele Emotionen wie ihr Deospray.

Endet so nicht jede Beziehung? Kann man nicht jede in Phasen einteilen und damit auch ihren Verlauf vorherbestimmen? Vielleicht vergleichbar mit dem Leben einer Rose? Man entdeckt sie irgendwann im Blumenbeet und ist fasziniert von ihrem Stolz und ihrer Schönheit. Man pflegt sie, gießt sie und ist einfach nur erfreut über ihren Anblick. Später möchte man sie ganz besitzen und schneidet sie ab, um sie in eine Vase zu stellen. Damit entzieht man ihr jedoch den Zauber, den Nährstoff des Glücks. Der Mensch will alles kontrollieren, alles hinterfragen. Aufregung verschwindet mit der Gewissheit und dem Fall des letzten Geheimnisses. Auch wenn man nun alles gibt um die Rose am Leben zu erhalten. Der Fehler hatte einen anderen Ursprung. Sie wird welken, die Schönheit verblassen und sie wird gehen. Im Blumenbeet, stets da aber frei, hätte sie viele Jahre geblüht. Höhen und Tiefen in Schönheit und Pracht gewiss, hätte die Stärke der Wurzel wohl so manchem Sturme getrotzt und sie hätte es gedankt, indem sie von Zeit zu Zeit schöner als je zuvor erblüht wäre.

Julia hatte keine Lust, das stets vorprogrammierte Ende zu akzeptieren. Es musste die wahre Liebe geben! Sie wollte wieder den Schmerz des Vermissens spüren, wenn Stunden der Trennung wie eine Ewigkeit erscheinen, das stockende Herz beim tiefen Blick in die Augen. Endlich wieder diesen Stolz spüren, wenn sie ihrem Mann nachblickte, verträumt jeden seiner Züge inhalierte. Wie lang war es her, dass man sich unzählige Male ‚Tschüss' sagte und es dann doch nicht übers Herz brachte, schon zu gehen? Wo waren die Abende hin, an denen man gemeinsam in den Sternenhimmel blickte und zum hundertsten Mal das gleiche Lied hörte, welches man im Taumel des Glücks als ‚unser Lied' auserkoren hatte?

Mittlerweile war Julia angezogen, stand mit einem Kopf voller Gedanken im Bad und kämmte sich. Ok. Steve war es also nicht! Sie betrachtete sich während der scheinbaren Erkenntnis im Spiegel. Doch dieses Mal sah sie sich nicht selbst, sondern die Gedanken malten Bruchstücke einer neuen Zukunft in ihrer Fantasie. Was, wenn sie einfach alles hinwarf? Eine unvorstellbare Szenerie, erst recht, wenn sie an das Entsetzen bei ihrer Familie und ihren Freunden dachte. So richtig wollte sie hier gar nicht weiterdenken. Denn das alles würde einfach nur Schmerz und Veränderung bedeuten. Sie wusste nicht sicher, ob sie dazu bereit war.

Mit nachdenklicher Miene ging sie in die Küche, um sich eine Tasse Kaffee einzuschenken. Und da saß er. Thomas. „Guten Morgen!" Ihre Laune hellte spürbar auf. Sein Gesichtsausdruck konnte auch seine Freude nicht verbergen. „Hi Julia. Na, gut geschlafen?" Er sah auch etwas verschlafen aus und das beruhigte sie. „Sieht man das nicht?" Sie lächelte sichtlich amüsiert vor sich hin. Die Hand, welche die Tasse umklammerte, trug heute wieder keinen Ring. Julia hatte einfach keine Lust mehr auf diese Markierung. Sie kam sich fast vor wie ein Schaf mit Nummer am Ohr, wenn sie diesen Ring trug. ‚Seht alle her, dieses scharfe Girl ist schon besetzt. Bitte weitergehen ...!' Nein, ab heute ist Schluss damit. Entweder lieben oder leben. Und doch am besten beides! Julia wollte vor allem Leben. Und wenn man dabei noch geliebt wird und diese Liebe dann bedingungslos erwidert, dann muss das doch das Glück sein? Bedingungslos! Ohne Markierung! Ohne lange Erklärungen! Endlich sein, wie man ist, tun was man will und glücklich sein!

Beschwingt nahm Julia Platz. „Na!?", schoss ihr fast euphorisch über die Lippen. Sie war angriffslustig. „Bekomme ich die nächste Fahrt zum halben Preis?" Thomas schaute überrascht und erwiderte: „Klar. Aber nur, wenn du mir während der Fahrt den Nacken kraulst." Nun grinsten beide. „Geht klar!", sagte sie, worauf Thomas beeindruckt festhielt; „Abgemacht!" – „Ich muss dann nämlich zu meinen Eltern", stellte Julia fest. „Hast du denn nachher Dienst und kannst mich fahren?" Thomas nickte und spürte wie ihn der Gedanke an die bevorstehende Fahrt aufwühlte. Ein wenig irritierte ihn diese Frau. Einerseits würde er sie jetzt am liebsten hier auf den Küchentisch setzen, sie leidenschaftlich küssen, um sich dann hemmungsloser Liebe hinzugeben, doch anderseits wich er diesem Gedanken auch aus. Sagte nicht Michael, dass Julia in festen Händen sei? Aber Julia war auch eine der schönsten Frauen, der Thomas je in seinem Leben real begegnet ist – wenn nicht überhaupt die schönste. Das Spiel mit dem

Feuer war also etwaige Verbrennungen wert. „15 Uhr?", fragte er unverblümt. Sie lächelte: „Ok!"

Ihre Freundinnen waren inzwischen verschwunden. Mit einem kleinen Zettel am Kühlschrank hatten sie sich für den schönen Abend bedankt und waren nach einem morgendlichen Kaffee aufgebrochen. ‚Das Frühstück wird nachgeholt', versprachen sie. Julia war nicht böse darüber, denn so konnte sie sich in Ruhe ihren Gedanken hingeben.

Sie hatte jetzt nur ein Ziel: 15 Uhr zu einer Taxifahrt aufzubrechen. Diese Banalität versetzte sie so sehr in Aufruhr, als handelte es sich dabei um eine Verabredung zum Bungeejumping. Aber wahrscheinlich wäre das sogar einfacher gewesen, denn da entfiele die Sorge nach dem passenden Outfit.

Kapitel 8
Einmal hin und zurück, bitte …

Thomas war schon zehn Minuten eher am Auto. Er konnte diese Fahrt ebenso wenig erwarten. Er zündete sich eine Zigarette an. Zu groß war die Nervosität. Trotz der Angst, Julia könnte Zigarettengestank nicht ausstehen, musste das jetzt sein. Die Haustür wurde vom Luftsog ins Schloss gezogen. Das Herz von Thomas drohte augenblicklich zu zerspringen. Er holte tief Luft und versuchte, so lässig wie möglich dazustehen. Die Zeit schien endlos zu sein. Noch mal tief Luft holen. Jetzt sah Thomas schon die Silhouette ihres Körpers durch das Milchglas der Haustür, die sich wenige Sekunden später öffnete. „Da bin ich!", sprudelte Julia wie eine kleine Berliner Göre frech heraus. Sofort war die Aufregung bei Thomas verflogen und er fragte, die Zigarettenschachtel zustreckend: „Auch eine?" Julia schnappte sich einfach Thomas´ qualmenden Glimmstengel und zog daran. „Nein danke. Was sollen denn meine Eltern sagen?", sagte sie und steckte das Rauchwerk wieder zurück in Thomas´ ver-blüfften Mund. „Los komm …!" Julia stieg provokativ hinten ein und grinste Thomas an.

Dieser nahm so ruhig wie nur irgend möglich auf dem Fahrersitz Platz und startete den Motor. Noch bevor jedoch das Auto den ersten Meter rollen konnte, spürte er Julias Hand in seinem Nacken. Thomas schloss genüsslich die Augen. Er war nicht in der Lage loszufahren.

„Worauf wartest du noch?", Julia spielte die Überlegene. Dabei spürte sie, wie sie diese Situation gefangen nahm. Sie wollte ihn spüren, wollte einfach nicht nachdenken, sondern die viel zu frühe körperliche Anziehung genießen. „Ach, jetzt fällt mir ein, ich wollte erst 16 Uhr bei meinen Eltern sein ...! Sorry. Ähm ... – wollen wir da vielleicht noch einen Tee trinken?" Thomas stoppte den Motor und stieg ohne ein Wort aus. Er öffnete die Hintertür des Wagens, um Julia beim Aussteigen zu helfen. Sie kramte ungeduldig in ihrer Handtasche, um den Haustürschlüssel zu suchen.

Die Hand gespielt damenhaft entgegenhaltend, warf sie ihm einen vielsagenden Blick zu. Lächelnd nahm er ebenso theatralisch ihre Hand, schloss die Autotür und geleitete sie zur Haustür. Julia öffnete diese unter höchster Anspannung. Sie spürte seinen warmen Atem in ihrem Nacken und sein zaghafter Kuss auf den Hals ließ sie innehalten, überwältigt von einem immensen Schauer. Gänsehaut überzog ihren Körper. Sie schloss die Augen und ließ den Kopf in den Nacken fallen. Im Taumel der Gefühle betraten sie den Hausflur und ihre Lippen suchten einander. Die Haustür wurde langsam von innen durch zwei umschlungene Körper zurück ins Schloss gedrückt. Ein erster zaghafter Kuss, der schlagartig in pure Leidenschaft überging und das unterdrückte Verlangen entfesselte.

Julia musste instinktiv die Augen öffnen. Steve schwirrte durch ihren Kopf. Sie zog Thomas von der Tür weg. Der Gedanke entdeckt zu werden erwachte in ihr, war nun gegenwärtig und drohte den Moment zu zerstören. Doch gleichzeitig spürte sie, dass diese Angst ihre Lust auf bisher unbekannte Weise steigerte. Nun konnte sie es nicht mehr erwarten, ihn endlich ganz zu haben. Der begonnene Aufstieg bis zur Wohnungstür verlief mühsam. Nicht bereit, einander los-zulassen küssten sie sich Treppenstufe für Treppenstufe empor, ihre Hände ertasten dabei ihre Körper. Er hatte ihre Bluse schon ein wenig geöffnet, strich den Stoff des BHs ein wenig zur Seite und küsste die sanfte Haut ihrer Brüste. Seine Lippen begannen mit den kleinen, zarten Spitzen zu spielen. Ihr entglitt ein kaum hörbares Stöhnen. Sie genoss es, wie seine Hände unterdessen jeden Zentimeter ihres Körpers erkundeten. Seine Finger hatten dabei längst den Weg zu ihrem Slip gefunden und glitten nun langsam den seidigen Stoff entlang.

Blind vor Verlangen stocherte sie mit dem Schlüssel um das Schloss der Wohnungstür herum. Endlich schaffte sie es, die Tür zu öffnen. Sie hielt überwältigt von ihren Gefühlen kurz inne. Benommen vor Lust drängte sie die Gedanken an die mögliche Wiederkehr ihrer Mitbewohner zur Seite. Sie küssten sich leidenschaftlich und plötzlich fand sich Julia rücklings auf dem Küchentisch wieder. Sie zitterte unaufhörlich. Als sie die Schnalle seines Gürtels hörte, war sie bereit für das, was gleich geschah.

Thomas sah Julia an. Sie schaute ihm so tief sie konnte in die Augen und spürte in diesem Moment, wie seine Männlichkeit langsam Besitz von ihrem Körper nahm. Sie presste die Lippen aufeinander um einen Aufschrei zu unterbinden. Dankbar nahm sie Zentimeter für Zentimeter mit unglaublicher Intensität in Empfang.

Sie hatten es getan. Auf ihr lag Thomas und ihr ganzer Körper war in Aufruhr. Ihre Gefühle drehten sich im Kreise. Glück,

Faszination und Angst tauschten die Plätze. Keines dieser Gefühle vermochte sich dabei längerfristig durchzusetzen. Ihr Kopf übernahm langsam wieder das Kommando und sie überkam jetzt, beim Gedanken daran, dass sie hier breitbeinig vor einem Mann lag, den sie im Grunde gar nicht kannte, mehr und mehr Schamgefühl. Sie drückte Thomas wortlos von sich. Ohne ihn anzusehen, verschwand sie eilig im Badezimmer.

Julia schloss die Badtür und setzte sich auf die Toilette. Ihre Gedanken kreisten unentwegt weiter. Es war geschehen. Sie hatte Steve betrogen – und es war wunderschön. Noch immer spürte sie Thomas in sich und war scheinbar umgeben von seinem Geruch. Er war ihr trotz aller Fremde doch auch so merkwürdig vertraut.

Julia stieg unter die Dusche, schloss die Augen und ließ das warme Wasser auf ihr Gesicht strömen. Absurderweise hatte sie Angst, ihre Eltern könnten bei ihrem anstehenden Besuch etwas bemerken oder ihr womöglich gar ansehen, was hier gerade geschehen war. Neben dem Versuch, sich die Reinheit vergangener Tage zurückzuholen, bemühte sich

Julia vergebens, auch ihr Gewissen zu reinigen.

Thomas wartete unterdessen in der Küche. Er starrte auf das sympathisch schiefe Küchenregal und konnte es nicht glauben. Diese Frau hatte ihn gerade verführt. Die Bilder des soeben Geschehenen glitten an seinem geistigen Auge vorbei und er genoss jedes wie eine Seite in einem Hochglanzmagazin. Sie war ein Engel, eine Göttin, sie war scheinbar ohne jeden Makel und er durfte sie gerade anfassen, nackt sehen und mit ihr schlafen. Jedes Detail brannte sich in seinen Kopf. Wie konnte er ahnen, dass sich hier in dieser WG ein solches Geschöpf versteckte. Bei seinem Kumpel Michael, bei dem er eigentlich nur mal ein paar Tage unterkommen wollte, bis er in die Schweiz ging. Und nun das …

Der blumige Duft eines Duschgels verriet Thomas, dass Julia hinter ihm stand und er drehte sich um. Da war dieses Handtuch, von dem er noch gestern geträumt hatte. Schneeweiß umhüllte es ihren Körper und gab dennoch genug ihrer samtig schimmernden, hellen Haut frei, um ihm nahezu alle Sinne zu rauben. Er wandte sich zu ihr, um sie in die Arme zu schließen, dieses zauberhafte Wesen einfach nur zu berühren. Er spürte den warmen Körper durch das klamme Handtuch. Er beugte sich zu ihr herab um sie zu küssen. Doch der Kuss war diesmal ohne Leidenschaft. Zu groß war die Last, die sich da gerade auf ihre schmalen Schultern gesetzt hatte. Thomas war jetzt leicht verunsichert. Aber das eben Geschehene überstrahlte alles. Er nahm sie noch etwas fester in die Arme, roch in ihre frisch gewaschenen Haare hinein und schloss für einen kurzen Moment die Augen.

Kapitel 9
Kein Weg zurück

Die Fahrt zu Julias Eltern verlief nahezu wortlos. Julia nahm vorn auf dem Beifahrersitz Platz und spielte mit ihrem Handy. Sie schrieb eine Nachricht an Steve. Thomas war diese Situation sichtlich unangenehm, aber er sagte nichts. Während er zaghaft eine Hand auf ihren Oberschenkel gelegt hatte, ignorierte sie ihn scheinbar völlig. Sicher hatte sie sich in einen Mantel des Selbstschutzes gehüllt. Doch trotz allen Verständnisses für ihre Situation tat es weh, ihr in diesem Augenblick so nah und doch so fern zu sein.

‚Tschüss' und ein Küsschen auf die Wange. So blieb Thomas allein in seinem Taxi sitzen und starrte noch etwa zwei Minuten mit laufendem Motor auf die Haustür, hinter der soeben ohne weitere Worte seine Julia verschwunden war. Er fühlte sich leer. War das jetzt alles? Zog sie sich jetzt vielleicht komplett zurück? Bis gestern Abend war alles so viel einfacher gewesen. Jetzt war er wirklich verknallt.

Julia war ein paar Stufen empor gestiegen und lehnte nun an der kalten Wand des Hausflures. Der vertraut heimische Geruch des alten Hauses erdete sie.

Es tat gut, vom Feldzug der Gefühle nun die sichere Festung eines bodenständigen Elternhauses zu betreten. Ihre Eltern hatten schon längst alles für den nahenden Besuch ihrer Tochter vorbereitet und liebevoll den Kaffeetisch gedeckt. Das gute Geschirr kam zum Einsatz und das kleine, verzierte Porzellan gab dem Gedeck einen festlichen Charakter. Es waren wohl die liebsten Eltern der Welt.

Ihre Mutter, ein Leben lang Hausfrau, hatte diese Ruhe und Wärme, die Julia in so vielen Phasen ihres noch jungen Lebens Kraft gaben. Von ihrem Vater hatte sie das Selbstbewusstsein eines Kaufmanns. An ihm hatte sich die Familie orientiert und er hatte es stets genossen, der Herr im Hause zu sein. Aber auch er war nach seinem Schlaganfall ruhiger geworden. Seit nun fast zwei Jahren war er zuhause und die Zeit des Rastens hatte beide ein bisschen schneller altern lassen. Die Probleme wurden andere und der Abstand zur Welt außerhalb der eigenen vier Wände vergrößerte sich zusehends.

Mit einem tiefen Seufzer nahm Julia die letzten Treppen und betätigte die Klingel. Ihre

Mutter öffnete ihr die Tür und sofort war alles so herrlich normal. Julia war gerührt und kämpfte mit den Tränen. Sie fühlte sich in diesem Moment wie ein schmutziger Eindringling in diese saubere, schöne, heile Welt.

Die Mutter kündigte nochmals den hohen Besuch an, indem sie mit gesangesähnlicher Tonlage „Schau mal, wer da ist!" durch den Flur trällerte. Als ob das Vater nicht wusste. Julia musste zwangsläufig schmunzeln und sie war froh, kurz dem filmreifen Liebesabenteuer entfliehen zu können, sozusagen das Kino verlassen konnte, um eine zu rauchen.

Verkitschte Bilder säumten den Flur und es war mal wieder viel zu warm. Aber das alles war jetzt genau richtig. Manchmal wäre es schön, die Menschen würden auch in der Liebe dem Vertrauten solch eine Bedeutung schenken, anstatt es dort zuweilen schon als erstes Zeichen eines nahenden Endes zu betrachten. Hier galt Vertrautes schnell als langweilig lähmender Alltag. Der Spannungsbogen ebnete sich und gab damit die Sicht auf Fehler, Irrtümer und sonstige Makel frei. Wenn da Liebe und Wertschätzung nicht ausreichten oder man sich bis dahin lediglich mit dem Liebesspiel betäubte, fühlte sich der

Boden unter den Füßen wahrlich etwas bedrohlich an. Der Schwebezustand im Liebestaumel machte süchtig. Wer mag schon Probleme? Wenn sich der Prinz in Klaus verwandelte und die Prinzessin in Petra, dann sah man die offene Zahnpastatube genauso deutlich, wie die Socken neben dem Bett. Sobald dann Prinzen rülpsen und Prinzessinnen pupsen, ist man gewahr, dass der Landevorgang vollends abgeschlossen ist.

So saß Julia einfach nur da, genoss es, verwöhnt zu werden und beobachtete das hektische Treiben im Wohnzimmer mit einem dankbaren Lächeln, während eifrig der Kuchen serviert wurde.

Kapitel 10
Kaffee, so schwarz wie die Seele

Der Montagmorgen in Berlin war ein grauer Tag. So richtig wollte sich der Sommer in diesem Jahr nicht durchsetzen. Julia fuhr dennoch, wie fast jeden Morgen, mit dem Fahrrad zur Arbeit. Für sie war es ein gutes Training und generell war die Fahrt mit dem Auto durch Berlin so aufreibend nervig, dass sie, wann immer möglich, auf das Fahrrad auswich. Zudem schonte das den Geldbeutel und brachte jeden Morgenmuffel in Schwung.

Thomas hatte sie gestern nicht mehr gesehen. Aber gedanklich war er ihr stets ganz nah. Es schien ihr, als wäre er eben noch da gewesen. Sie war umhüllt von diesem Ereignis. Alles Handeln, eine jede Tat fanden nur hintergründig statt. Als hätte jemand den Ton leiser gestellt, war jeglicher Fokus nur auf sie selbst gerichtet. Jedes Taxi ließ ihren Puls in die Höhe schnellen, jedes Klappern erinnerte sie an seine Gürtelschnalle ... Sie sonnte sich in den Strahlen der Erinnerung.
Schlagartig wurde ihr bewusst, dass sie nicht mal seine Telefonnummer hatte! Das musste sich dringend ändern. Spätestens heute Abend

würde sie ihn entweder selber danach fragen oder Michael darum bitten, sie ihr zu geben. Andernfalls bestand die Gefahr, vor Sehnsucht zu platzen. Wenigstens ganz kleine Nachrichten sollten fortan die Stunden ohne Thomas erträglicher machen. Heute Morgen hatte sie eine SMS auf ihrem Handy gehabt. Allerdings war diese von Steve. Er fragte, ob sie sich heute sehen könnten. Montagnachmittag in ihrem Stammcafé. Julia hatte Angst vor einem Wiedersehen. Sie wusste um die Bedeutung dieses Treffens. Denn erstmals seit ihrem Fehltritt musste sie ihm in die Augen sehen. Dabei war ihr nicht klar, ob es Zeit war, alles auszuschütten und das Geschehene für die Beendigung der Beziehung zu nutzen oder ob sie einfach lügen sollte. Vielleicht war das ganze ja nur ein Akt der Selbstbestätigung. Die Sehnsucht nach der Lust, fremdes Begehren, einfach der Kick des Neuen. Sie konnte sich nicht vorstellen, zweigleisig zu fahren. Sicher — das ist heutzutage fast schon Standard und treue Paare werden eher bewundert, belächelt oder als altmodisch abgestempelt. Aber spätestens hier spürte Julia deutlich, dass sie gern an alten Werten hing. Und genau das klang jetzt so furchtbar absurd. Denn Julia war nun eine von vielen …

Steve saß schon da, als Julia das Café betrat. Er sprang auf, um sie zu begrüßen und zu küssen. Reflexartig wich sie seinem Kuss aus. So landeten seine Lippen halb auf ihrer Wange, halb auf dem Mund. Peinlich berührt setzten sich beide verlegen hin. „Alles ok bei dir?" Er schaute sie fragend an. „Ja, alles ok", antwortete sie knapp. Das schien vorerst zu genügen, denn Steve wirkte nun etwas erleichtert.

„Willst du auch einen Latte?", grinste Steve jetzt schon etwas mutiger und sie nickte. „Und? Wie war dein Wochenende? Warum hast du denn nicht mal zurückgerufen?" Da waren sie wieder. Diese Kontrollfragen und indirekten Vorwürfe. Julia wäre am liebsten gleich wieder aufgestanden und gegangen. Wozu sich das antun? Was will der Typ? Die Markierung auffrischen? Julia merkte, wie sie ungerecht wurde. Ihr gegenüber saß schließlich ihr Verlobter. Da fiel ihr der nackte Ringfinger ein und instinktiv versteckte sie die Hand unter der anderen. Sie musterte ihn. Bisher schien er den fehlenden Verlobungsring nicht bemerkt zu haben.

„Ich weiß auch nicht. Mein Handy spinnt. Wollte dich heute gleich anrufen aber auf Arbeit war die Hölle los. Und als ich dann deine SMS las, hab ich ja auch ganz schnell geantwortet!" Steve begnügte sich ein weiteres Mal mit ihren Ausflüchten. Da kam zum Glück schon die Kellnerin, um die Bestellung aufzunehmen. Die Order der Getränke half über die steife Konversation hinweg. „Kann ich heute bei dir schlafen?", fragte Steve, kaum, dass die Kellnerin außer Reichweite war. Julia spürte wie es ihr kurz den Atem nahm. Was um Himmels willen sollte sie nun tun? Was, wenn Thomas heute wieder da sein sollte. Und wie soll sie damit umgehen, wenn sich die beiden begegneten? „Von mir aus gern. Aber ich hab meine Tage", antwortet sie betont lustig und mit einem gespielten Augenzwinkern. Sie hoffte, dass dies ein wenig abschreckend wirkte, denn was sollte Steve sonst bei ihr wollen? „Wir können ja sonst am Mittwoch auch mal ins Kino gehen", ging sie weiter in die Offensive. „Dann nehme ich beides", hörte sie Steve ganz vergnügt sagen, „eine tolle Idee!" Julia spürte, wie eine Hitzewallung ihren Körper in Besitz nahm. Sie hätte schreien können ‚Alter, du nervst. Verzieh dich!' Aber sie konnte kein Wort über die Lippen bringen. Sie nickte nur und lächelte so ungezwungen wie möglich. Steve schien amüsiert und voller Zuversicht auf die bevorstehenden schönen Stunden mit ihr.

Sie betrachtete Steve. Er erschien ihr in diesem Moment so unattraktiv. Seine Gesten, seine Aussprache – er war ihr noch nie so fern gewesen wie in diesem Augenblick.

Die Kellnerin brachte die Bestellung und flirtete unverblümt mit Steve. Julia nahm das ohne eine innere Regung wahr. Einzig stellte sich ihr abwertend die Frage, was die wohl an Steve so toll fand. Sie versuchte, die Gedanken abzuschütteln und nahm einen Schluck von dem noch viel zu heißen Getränk. Erschrocken zog sie das Glas vom Mund zurück und verschüttete dabei ein wenig Kaffee über ihre Hose. Sie schnellte hoch, wischte hektisch über die Flecken und entschuldigte sich energisch, um sogleich auf die Toilette zu verschwinden. Die Tür hinter sich zuwerfend atmete Julia ganz tief durch. Unerträglich empfand sie die Enge in der Gegenwart von Steve. Auf das Waschbecken gestützt betrachtete sie sich im Spiegel. Augenringe zeichneten sich ab. Julia war unzufrieden und fühlte sich fad und alt. Die Kellnerin betrat das WC und begann, sich neben Julia vorm Spiegel aufzuhübschen. „Alles ok?" Ohne eine Antwort abzuwarten fuhr sie fort: „Einen tollen Typen hast du da!" Während sie sprach, ließ sie ihr Spiegelbild nicht aus den Augen. Sie spitzte die Lippen zu einem Kussmund und schien zufrieden mit dem, was sie sah. „Lass mich raten. Jurist oder Arzt?" Scheinbar hatte sie mit ihrem Bedien-tablett auch das Gehirn hinterm Tresen gelassen. Julia war leicht irritiert. Doch es lenkte sie kurzzeitig von ihren eigenen Ge-danken ab. „Findest du? Fällt mir gar nicht so auf. Er ist Student und wir sind verlobt. Und glaube mir, nach neun Jahren siehst du ihn mit anderen Augen!" Die Kellnerin blickte ungläubig auf Julia. „Na wenn du meinst. Ich nehme ihn gern. Sag einfach Bescheid!" Sie öffnete einen weiteren Knopf an ihrer Bluse, inspizierte kurz ihr sichtbar gewordenes Dekolleté und machte sich frohen Mutes auf den Weg zurück ins Café. „Bis gleich, Glücks-pilz!"

Als Julia nach ein paar Minuten den Gastraum betrat, schwänzelte die Bedienung bereits wieder um den Tisch von Steve. Nun doch etwas genervt, ging sie zu den zwei Turtel-täubchen und bemerkte, kurz nachdem sich das Dekolleté mit dem Rest des Körpers ein paar Meter entfernt hatte: „Können wir bitte gehen? Oder willst du hier bei dieser Saft-schubse bleiben? Mir ist´s egal! Aber ich mache jetzt los, mich nervt das hier einfach! Lass uns von mir aus zu Hause weiterreden, wenn überhaupt! Ich bin einfach nicht in Stimmung!" Ohne eine Antwort abzuwarten ging sie hinaus ins Freie. Einfach nur raus hier!

Als Steve aus dem Café trat, gingen beide ohne ein weiteres Wort bis zu ihrem Fahrrad. Ohne ein Wort! Da war es wieder! Steve war so lieb, dass es wütend machte. Da waren keine Emotionen. Früher hätte er sie in die Arme genommen, hätte ihre Stirn geküsst und mit seinem Blick ein Pflaster über ihre Wunde gelegt. Und heute? Da war einfach nichts. Aber woher sollte er denn überhaupt ahnen, was in ihr vorging? Wie sollte er eine Verletzung sehen, die nur in ihrem Inneren klaffte? Und er war ja nicht mal auf den Flirt der Kellnerin eingegangen. Julia sah nur, was sie sehen wollte, um den Ausbruch ihrer Emotionen zu legitimieren.

„Ich verstehe dich einfach nicht", hörte sie Steve stammeln. Sichtlich verunsichert blickte er vor sich auf den Boden. „Was ist nur los mit dir?" Wieder war da dieser bohrend fragende Gesichtsausdruck. ,Was für ein Weichei!' Nun wurde Julia ungerecht, aber nur so konnte sie Sicherheit im Umgang mit ihrem Geheimnis gewinnen. Sie lieferte sich fadenscheinige Rechtfertigungen für ihr Handeln.

Das tat gut! Und Steve? Der hatte bei diesem Spiel keine Chance …

Sie verstauten ihr Fahrrad im Auto von Steve und machten sich gemeinsam auf den Heimweg.

Kapitel 11
Lukas ist der Beste!

Als Steve das Auto vor ihrem Haus parkte, sah sie schon das gelbe Taxi in der Parklücke stehen. Thomas war also da. Wie schön hätte das Wiedersehen verlaufen können. Sie hätte ihre Mitbewohner eingeweiht und hätte Thomas mit zu sich ins Zimmer genommen, um von jetzt an jede Möglichkeit zu nutzen, um mit ihm zusammen zu sein. Und sie wollte wieder mit ihm schlafen. Es war kein Ausrutscher. Sie spürte tiefe Emotionen und unsagbares Verlangen. Auch wenn es für derartige Gefühle viel zu früh war, fühlte sich dieses Verliebtsein so gut an! Und wenn es nur der Wunsch war, eine Illusion, dann sollte es einfach nicht aufhören! Sie wollte das hier und jetzt genießen.

Augen zu und durch. Julia ging voran die Treppen hinauf. Als sie Steves Hand zwischen ihren Beinen spürte, raunzte sie ihn an: „Mensch, pass doch auf. Das ist jetzt alles ein bisschen empfindlich, du Grobian! Wie kannst du jetzt überhaupt an so etwas denken! Merkst du eigentlich, dass mich dein Verhalten verletzt?" Steve trat einsichtig den Rückzug an. „Ich möchte einfach, dass alles wieder normal ist. Lass uns doch den Abend genießen! Ich möchte nicht mit dir streiten", sagte Steve mehr zu sich selbst.

Julia war in Gedanken schon längst woanders. Der Spannungsbogen drohte zu zerbersten, als sie den Schlüssel im Schloss herumdrehte. „Hi Micha", rief sie theatralisch in die Küche. Michael saß zum Glück allein dort. „Na, Julia", kam gedankenversunken aus Micha hervor, der jetzt aber aufblickte und seine Augenbrauen freudig hochzog. „Mensch, Steve, alte Rakete. Auch mal wieder da?", rief Michael cool und sichtlich erfreut. Julia hatte es indes eilig, in ihrem Zimmer zu verschwinden. „Na. Die kann es wohl kaum erwarten!", rief Michael den beiden hinterher. Steve trottete wortlos seiner Verlobten nach. Julia schloss schnell die Tür ihres Zimmers. Das wäre erst einmal geschafft.

Wie immer schnappte sich Steve die Fernbedienung ihres Fernsehers und warf sich auf die Couch. Wie sie das hasste. Hatte er keinen Fernseher zuhause? Weshalb brauchte er sie zum Glotze gucken? Ok, in den Werbepausen konnte man mal galant unter ihr T-Shirt greifen, in dem Glauben, die bloße Anwesenheit seiner Hände würde sie in Verzücken versetzen und ihr ungeahnte Ekstasen bescheren.

Julia erschrak davor, dass sie zunehmend so etwas wie Abscheu und Respektlosigkeit vor diesem Menschen spürte. Er spielte eigentlich gar keine Rolle mehr in ihrer Welt und das wusste sie. Am liebsten wollte sie die Augen schließen und hoffte, beim nächsten Öffnen der Lider eine leere Couch vorzufinden. Aber da lag er. Ihr Jugendtraum hatte sich in einen Einrichtungsgegenstand verwandelt. Und sie merkte, dass sich ihr Geschmack fürs Mobiliar im Laufe der Zeit geändert hatte. Einfach mal alles neu streichen. Raus mit den alten Möbeln. Durchatmen. Die Fenster öffnen und die Freiheit ganz tief einatmen!

„Hast du ein Bierchen da?" Die Frage von Steve riss sie aus ihren Gedanken. Mit dem Oberkörper wippend sah er sie mit fragendem Blick an. Warum musste er ständig diese Verniedlichungsformen benutzen. Konnte er nicht einfach nach einem Bier fragen und dabei sprechen wie ein Mann und nicht wie ein Eunuch? „Warte, ich schau mal in der Küche …", hörte sie sich sagen. Schon hatte sie die Tür geöffnet und verschwand. Sie spürte ihr Herz schlagen. Schon der Gedanke, dass ER in der Küche sein konnte, versetzte sie in Aufregung. War der Flur schon immer so lang gewesen …? Julia stand in der Küchentür. Die Kühlschranktür war offen und sie sah zwei Beine unter der Tür hervorlugen. „Thomas?", fragte sie ohne zu überlegen. Ein Kopf trat zum Vorschein und dieser gehörte leider nicht zu Thomas. Es war Lukas. Der durchgeknallteste Typ, den Julia bisher kennengelernt hatte. „Nee! Aber du kannst mich gern nennen wie du willst, Schatz!" Lukas grinste und streichelte sich vergnügt über seinen Bierbauchansatz. „Ach Lukas. Bevor ich dich kannte, dachte ich, die Welt sei in Ordnung …" Julia war von dieser Situation amüsiert. Sie merkte, wie sehr sie das Leben hier mochte und wie fern ihr Zimmer am Ende des Flures in diesem Moment war. Vielleicht schläft Steve ja ein.

Sie nahm sich vor, einfach hier in der Küche zu bleiben. „Wie viel Bier hast du dir schon hinter die Binde gekippt?", wollte sie wissen. Lukas spielte den Überraschten. „Ist mein erstes. Glaub ich. Willst du auch eins?" Ach, warum eigentlich nicht. Julia zog einen kleinen, aufmüpfigen Flunsch und gab Lukas zu verstehen, dass sie nicht abgeneigt war. Sie war bereit für Veränderungen und das zur Unzeit vertilgte Bier sollte der Beginn einer neuen Zeitrechnung sein.

Die zwei Bierflaschen stießen aneinander. „Hopp, hopp. Rin in Kopp!" Julia musste kichern. Sie mochte Lukas. Eigentlich diesen ganzen Haufen Jungs hier, die alle auf ihre Art liebenswert waren. Aber wo steckte Thomas nur? Sollte sie einfach noch mal fragen? Oder fiele das zu sehr auf?

„Und. Wer ist noch so da?", fragte Julia, bereit, über Umwege an ihr Ziel zu kommen. Lukas stieß ein brunftartiges Bäuerchen hervor. „Upps … Hähä … Sorry. Also warte. Ich glaube Michael und dieser Thomas. Die zocken am PC!" Na gut. Er war also wirklich da. Aber warum versuchte er nicht einmal Kontakt herzustellen? War sie ihm egal? Sie ging weiter in die Offensive: „Wer ist dieser Thomas eigentlich? Woher kommt der auf einmal?" Lukas war diese ganze Fragerei jetzt eigentlich ein bisschen viel und er verzog schon ein wenig genervt das Gesicht. „Keine Ahnung, Häschen. Aber ich bin doch da! Warum also über irgendwelche Typen labern, wenn doch das gute so nah ist?!" Mensch, konnte der denn nicht einmal ernst sein? Weiterzubohren hatte wohl keinen Sinn.

Lukas fuhr ungefragt fort: „Der hat wohl hier alles aufgegeben und will in die Schweiz gehen …!" Julia merkte, wie es ihr die Kehle zuschnürte. Es war eine Mischung aus aufkommender Wut, Tränen und Leere, die allesamt Anspruch auf Besitznahme von Julias Gemütszustand anmeldeten. „Aha, Schweiz", sie kämpfte um ihre Fassung und merkte, dass ihre Stimme zu kippen drohte.

„Hast du mal eine Zigarette?" Lukas hielt inne. „Julia. Bist du das? Du willst eine Zigarette? Ich glaub´s nicht. Unsere WG-Gouvernante mit Hang zur militanten Anti-Rauch-Bewegung in Wohnformen jeder Art will eine Kippe!!??" Jetzt war Lukas hellwach! Er hielt ihr die Schachtel aufgeregt vor die Nase, bereit, an diesem historischen Moment teilzuhaben. Das Feuer brachte das Ende der Zigarette zum Glimmen und der erste Zug entlockte ein leises Knistern. Sofort stockte ihr der Atem. Ihre Kehle war noch immer wie zugeschnürt und der Qualm reizte sie so sehr, dass sie drauflos hustete. „Ach Mädchen, was is´n los mit dir?" Jetzt war Lukas neugierig. Da war doch was im Busch. Er beugte sich wissbegierig über den Tisch und stellte alle Antennen auf Empfang. „Na los, erzähl´s dem Onkel Lukas!" Julia musste lachen. Irgendwie hatte sie Lust, alles zu erzählen. Endlich mal raus damit. Selbst wenn es Lukas ist. Hauptsache diese Last nicht mehr mit sich herumschleppen. „Ich will nicht mehr so weiterleben wie bisher", stellte Julia in den

Raum. „Ich habe keinen Bock mehr auf so ein Spießerdasein und diese Scheinbeziehung mit einem Halbtoten!" Jetzt war Julia in Fahrt. „Ich will lachen, mit dir Bier trinken und ich will leben! Ich will Sex machen wie eine 27-Jährige und nicht wie eine Stützstrumpf tragende Mittsiebzigerin!" Lukas hielt sich seinen Bauch und lachte wie ein kleines Kind. Die Füße trommelten auf den Boden und Tränen standen in seinen Augen. Den schon hochroten Kopf auf Julia richtend und noch mal von einem Lachkrampf geschüttelt, stieß er hervor: „Hey kein Problem. Kann sofort losgehen! Wozu sind denn Freunde da!" Jetzt drohte der Stuhl unter dem Wippen dieses nie erwachsen gewordenen Jungens in alle Stücke zu zerfallen. „Julia! Ich liebe dich dafür!" Lukas war damit beschäftigt, seinen Atem wieder auf Normalfrequenz zu bringen. Irgendwie konnte Julia nicht so richtig mitlachen und das ließ die Neugier wieder Besitz von Lukas ergreifen.

„Sorry, Julia! Das kam jetzt so schön und unerwartet aus dir heraus – ich könnte mir einpullern!" Er wischte sich die Tränen aus dem Gesicht und schaute so ernst wie möglich zu Julia. „Los komm. Jetzt mal ernsthaft. Hast du Probleme mit Steve? Was ist los? Ihr seid doch für alle das Traumpaar schlechthin. Wie oft weisen mich meine Eltern auf diese Musterbeziehung hin und mahnen mich, doch endlich erwachsen zu werden."

Da waren sie schon wieder. Diese Erwartungen. Dieser Druck von außen. Man musste dem Bild entsprechen, welches man selbst von sich über Jahre gemalt hatte. Das Bild war voller Farbe und es war kein Platz mehr für einen weiteren Pinselstrich. Es hieß nun entweder das Bild vor Einflüssen von außen zu schützen oder das Blatt zu wenden, um eine neue Seite mit dem ersten Farbstrich zu beginnen. „Ach Lukas. Was ist denn eine perfekte Beziehung? Das, was es zu sein scheint oder das, was man selber dabei fühlt?"

Das war jetzt aber schwere Kost. Lukas nahm sich noch ein Bier. Er musste jetzt ganz stark sein, denn es ging hier um mehr als nur ein paar coole Sprüche. Julia fuhr fort. Sie erzählte es mehr sich selbst als dem großen Tollpatsch, der ihr gegenüber saß.

„Wer fragt denn, wie es einem wirklich geht? Will das denn jemand wissen? Ist man nicht eigentlich total überfordert, wenn man einen Bekannten beiläufig im Supermarkt trifft und fragt ‚Na wie geht's' und der dann antwortet ‚Also eigentlich nicht so gut. Du glaubst nicht was meiner Schwiegermutter gestern passiert ist. Und auch mein Wellensittich verliert zurzeit Federn. Und mein Stuhlgang ist derzeit so unregelmäßig …!' Wen interessiert das? Niemanden." Die schöne Julia und der smarte Steve. Ich kann das nicht mehr hören! Schön aussehen ist doch nicht alles! Ich will doch keine Familie aus dem Regal der unbegrenzten Möglichkeiten des Privatfernsehens. Das schlimmste ist, dass ich nicht mal selber weiß, was ich will. Ich spüre nur, dass ich das nicht will, was ich da im Moment habe. Dass es sich schrecklich anfühlt und jeder Tag dem Vortag so gleich ist. Es gibt keine Überraschungen mehr. Keine Glücksgefühle. Bin ich denn völlig blöd, dass ich solche Gefühle vermisse? Oder ist das Leben einfach so, dass man nur kurz diesen Zauber des Glücks mit einer solchen Wucht erfahren darf und der Rest des Lebens dann ein ‚Glücklich sein, mit dem was man hat' bedeutet? Ab wann ist es Respektlosigkeit vor der Gewohnheit und dem Alltag? Und ab wann ist es einfach nur das Innehalten auf dem Beschreiten einer Sackgasse? Kennst du sie, die Weggabelungen des Lebens und die vergebliche Suche nach dem Zurück auf den richtigen Pfad seines persönlichen Glücks? Woran soll man denn diesen scheiß Weg erkennen!?"

Lukas merkte, wie er Schwierigkeiten hatte, den Worten zu folgen und wie seine Gedanken abglitten. ‚Jetzt bloß keine Müdigkeit zeigen! Aber wie komme ich hier am schnellsten aus der Küche raus. Hat die einen Roman verschluckt? Was nimmt die für Zeug?‘

„Da hast du recht!", erwiderte er so schnell er konnte. „Man muss einfach seinem Herzen folgen!" Jetzt war er stolz auf sich und seine spontane, fast schon intelligent klingende Antwort. Das musste doch gesessen haben! Vielleicht war er ja doch ein ziemlicher Frauenversteher, auch wenn das die Frauen bisher noch nicht so erkannt haben. Angespornt von seinem unerwarteten Erfolgserlebnis holte er zu einer weiteren Floskel aus: „Wenn ich irgendwas für dich tun kann oder du mal eine Schulter zum Anlehnen brauchst, lass es mich nur wissen. Ich bin da, hörst du?" Innerlich klatschte er sich nun selber ab. Es war eine Punktlandung. Wo hatte er nur diese Sätze aufgeschnappt. Vielleicht ergab sich auch in nächster Zukunft eine Trostrunde mit Julia. Lukas nahm einen kräftigen Schluck aus der Pulle …

Julia betrachtete Lukas und dachte: ‚Hoffentlich hält der dicht. Eigentlich gar nicht so ein Blödian wie er immer tut. Und wenn er sich mal die Haare schneiden lassen würde, dann wäre das auch ein ziemlich gut aussehender Mann. Wer hätte gedacht, dass Lukas so einfühlsam sein kann.' „Ich bin froh dich zu kennen und ich liebe meine WG-Jungs hier!" Euphorisch warf sie Lukas einen Handkuss zu.

Kapitel 12
Nein!

‚Schweiz. Dann soll er doch! Was mische ich mich denn auf einmal in sein Leben ein? Ich war es doch, die ihn verführt hat.' Julias Gedanken waren wieder bei Thomas. Es ging ihr etwas besser und klare Gedanken erfüllten ihren Kopf. „Na ihr zwei?," Steve stand in der Tür. „Da muss ich mir wohl mein Bier selber holen, stimmt's, Schatz?" Er küsste im Vorübergehen ihren Kopf und begab sich an den Kühlschrank. „Prost!" Etwas verloren stand er nun vor dem Tisch. Wie lange wird er schon in der Tür gestanden haben? Julia musterte ihn genau. Da war keine unübliche Regung. Er hatte wohl nichts mitbekommen. Schnell sagte sie: „Na dann mal ab ins Bett!" Nur schnell raus hier aus der Küche bevor es zum Aufeinandertreffen mit Thomas kam. Steve gab ihr einen Klaps auf den Po und schlenderte ihr betont lässig hinterher. „Hach, welch ein herrlicher Anblick!", hörte sie ihn sagen. Kaum war die Tür zu ihrem Zimmer, nach scheinbar unzähligen und nie enden wollenden Metern durch den Flur, geschlossen, drückte Steve seine Verlobte von innen dagegen. Sein biergetränkter Atem stieß ein „Ich will dich!" hervor und er griff ihr fordernd in den Schritt während er sie mit wilden Küssen übersäte. Mit der anderen Hand versuchte er ungeschickt ihre Brüste aus der Umklammerung des BHs zu lösen. Er wollte sie sehen. Es waren seine Brüste. Und er wollte Sex.

Julia spürte, wie ihr die Situation unangenehm war. „Hör auf damit!", fuhr sie ihn an. „Ich will nicht!" Steve reagierte nicht. Wie im Rausch und im Glauben, Julia ziere sich nur anfangs, setzte er seine ungebetenen Liebkosungen fort. Mit festem Griff drückte er Julias Hand auf seine Erektion. „Du kotzt mich an!", sie drückte so fest sie konnte zu und sah in sein schmerzverzerrtes Gesicht. „Lass mich in Ruhe!", stieß sie hervor, öffnete die Zimmertür und rannte ins Bad. Sie spürte die Abscheu gegen diesen Menschen. „Ich kann nicht mehr! Ich kann einfach nicht mehr!", sagte sie zu ihrem Spiegelbild. Julia sank auf den kalten Fliesenboden und weinte hemmungslos. Es waren angestaute Gefühle die sich in Selbstmitleid entluden. Sicher war ihr Verhalten unverhältnismäßig, doch sie packte in diese Situation all ihre Wut, all ihre Verzweiflung und gab sich nun beiden dankbar hin. Kaltes Zittern ließ ihren ganzen Körper vibrieren. Keine Decke dieser Welt

hätte es in diesem Moment vermocht, ihr
Wärme zu geben ...

Kapitel 13
Die braune Freundin

Steve stand wie versteinert da. Noch immer spürte er den Schmerz an seinem Glied, doch viel mehr tat es weh zu merken, wie fremd sie sich geworden waren. Bisher wollte er es einfach nicht wahrhaben, aber dieses Ereignis öffnete ihm abrupt die Augen. Er war hier unerwünscht. Seine eigene Freundin wies ihn ab. Er sah noch immer ihre Augen. Scheinbar voller Ekel und Hass hatten sie ihn wie ein Messer durchbohrt. So hatte er Julia noch niemals erlebt.

Er schnappte seine Jacke. Keinen Augenblick wollte er mehr hier sein. Steve knallte die Wohnungstür hinter sich zu. Nur weg von hier! Irgendwo hin. Was hatte er ihr getan? Warum verhält sie sich so? War nicht bisher immer alles so harmonisch verlaufen? Er konnte sich das nicht erklären. Er trat auf die halbdunkle Straße und blickte entlang der Häuserzeilen auf die sich in den Regenpfützen brechenden Lichter der Abendlaternen. Ein stumpfer Schmerz steckte in seinem Herzen. Wut mischte sich in seine Gedanken. Er wollte schreien, Scheiben einschlagen, Autos demolieren … irgendwas, nur raus mit diesem Unverständnis, das ihm gerade den Atem nahm. Er lief ohne ein Ziel die Straße entlang und spürte, wie er mit den Tränen rang. Ohnmächtig schaltete sich die Außenwelt in seiner Wahrnehmung ab. Dem unerträglichen Gefühl der Ablehnung davoneilend, lief er los. Es regnete wieder und das Wasser mischte sich mit seinen Tränen, die er nicht mehr beherrschte. Er rannte und keuchte die Anstrengung seines Schmerzes in die Nacht. Bis zum Park, wo der Weg anstieg. Hier hielt er inne. Er konnte nicht mehr. Schwer zu sagen, wie lange er gerannt war, aber seine Beine waren müde. Er setzte sich auf die Parkbank, die einladend zu seiner Rechten stand. Sofort drang kühle Nässe durch seine Hosen. Zuerst kurz irritiert, nahm er nun den feuchten Stoff gerne in Kauf. Es sollte jetzt so sein und passte zu seinem Gemütszustand. Ihm war jetzt alles egal.

„Kippe?" Ein Duft von Fusel und Zigarettenqualm drang ihm in die Nase. Ein mächtig zerlumpter Typ bot ihm mit regungsloser Miene seine Zigaretten an. Dankbar griff Steve zu, während er wortlos nickte. Beim ersten Zug schloss er die Augen. Das tat jetzt gut. „Liebeskummer?" Der

Fremde ließ nicht locker. Sicherlich suchte er einen Gesprächspartner für den Abend. Steve nickte ein weiteres Mal. Wissend nickte der Alte und nahm ungefragt Platz. „Mein Junge. Kein Weib dieser Welt ist ein graues Haar wert!" Mit flinkem Griff zog er seine Mütze vom Kopf und wies auf sein weißes Haar. „Und die sind alle von ein und derselben!" Ein tiefer Seufzer entglitt ihm. „Ich heiße übrigens Bernd. Wie das Brot." Ein röchelndes Lachen ließ seine etwa noch zehn verbliebenen Zähne zum Vorschein kommen. „Den Nachnamen hab ich vergessen." Die Flamme seines Feuerzeuges entzündete den nächsten Glimmstengel und kurz war es ganz still. „Und du? Wie heißt du?", wollte er nun wissen. „Steve." Eigentlich hatte Steve überhaupt keine Lust, mit einem dahergelaufenen Penner zu reden. ‚Der soll die Flocke machen. Wo kam der eigentlich so plötzlich her? Obwohl, die Schachtel Zigaretten könnte er schon dalassen!'

„Steve?" wiederholte dieser Bernd. „Kommst wohl nicht von hier? Oder bist du ein Mitbringsel aus dem Urlaub?", wieder röchelte Bernd vergnügt vor sich hin und kam jetzt wohl erst richtig in Fahrt. „Mach dir nix draus. Hier sind wir Multikulti! Guck, ich trinke Whisky, der ist auch nicht von hier!", stellte

Bernd nun gebildet fest. „Whisky. Auf den ist Verlass. Der ist ehrlich, widerspricht nicht, wärmt und macht einen klaren Kopf!" Bernd hielt die Flasche hin und seine Gesten forderten Steve auf, einen Schluck aus der Pulle zu nehmen. „Nein danke. Ist mir zu krass!" Nun schaute Bernd etwas ungläubig und setzte nach: „Ich wusste ja nicht, dass Steve ein Mädchenname ist!" Das Röcheln blieb diesmal aus. Bernd war nun doch verunsichert. An wen war er denn hier geraten. Eine wegwerfende Handbewegung sollte diesen Vorfall vergessen machen und Bernd trank einfach ein Schlückchen für Steve mit. In seine Whiskyflasche füllte er stets billigen Fusel. Sie war sein Souvenir, sein Partner zum festhalten, ausheulen und zuhören. Die edle Flasche hatte er auf einem seiner Streifzüge gefunden. Seither war die Braune seine treue Begleiterin und gab dem Inhalt ein wenig Würde …

„Weißt du, ich war auch mal so ein schmucker Junge wie du." Die kleinen gläsernen Augen unternahmen kurz den Versuch, Steve konzentriert zu betrachten. Es war wohl vergebens. Bernd schüttelte den Kopf und schaute lieber wieder wirr vor sich hin. „Aber so ein Weibsbild hat aus mir einen gebrochenen Mann gemacht. Ich hab sogar einen Jungen.

Der müsste jetzt dein Alter haben. Glaube ich." Ein kräftiger Schluck dieser feurigen, braunen Brühe ölte die Stimme für weitere Ausführungen. „Aber dieses Miststück von einer Frau hat mich eines Tages wegen ihres Chefs sitzen lassen. Einfach so!" Ein Seufzer unterbrach ihn kurz bevor er fortfuhr: „Und irgendwann habe ich mir meine braune Freundin hier gesucht und wir sind seither zusammen."

Steve schaute sich diesen Bernd nun ein bisschen genauer an. Er wollte erkennen, was von ihm früher einmal wie er ausgesehen haben mochte. Er blickte in das von Falten übersäte Gesicht, sah zwei kleine, wirre, blaue Augen und einen ungepflegten Bart. Steve konnte das Alter dieses Mannes schwer einschätzen. Vielleicht sechzig, vielleicht siebzig. Aber bestimmt wusste das dieser Bernd selber nicht so richtig. Er brummte gerade in seinen Bart, irgendwas von „... die Kuh ..." und „... aufhängen ...", bis er unvermittelt mit seinen Erzählungen fortsetzte. „Sie hat mir nicht mal Tschüss gesagt. War einfach weg, als ich nach Hause kam. Kein Brief. Kein Anruf. Einfach nix! Ich habe erst von Freunden erfahren, was genau geschehen war. Kurz darauf verlor ich meinen Job. Mein

Boss mochte meine neue Freundin wohl nicht ausstehen. Und ich habe auf einmal allein auf diesem Planeten gestanden. Die Flasche Whisky in der Hand und den Sternenhimmel als Zudecke. Keiner meiner Freunde war auf einmal mehr da. Ich war ihnen peinlich geworden. Es war nicht schick, mit einem Versager gesehen zu werden!" Steve blickte betroffen auf den Boden vor seinen Füßen. Auch er hatte nur den Penner in diesem Bernd gesehen und keine Geschichte hinter einer solch schmutzigen Fassade vermutet. „Das tut mir leid. Ehrlich!", gab er zu verstehen. „Weißt du, Bernd, ich glaube, ich mache gerade ähnliches durch. Meine Frau liebt mich nicht mehr und ich weiß nicht warum. Sicher hat sie auch einen neuen Macker und ich bin ihr eine Last geworden. Die Frauen sind doch diejenigen, die den Traum von einer glücklichen Familie durch überzogene Ansprüche an die Liebe stets in selbstzerstörerischer Art und Weise immer wieder vernichten. Wie vielen meiner Freunde geht's genauso?! Überall verlassen die Frauen ihre Männer. Und meist ist da schon ein Neuer am Start! Und dabei heißt es immer, wir Männer sind die Schweine!"

Jetzt fühlten sich die beiden sichtlich wohl in ihrer Opferrolle. Längst hatte Steve seine

Berührungsängste verloren und bereits den nächsten Glimmstängel im Mund. „Diese Emanzipation hat einfach alles versaut. Diese Mannsweiber haben den Geschirrspüler erfunden, ziehen sich Fußballschuhe an und erheben Ansprüche auf den Chefsessel! Aber Türaufhalten und ‚Bitte, die Dame‘, das soll gefälligst alles schön so bleiben! Wenn du mich fragst ... Ach, frage nicht!" Bernd schwankte verdächtig und drohte vornüber in den Dreck zu fallen. Er fuhr dennoch unvermittelt fort: „Zu lieb soll er nicht sein – das ist langweilig. Zu protzig soll er nicht sein – sie wollen ja keinen Macho! Geld soll er möglichst haben – die Frau will abgesichert sein! Gut aussehen soll er, Waschbrettbauch sollte schon drin sein – das Auge isst schließlich mit! Dazu noch sportlich, groß, gebildet, humorvoll – die Dame möchte zum Lachen gebracht werden – ach ja, und bitte häuslich, kinderlieb, Nichtraucher und ein Herz für Tiere sollte dieser Allrounder haben. Nicht mehr, aber verdammt auch nicht viel weniger! Und wenn er dann doch tatsächlich alles haben sollte, dann verlässt sie ihn, weil diese Perfektion einfach nervt und auf Dauer langweilig ist!‘"

Jetzt war Steve beeindruckt. So besoffen dieser Typ hier neben ihm war. Diese Sätze klangen, wenn auch mit schwerer Zunge gesprochen, so intelligent. Vielleicht übertrieb dieser besoffene Alte ein wenig, aber Steve konnte auch keine falsche Passage in seinen Ausführungen erkennen und so hing er seinen Gedanken nach. War es nicht so, dass alles das langweilig war, was man besaß? Waren nicht schon früher die Schokoriegel der anderen Kinder viel leckerer als die eigenen? Hatte der Freund nicht immer das schönere Spielzeug, das tollere Fahrrad und die netteren Eltern? Waren wir Menschen vielleicht einfach undankbare Geschöpfe? Stets am Streben nach dem Nächstbesseren. Dem Neuen. Dem Unentdeckten. Dem Unerreichbaren? Lebte davon aber nicht auch all der Fortschritt im Leben? Aber wie sollte man diesen Urtrieb in einer Beziehung unterdrücken? So sehr wie es dem Mann befohlen schien, seinen Samen so weiträumig wie nur möglich auf der Welt zu verteilen, so sehr schien es auch in der Natur der Dinge zu liegen, den Fortschritt immer fest im Blick, das Erreichte stets als Treppenstufe zur nächst erstrebenswerten Sache zu betrachten. Die Kunst innezuhalten beherrschen nur die wenigsten oder mitunter erst im hohen Alter.

Also liegt wohl das Geheimnis im Erlernen der Zufriedenheit. Zuerst mit sich selbst und dann mit dem, was einen umgibt.

Bernd war eingenickt. Die Flasche noch immer sicher in der Hand haltend, war der restliche Körper in sich zusammengesunken. Warum hatte Steve diesen alten Mann hier getroffen? Er tat ihm leid. Aber vielleicht war er inzwischen viel weiser als so manch anderer Mensch und gerade diese Erkenntnisse trieben ihn tiefer und tiefer in den Abgrund. Wie schnell muss sich für einen solchen Menschen die Welt drehen. Wie unerreichbar die Menschen an der Ampel erscheinen, die mit leerem Blick an ihm vorüberziehen? Ist es nicht allzu verständlich, dass die Schwerelosigkeit der Trunkenheit da ein angenehmer Ausflugsort ist. Und wie blöd muss es sein, wenn der nachlassende Vollrausch den Menschen wieder zurückholt und allein lässt, in der Anonymität, mit all den Ängsten und Sorgen ... „Ach Bernd." Steve stand auf und ließ einen Zehneuroschein auf der Bank liegen. Irgendwie drängte ihn das schlechte Gewissen dazu. Er konnte jetzt nach Hause gehen. Bernd blieb hier zurück. Sicher würde er ihn nie wieder sehen ...

Kapitel 14
Der Brief

„Guten Morgen, Berlin!", der Moderator des Frühstücksradios gab sich alle Mühe, die Menschen von seiner guten Laune um sechs Uhr morgens zu überzeugen. Julia suchte mal wieder mit geschlossenen Augen diesen verdammten Aus-Knopf. Ihr Kopf dröhnte und sie war sich ganz sicher, heute krank zu machen. Der Druck auf ihren Augen erinnerte sie daran, dass sie sich gestern in den Schlaf geweint hatte. Dieser machte für kurze Zeit alle Sorgen vergessen. Aber leider stellte sich dieses dumpfe Gefühl auch am nächsten Morgen sofort wieder ein.

Wegzulaufen machte also keinen Sinn. Ihre Gedanken begannen sofort wieder zu kreisen. Steve. Was hatte er in seinem Ärger getan? Hatte sie überzogen? War sie in der Phase der Abneigung gegen Steve einfach zu weit gegangen? Er war schließlich ihr Freund. Ihr Verlobter. Neun Jahre bleibt man doch nicht einfach nur aus Versehen zusammen!? Vielleicht war sie momentan nur in einer dieser Phasen, die jeder Mensch immer wieder durchlebt. Eine stetig wiederkehrende Zwischenprüfung, aus denen Paare dann im idealen Fall sogar gestärkt hervorgehen. Aber warum dann Thomas? Warum diese Zuneigung? Wie konnte es dazu kommen, dass sie sich auf ein Liebesspiel mit ihm einließ? Und dazu noch ein von ihr initiiertes?! Sie hatte die Sehnsucht gespürt. Das unbändige Verlangen nach Erfüllung. Und sie war sich noch gestern ganz sicher, diese nur bei einem neuen Mann finden zu können. Und heute? War die Welt heute noch die gleiche? Oder kehrte die Liebe zu Steve, wie ein auf dem Dachboden gefundener Lieblingsroman, wieder zu ihr zurück? Das nervte! Julia warf sich mit dem Gesicht auf das Kissen! Sie wollte diesen alten Liebesroman nicht, dessen Seiten viel zu vergilbt waren und die sie schon tausendmal gelesen hatte. Nichts überraschte. Alles war so vorhersehbar. Und was war Thomas? Eine bunte Illustrierte, die man bei einem Arztbesuch innerhalb der Wartezeit durchstöbert hatte, der man im Grunde nur wenig Bedeutung schenkte und nach kurzer Zeit wieder weglegte? Nein. Dessen war sich Julia bewusst. Mindestens ein dickes Buch war Thomas. Bereit, den Platz des Lieblingsromans einzunehmen. Doch schon hier regten sich die ersten Zweifel. Wie lange hielten die reinen, jungfräulichen Seiten der neu gewonnenen Leselust stand? Wann waren sie genauso abgegriffen und der Inhalt mindestens so langatmig, wie der des alten Lieblingsschmökers? War Lesen nicht ohnehin aus der Mode geraten …? Steve hatte sie gestern nicht mehr angerufen. Sie war von ihrer eigenen Reaktion selbst so geschockt, dass sie wie gelähmt den Abend in ihrem Zimmer verbrachte und nach zwei Gläsern Wein unter Tränen auf ihrem Bett eingeschlafen war.

Julia brauchte eine Kopfschmerztablette. Zu wirres Zeug irrte durch ihren Kopf. Wo gestern noch die Leidenschaft kochte, wehte heute ein ernüchternder Wind.
Ein Geräusch brachte sie in die Gegenwart zurück. Sie war sich sicher, dass da jemand an der Tür war. Sofort hellwach starrte sie auf die Türklinke. Ihr Atem ging sprunghaft schneller, sie versuchte ihn zu unterdrücken, um angespannt zu lauschen. Langsam wurde ein Zettel unter der Tür hindurch geschoben und nun drohte ihr Herzschlag für Dritte hörbar zu werden. Thomas! Das musste er sein! Scheiß auf das Romangesülze. „Thomas?", sie musste es einfach tun. „Bist du das?", sie lauschte angespannt und war bereit zur Tür zu laufen um ihn in Empfang zu nehmen. „Ist schon gut!", war die schrecklich vertraute

Stimme auf dem Flur zu vernehmen. „Ich bin´s bloß!", erwiderte Steve ernüchternd.

Julia traf es wie ein Faustschlag in den Magen. Wie konnte sie nur so dumm und unvorsichtig sein? Nicht in der Lage, etwas zu sagen blieb sie regungslos sitzen, den Blick wie versteinert auf die Tür gerichtet, unfähig auch nur einen Laut von sich zu geben. Es war zu spät. Die Grundlage für irgendwelche Ausflüchte war entzogen. Sie hörte seine Schritte, die ihn aus der Wohnung führten. Julia hob zaghaft den Zettel auf, war aber nicht in der Lage, ihn zu lesen. Das kleine Stück Papier fest in der Hand, stand sie wie versteinert in ihrem Zimmer. Ihr Blick war leer, genau wie ihr Kopf.

Was war nur mit Julia geschehen? Wohin sollte diese Reise gehen? Sie kannte kein Ziel, nicht mal die Richtung war ihr klar. Wo noch vor kurzem alles so bodenständig war, sich das Leben so normal und so einfach anfühlte, da herrschte jetzt Chaos. Die Vielfalt und Frequenzweite ihres Herzschlages war atemberaubend und manchmal hatte sie Angst davor, das kleine Pumpwerk könnte einfach stehen bleiben. Kann man jetzt noch um-kehren? Zurück zu dem alten geradlinigen Leben? Dort lebte es sich viel ruhiger und

unbeschwerter. Auch wenn die Gefühls-
ausbrüche nicht bis in den Himmel reichten,
so war man auf der anderen Seite auch dem
Abgrund nie so nah ...

Julia ließ sich in das Kissen fallen und starrte
an die Decke. Hatte sie Steve nun verloren?
Was würde aus ihrem Leben werden, wenn er
einfach für immer verschwand? Sie spürte, wie
sich nichts in ihr regte, während sie diese
Gedanken vorbeiziehen ließ. Weder Mitleid,
Trauer, Angst oder Reue spielten dabei eine
Rolle. Es war wie in einem Traum. Man war
sich nicht sicher, an welcher Stelle der Traum
aufhörte und wie das Leben aussieht, wenn
man dann endlich erwachte.

Es klopfte wieder an die Tür ... Julia erschrak,
starrte jedoch weiter regungslos an die Decke.
Sie war jetzt nicht bereit für Diskussionen, sie
wusste ja selbst nicht, was sie denken sollte.
Sie beschloss, einfach nicht da zu sein.
Ein weiteres Mal wurde an die Tür geklopft.
„Hey, was ist los?", wollte Thomas wissen.
„Ich weiß doch, dass du da bist!", fügte er
hinzu.
Die Tür öffnete sich und Thomas blickte
durch den Türspalt. „Julia. Was ist los mit dir?
Stimmt was nicht? Darf ich reinkommen?"
Ohne die Antwort abzuwarten, betrat er das

Zimmer. Er ging ein paar Schritte, beugte sich über Julia und gab ihr einen Kuss auf die Stirn. Unter dem Ausstoß eines kleinen Seufzers setzte er sich neben das Bett und betrachtete sie, während sie noch immer an die Decke starrte. Er nahm ihre Hand. Wie wunderschön sie war. Die klaren großen Augen blickten an die Decke, das blonde Haar verteilte sich über das Kissen. Wenn sie nachdachte, wölbten sich ihre vollen Lippen ein wenig hervor und verliehen ihrem Gesicht einen trotzigen Ausdruck. Gut und gerne konnte man jetzt Fotoaufnahmen für ein Betteneinrichtungs-haus machen oder für ein Haarwaschmittel. Thomas konnte sich nicht vorstellen, wie etwas noch hübscher sein konnte, als dieses blonde Wesen, welches ihm hier so nah vor den Augen lag. Etwas unbeholfen strich er ihr eine Strähne aus dem Gesicht. Wann drehte sie sich endlich zu ihm und zog ihn für einen innigen Kuss zu sich. Aber sie drehte sich weg von ihm. „Julia?" Er wagte noch einen Versuch. „Magst du mir nicht sagen, was dich bedrückt? Bereust du die Sache mit uns? Hab ich etwas falsch gemacht?" Julia hob kurz die Augenbrauen, sonst regte sich nichts. ‚Die Sache?!' Wie banal das klang.

Er meinte den Sex mit ihr, ihren Seitensprung, den Vertrauensbruch zu Steve. Mit dem damit verbundenen Eintritt in die Welt der Lügen begannen das Ende der Unschuld und eine unbequeme Reise unbekannten Ziels.

Thomas war verzweifelt. Er war süchtig nach ihr, nach ihrem Duft, nach ihren Blicken, nach ihrer Nähe. Er hatte sich längst verliebt. Keine andere Frau konnte Julia das Wasser reichen. Was er bisher sehen, fühlen, schmecken und erleben durfte, das war wohl nicht zu übertreffen. Thomas war bereit, alles für diese Frau zu tun. Es musste seine Aufgabe sein, sie gänzlich für sich zu gewinnen. Oder warum war sie in sein Leben getreten? Nichts passiert doch ohne Grund!

Julia wandte endlich das Gesicht zu ihm und eine Träne flüchtete über ihre Wange. Thomas war von diesem Anblick gerührt und fasziniert. Er fragte sich, warum Julia weinte und wie ein Mensch nur so schön sein kann, auch wenn er weinte.

„Ach Thomas …!" Sie drückte seine Hand fester und war froh, dass er jetzt bei ihr war. „Was machen wir hier nur?" Unvermittelt fuhr sie fort: „Ich darf mich nicht in dich verlieben! Ich habe einen lieben Freund, mit dem ich dazu auch noch verlobt bin. Du gehst in die Schweiz und lässt mich in diesem Trümmerfeld zurück!" Jetzt war es raus. Das tat gut. Julia wollte keine Umschweife machen. Sie wollte ihn mit diesen Gedanken konfrontieren und er sollte ruhig wissen, dass sie davon wusste.

Thomas blickte ins Leere und biss nervös die Kiefer aufeinander. Sie spürte, wie er kämpfte. Spätestens jetzt wurde ihr bewusst, wie tief er bereits in ihr Herz eingedrungen war. Er legte seinen Kopf auf ihre Oberschenkel und blickte auf den Kleiderständer, an dem mindestens 30 Kleidungsstücke von Julia übereinander hingen. Ein Wunder, dass diese Konstruktion nicht bereits unter dieser Last nachgegeben hatte. Leicht lächelnd sagte er: „Das mit der Schweiz habe ich schon vor langer Zeit geplant. Einfach nochmal raus – ein bisschen was von der Welt sehen. Mit Anfang Dreißig kann das noch nicht schon alles gewesen sein! Ich habe doch nicht studiert, um jetzt ewig als Taxifahrer meinen Unterhalt zu bestreiten. Und außerdem kannte ich dich da noch gar nicht! Wie konnte ich denn wissen, dass mir so etwas passiert?" Ein wenig träumerisch fügte er hinzu: „Und warum kommst du denn nicht einfach mit? So absurd das nach so einer kurzen Zeit mit dir klingen mag – ich kann mir schon jetzt nicht mehr vorstellen, ohne dich zu sein …!"

Kapitel 15
Der Mann auf der Treppe

Steve saß unterdessen noch immer auf den Stufen des Hausflures. Er war aus der Wohnung geeilt und wäre am liebsten sofort umgekehrt. Doch irgendwas hielt ihn ab. Angst? Die Konfrontation mit der Wahrheit? Nun kauerte er fassungslos auf den Treppenstufen. Anfangs hatte er unter den immer wieder aufsteigenden Tränen gehofft, Julia würde nachkommen und ihm alles erklären. Die Hoffnung wich mit jeder Minute. Es war einsam hier im Treppenhaus. Ab und an kam ein Hausbewohner vorbei und schaute verstohlen an ihm vorbei. Mal war es der stickige Geruch einer Mülltüte, mal der anheimelnde Küchenduft aus irgendeiner Wohnung oder der frisch parfümierte Körper einer Dame der in die Nase von Steve drang. Die dumpf hinaus klingenden Geräusche aus der WG hinter ihm machten ihn noch trauriger. Dachte eigentlich gerade jemand an ihn? Keiner bemerkte, dass es ihm schlecht ging und er hier saß. Er könnte wohl stundenlang auf diesen kalten Stufen sitzen und Tränen vergießen. Letztlich würde er sie wohl allein trocknen müssen und nach Hause gehen. Nach Hause. Wo war das eigentlich? Mittlerweile war kein Ort mehr das, was er sein Zuhause zu nennen vermochte. Da war seine kleine Einraumwohnung am Prenzlauer Berg, die er ab kommenden Monat beziehen wollte. Mit fast dreißig Jahren die erste eigene Wohnung. Eigentlich wollte er noch immer nicht zu weit weg von seinen Eltern sein. Und natürlich liebäugelte er auch immer wieder mit dem Gedanken, vielleicht doch gleich mit Julia eine gemeinsame Wohnung zu beziehen. Bei seinen Eltern wohnen bleiben wollte er nicht mehr. Je älter er wurde und umso selbstständiger er durchs Leben ging, desto weiter klafften die unterschiedlichen Standpunkte zweier Generationen auseinander. Gespräche spielten sich ungewollt nur noch an der Oberfläche ab. Neben weltfremden Thesen war da nur das ausschweifende Gerede über Krankheiten, das Wetter und den vermeintlich unwichtigen Alltagsproblemen. Wie es in Steve tatsächlich aussah, davon hatten sie schon längst keinen Schimmer mehr. Sicherlich würden sie ihn mit Vorwürfen konfrontieren und ganz klar, eigentlich war Steve doch sicherlich der Auslöser für etwaige Beziehungsprobleme. ‚War er gemein zu dem Mädchen gewesen? Wer weiß, wie verletzend er zu ihr war, dass sie sich nun von ihm abwandte? Dazu gehören immer zwei …!' Steve wollte jetzt nicht weiter daran denken, denn er spürte die aufkommende Wut und das half jetzt nicht gerade weiter. Was war mit seinen Freunden? Steve war die letzten Jahre fast ausschließlich mit Julia unterwegs gewesen. Sein Leben drehte sich um diesen Mittelpunkt und alles baute darauf auf. Julia war sein Leben, war seine Freude, sein Sinn. Freunde hatten da keinen richtigen Platz gefunden. Er kannte sicherlich viele Menschen, aber so einen richtigen Freund hatte er nicht. Steve saß umhüllt von Selbstmitleid wie ein Häufchen Elend da, sein Kopf an die Wand gelehnt und er popelte mit seinen Fingern am rauen Putz, um immer wieder kleine Steinchen zu lockern und sie zufrieden beim Fallen auf die Stufen zu beobachten.

Steve stand auf. Trotz des Gefühls, wenn er jetzt geht, ist alles vorbei, konnte er nicht länger hier bleiben. Ein Wort hallte ihm wie ein Donner durch den Kopf: ‚Thomas'! Sie hatte also einen Neuen! Oder war das ein Typ aus der WG und Steve malte sich nur ein Szenario zurecht? Aber wenn dem so wäre, warum war Julia ihm dann nicht nachgelaufen? Es passte einfach alles zusammen. Julias reserviertes Verhalten, der gestrige Streit …

Steve hatte das Bedürfnis, sich zu betrinken. Er nahm sich vor, Bernd aufzusuchen und noch ein bisschen mit ihm zu reden. Er wollte noch viel mehr über sein Leben erfahren, wie es sein kann, dass man sich aufgibt und alle Brücken hinter sich abreißen lässt und das alles nur wegen einer Frau. Steve hatte Lust, etwas aus all dem zu lernen. Vielleicht konnte ihm Bernd auch einen Rat geben. Und sicher half jetzt Gesellschaft, denn das Alleinsein tat weh.

Kapitel 16
Zuhause auf der Parkbank

Die Parkbank war einsam und verlassen. Genauso fühlte sich Steve. Er hatte sich eine Flasche Cognac geholt und schämte sich noch immer bei dem Gedanken daran, wie es sich an der Kasse anfühlte, als ihn der Blick der Kassiererin traf. Es war eine Mischung aus Mitleid, der Hoffnung, dass es bestimmt ein Geschenk sein würde und der einfachen Neugier, was wohl hinter der Fassade dieses jungen Mannes steckte, der sich soeben zum Kauf eines billigen Weinbrandes entschlossen hatte. Steve fühlte, wie sein Kopf hochrot wurde und wie er unter seinen Sachen schwitzte. Es war, als könnte jeder sehen, dass er sich damit betrinken wollte.

Hier auf der Bank war alles friedlich. Keine bohrenden Blicke, kein Verstecken. Es war ein schöner Ort und erstmals konnte er Bernd verstehen, der hier Zuflucht vor all den Fragen, Vorurteilen und Anklagen suchte. Steve zündete sich eine Zigarette an. Er hatte Respekt vor der Flasche in seiner Tasche und er fühlte sich trotz der Einsamkeit noch immer beobachtet. Doch schon bald machte er den stillen Beobachter aus. Es war sein schlechtes Gewissen. ‚Was soll's.' Steve hörte das Knacken des Verschlusses beim Öffnen der Flasche. Der Geruch stieg ihm in die Nase und er setzte zum Trinken an.

„Na, auch eine neue Freundin gefunden?" Die Stimme kam wie aus dem Nichts und Steve erschrak so sehr, dass ihm kurz schlecht wurde. Natürlich war es Bernd, der ihn wohl tatsächlich schon eine Weile beobachtet hatte und jetzt vor ihm stand. Sein Blick sah so wissend und so vertraut zu ihm herunter, dass Steve fast schon wieder den Tränen nah war, einfach nur, weil er sich in diesem Augenblick so ertappt aber auch so verstanden fühlte. „Hallo Bernd!", sagte er. Es war toll, diesen lumpigen alten Mann wiederzusehen. Und er war jetzt spürbar froh, einen Menschen zum Reden zu haben.

Bernd war noch immer fasziniert davon, dass sich dieser junge Mann seinen Namen gemerkt hatte. „Ja, genau! Ich bin der Bernd. Dachte schon, du hast dir nur Brot gemerkt!" Er versuchte seine Freude darüber, dass ihn jemand als Individuum wahrnahm, mit gewohnter Lässigkeit zu überspielen und war nun hellwach und gewillt, sich ein wenig intensiver mit dem Kerlchen zu beschäftigen.

Vielleicht stand er an der Stelle, an der er sich vor Jahren einmal befand und eventuell war es ihm möglich, ihn vor einer gleichen Karriere zu bewahren.

„Scheiß auf Titten, wir woll´n schütten …!'", hörte er den jungen Mann schon euphorisch sagen und sah, wie er sich die Flasche wieder zum Mund führte und einen kräftigen Schluck aus der Pulle nahm. Nachdem das Ächzen und Husten abgeklungen war und sich Steve die Tränen aus den Augen gewischt hatte, trafen sich die Blicke der zwei Männer. Steve wollte jetzt keine Vorwürfe hören. Er wollte einfach trinken, rauchen und Männergespräche führen. Er hielt Bernd die Flasche hin. Jetzt hellte sich der finstere Blick von Bernd auf und er setzte ebenfalls an. Fasziniert beobachtete Steve, wie sich der Kehlkopf mehrere Male auf und nieder bewegte und der alte Mann das Zeug trank wie Wasser. Kein Ächzen, kein Husten, nur ein zufriedenes Stöhnen beendete diesen Vorgang.

„So mein Junge, jetzt hör mir mal gut zu! Bevor mich dieses Zeug dann wieder ins Nirwana befördert, möchte ich jetzt mal was klarstellen: Besaufe dich heute so gut es geht. Trink was du kriegen kannst und dann wünsche ich dir den schlimmsten Kater deines

Lebens. Kotze wie du es noch nie in deinem Leben getan hast und befördere damit dieses Zeug in hohem Bogen aus deinem Körper, aus deinem Leben!"

Bernd hielt kurz inne und er gab Steve zu verstehen, dass nur eine geteerte Stimme bereit war für weitere Ausführungen. Also hielt er ihm die Zigarettenschachtel hin. Nachdem die erste blaue Wolke das faltige Gesicht wieder zum Vorschein brachte, setzte Bernd seine Ausführungen fort:

„Weißt du, wenn ich noch einmal die Wahl hätte, ich würde mich für den Liebeskummer entscheiden. Ich würde ihn durchleben mit all seinen Facetten. Zu gern würde ich diese Emotionen noch einmal spüren können, wie sie einem nur die Liebe ermöglichte. Wann sonst kann man so bedingungslos sein? Die Liebe hat eine Kraft, die natürlich auch Angst machen kann. Liebe kann geben, Liebe kann heilen, sie kann aber ebenso mit genau dieser Intensität Dinge zerstören. Das schärfste Schwert führt die Liebe. Und dennoch bin ich von dem Zauber dieser Erscheinung so beeindruckt, dass ich alles dafür geben würde, sie noch einmal in mir zu spüren. Aber das habe ich mir selbst genommen. Ich habe meine braune Freundin hier und die vernebelt mir zwar auch kurzzeitig die Birne, verschafft mir das vermeintliche Glück – aber bitte, kann das den Zauber der Liebe ersetzen? Schaut dich eine Flasche auch nur einmal so verliebt an, dass es dir den Atem nimmt? Kann dich eine Flasche so berühren, dass deine Haut zu Leben beginnt? Das einzige, was dir diese Flasche zu geben vermag, ist die Sehnsucht. Denn es ist einfach schlimm, wenn man keine in der Nähe hat, aber die Bilder der Welt immer klarer werden und man all diesen Dreck wieder sehen kann, wieder seine Ängste zu spüren vermag, wenn man die Einsamkeit merkt. Dann ist die Sehnsucht am schlimmsten und man will ganz schnell zurück in die Welt, in der das alles keine Rolle spielt. Hier tut nix weh, hier ist man der Mittelpunkt des Lebens und alles um einen herum ist so herrlich auf Distanz."

Der Kehlkopf bewegte sich wieder auf und nieder und schon längst hatte die Flasche ihren Besitzer gewechselt. Steve hatte auch nicht im Geringsten vor, noch einen Schluck von dieser feurigen Brühe zu trinken. „Sag mal Bernd – was ist eigentlich mit deinen Eltern? Seht ihr euch manchmal? Und hast du Geschwister? Wäre dort nicht ein Ort, um auch eine Art von Liebe zu erfahren?" Vielleicht war das jetzt ein wenig ungeschickt, einen Penner nach seiner Familie zu fragen.

Aber die Frage sprudelte einfach so aus Steve heraus. Es muss doch einen Ausweg geben aus all diesem Elend. Bernd kann doch nicht für immer hier in diesem Park mit einer Flasche Fusel gefangen sein! „Vergiss es!" Bernd war schon wieder besoffen und war sichtlich überfordert mit dieser Frage. „Denk nicht, dass wir jetzt Freunde sind und ich morgen in eine Entzugsklinik gehe, übermorgen mein erstes Vorstellungsgespräch habe und die Woche drauf mit den Armen singe! Ich will dich einfach nur vor diesem Weg bewahren. Aber ich für meinen Teil bin durch. Ich habe irgendwann verlernt, so etwas wie Freundschaft, Liebe oder irgendeine Art von Zuneigung zu empfinden. Und mein kleiner, versoffener Freund da in meiner Hose, der hat seither auch keine Anstalten mehr gemacht, irgendwo Anschluss zu gewinnen." Seine Hand deutete auf seinen Hosenstall und da war es jetzt wieder – dieses Lachen. Ein Röcheln, so vergnügt und doch so verbittert, dass es einem auch Angst machen konnte. Steve klopfte diesem röchelnden Häufchen Elend kurz auf die Schulter, legte ihm seine Schachtel Kippen hin und sagte zum Abschied: „Mach´s gut, Bernd. Irgendwie hab ich dich richtig gern und es ist schade, dass wir nicht einfach Freunde sein können. Vielleicht führt uns das Leben trotzdem irgendwann noch mal zusammen. Ich weiß ja, wo ich dich finde!"

Ohne ein weiteres Wort machte sich Steve auf den Weg. Es war schon merkwürdig. Dieser Bernd war nicht ohne Grund in sein Leben getreten und vielleicht hatte er ihn auch davor bewahrt, irgendwann einmal so zu enden. Zumindest hatte er Steve wieder einen klareren Kopf beschert. Doch wohin jetzt? Der Alkohol hatte ihn in einen schwerelosen Zustand versetzt. Es war eine Mischung aus einer gewissen Gewaltbereitschaft und unbändigem Tatendrang und sexueller Energie die ihn erfüllte. Nein, auf keinen Fall nach Hause.

Kapitel 17
Alexandra

Rot beleuchtete Fenster zogen ihn in ihren Bann. Steves Zustand ließ aus dieser Entdeckung einen Wunsch werden und er sah sich schon wohlgeformte weibliche Rundungen berühren. Sofort schlug sein Herz schneller, denn bisher hatte er sich so etwas einfach nicht getraut. Aber er wollte jetzt Zuwendung. Eine hübsche Frau, die ihn berührte, die ihn nicht in Probleme hüllte, sondern einfach nur mit ihrem Körper für ihn da war. Umso näher er der Eingangstür kam, desto unerträglicher wurde die innerliche Anspannung. Fast konnte man meinen, die an ihm vorüberziehenden Passanten konnten seine Absicht in seinen Augen erkennen. Seine Schritte wurden langsamer, aber es gab jetzt kein Zurück mehr. Zu groß war die Neugierde, zu deutlich hatten sich bereits Bilder der Phantasie in seine Gedanken gebohrt. An der Tür angekommen atmete er kurz kräftig durch. Steve spürte, dass der Alkohol mehr Wirkung entfaltete, als er nach den wenigen Schlucken vermutet hatte. Er betätigte entschlossen und mit betont aufrechter Haltung die Türklinke. Undeutliches Neonlicht vernebelte seine Sicht. Stickig warme, parfümierte Luft drang in seine Nase. Die ersten Damen auf schwarzen Ledersofas waren schemenhaft zu erkennen. Einige musterten ihn bereits, andere blickten nur kurz verstohlen, während scheinbar liebesbedürftige Geschäftsmänner fokussierend ihr Objekt der Begierde verbal umgarnten und die Hände schon besitzergreifend einzelne Körperpartien der leicht bekleideten Frauen markierten. Sein Weg führte ihn unvermittelt an die Bar. Irgendwo festhalten, ankommen, die Atmung drosseln und den Blick schärfen. Seine kalten, schweißnassen Hände nahmen schüchtern das bestellte Bier in Empfang. Das Zuzwinkern der Barkeeperin brachte ihm langsam die ersehnte Sicherheit. Er ließ seinen Blick schweifen. Wie ein reich gedecktes Buffet hatten sich die Frauen in dem viel zu dunklen Raum aufgereiht und es war schon ein erhabenes Gefühl, in diesem Moment der Bestimmer über das Geschehen zu sein. Nur ein Zeichen von ihm würde den sicheren Sex bedeuten, mit einer Handbewegung würde er einer dieser Frauen ihr Geheimnis nehmen und gleichwohl einen Teil der Monatseinnahmen bescheren. Jetzt war Steve auch langsam gedanklich angekommen. Sein Brustkorb weitete sich. Er musterte mit festem Blick und schwindender Scheu die Körper und Gesichter der Frauen. Was anfangs wie das Paradies erschien, entpuppte sich dabei mehr und mehr als billige Absteige. Dennoch umschmeichelte das Licht die benebelten Sinne und Steve wollte das Paradies erkennen. Trotz allen Bemühens konnte Steve bisher keine richtige Perle für sich entdecken. Aber was hatte er erwartet? Natürlich suchte er ein vermeintliches Topmodel. Enttäuschung machte sich breit, als scheinbar jede dieser Frauen für ihn Makel aufwiesen. Er wollte keine vollschlanke und auch keine Durchschnittsfrau. Wenn er schon Geld für Sex ausgeben sollte, dann musste es was ganz Besonderes sein. Er suchte insgeheim ein Wesen wie das von Julia, unnahbar, schlank, schön und mit unschuldigem Schein.

Sein Blick blieb haften. Da saß das Gesuchte. Die blonde, zarte Schönheit tippte auf ihrem Handy herum. Das Display erstrahlte ihr wunderschönes Gesicht. Ihr kleiner Mund war im Lichtschein deutlich zu erkennen und der formschöne Rahmen aus einer kleinen Nase, leicht sichtbaren Wangenknochen und dem harmonischen Kinn passten zu einem anmutigen Körper, deren Leichtigkeit wohl kaum imstande war, das Leder des Barhockerbezuges einzudrücken. Keiner der sich räkelnden Damen konnte ihn jetzt noch von seinem Vorhaben abbringen. Sie alle waren augenblicklich unsichtbar. Die – oder keine!

Sein Puls nahm sofort wieder Fahrt auf. Steve spürte die Hitze an seinen Wangen. Nun konnte es nicht schnell genug gehen. Er gab der Barkeeperin zu verstehen, dass er dieses zarte Geschöpf dort vom Barhocker gern mit auf eines der Zimmer nehmen würde. Er leerte mit einem Schluck sein Glas und aus dem Augenwinkel nahm er wahr, wie die Bardame mit seiner Auserwählten sprach und in dem Moment wohl sein Ansinnen in die Wege geleitet wurde. Nun trafen sich ihre Blicke. Schüchternheit machte sich auf beiden Seiten breit. Wie konnte das sein? In diesem professionellen Laden verkehrten sicherlich tausende Männer tagein und tagaus und wie abgestumpft musste doch eine jede hier tätige Prostituierte in diesem Etablissement sein? Vielleicht war es aber auch nur Teil des ganzen Spiels. Egal. Denn jetzt stand sie vor ihm. Ein süßer Duft drang in seine Nase. „Meine Name ist Alexandra!", sprach sie in slawisch gebrochenem Deutsch. „Steve", erwiderte er knapp. Sie hauchte ihm einen Kuss auf die Wange. Ihr Haar duftete herrlich und unbewusst behielt er ihre Hand in seiner. Auch wenn der Besuch hier ursprünglich für eine schnelle Nummer vorgesehen war, spürte Steve jetzt den Wunsch nach einer Umarmung, nach zärtlichen Berührungen, nach lieben Worten, lieben Blicken – der Drang nach sexueller Befriedigung war schlagartig in den Hintergrund gerückt. Sie zog ihn vom Tresen weg und ging auf eine Tür zu. Eine dunkle, schmale Treppe kam zum Vorschein. Er ließ es geschehen. Sie ging voraus. Ihr graziler Gang zog seinen Blick auf ihren Po. Er stoppte und zog sie an sich heran. „Einfach mal drücken!", flüsterte er in die Stille. Wohl mehr zu sich. Doch diese Alexandra schien zu verstehen und handelte instinktiv. Da war wieder dieser betörende Duft der Haare. Ihre Erscheinung war so unreal, dass es Steve zu Tränen rührte. Warum arbeitete sie hier? Es gab doch bestimmt unzählige reiche Männer, die alles opfern würden, um eine solche Frau ‚besitzen' zu können. Sein Blick streifte ihren Ausschnitt. Eingecremte Brustansätze ließen die Fantasie erwachen. Weiße Spitze bildete einen angemessenen Rahmen. Ein flüchtiger Kuss von Alexandra traf seine Stirn. Wie ein verzauberter Teenager trottete Steve, leicht schwankend, diesem zarten, blonden

Geschöpf hinterher. Ihre glatten glänzenden Haare fielen butterweich auf ihren Nacken. Das erste Zimmer war wohl für sie vorgesehen. Ohne sich noch einmal umzudrehen betrat sie das Zimmer. Klischeehaft rotes Licht erfüllte den Raum. Ein sorgsam hergerichtetes Futonbett stand als zentraler Punkt in der Enge des Raumes. Jetzt war Steve doch ein wenig enttäuscht. Das war nicht annähernd das, was diese Frau aus seiner Sicht verdient hatte. Er wollte nicht wie ein Hengst eine willig gemachte Stute besteigen und sie wie ein Primat besamen. „Ich möchte keinen Sex mit Dir! Ich möchte mich einfach mit dir hinlegen, dich anfassen, anschauen, deinen nackten Körper betrachten und berühren – ich bin nicht einer wie die anderen!" Wie bescheuert musste das aus dem Mund eines jungen Mannes klingen, der sich alleine und ohne Not dazu entschlossen hatte, einen Puff aufzusuchen.

Alexandra nahm diese Worte fast regungslos zur Kenntnis. Sie schaute ungläubig. Steve wusste nicht, ob sie der Inhalt seiner Worte verunsicherte oder ob sie ihn überhaupt verstand. Na klar! Wie viele Fernfahrer haben ihr sicher schon die Wolken vom Himmel geholt und im Angesicht des kurzzeitigen Besitzes eines solchen Körpers an Heiraten und Durchbrennen gedacht?

Sie kam auf ihn zu und drückte ihre Stirn an seine Brust, während sie die Augen schloss. Sanft legte er eine Hand auf ihren Kopf. Die weichen Haare faszinierten ihn dabei noch immer. Mit der anderen Hand strich er ihr behutsam über den zarten, zierlichen Rücken. Als seine Fingerspitzen beim Hinabgleiten den Rand ihres Slips berührten, hielt er inne. Es war, als hätte er damit einen Schalter umgelegt. „Kannst du dich ausziehen und dich einfach neben mich legen? Ich möchte dich einfach nur betrachten und in meinen Armen halten." Steves Herzschlag wurde deutlicher. Sie begann ihr Oberteil auszuziehen. Ihr noch immer leerer Blick stimmte ihn traurig. Was ging nur in ihr vor? Merkte sie denn nicht, dass er anders war als die Anderen? Es musste doch auch für sie toll sein, dass er sich scheinbar nicht nur für ihren Körper, den schnellen Sex, sondern für ihr Wesen, für den Menschen hinter der Fassade, interessierte.

Ohne Scheu entblößte sie ihre Brüste. Der Anblick war wunderschön und traurig zugleich. Sie hatte sich die Brüste mit Silikon behandeln lassen. Das gab der Unschuld jedoch auch eine verrucht süße Note. Was hatte sie veranlasst, das alles auf sich zu nehmen, sich scheinbar aufzugeben? Wurde sie vielleicht gezwungen? Was bewog denn sonst eine junge Frau zu einem solchen Schritt? Steve fragte nicht. Unterdessen hatte sie sich auf das Bett gelegt, wandte sich zu ihm und stützte den Kopf mit einer Hand ab. Der Schwung ihrer Taille trat jetzt noch deutlicher zum Vorschein. Einladend wölbte sich ihr Po empor und spätestens jetzt spürte er unbändige Lust. Er öffnete seine Hose, ohne sie dabei aus den Augen zu lassen. Er trat an das Bett heran. „Berühre mich!", etwas zaghaft fügte er hinzu: „Es tut mir leid – ich muss es einfach tun!" Er wusste noch immer nicht, ob sie all seine Worte verstand. Ihre kleine zarte Hand umfasste seine Erregung. Steve schloss die Augen. Engelchen und Teufelchen; wenn es einen Moment für ihre Daseinsberechtigung gab, dann diesen. Steve entzog sich, noch immer Unentschlossen, dieser surrealen Situation. Er legte sich neben Alexandra und nahm sie liebevoll in den Arm. Steve atmete tief durch, dann umfasste er, von Neugierde getrieben, ihre Brüste. In diesem Moment hatte er zum ersten Mal Silikonbrüste in der Hand und diese Erfahrung begeisterte ihn. Dennoch war er sich unsicher, wie er mit diesen künstlichen Erzeugnissen umzugehen hatte. Als könnten sie unter seinen Berührungen zerbrechen, traute er sich kaum, sich eingehender mit ihnen zu befassen. Ihre Hand tastete unterdessen nach seiner Lust und diesmal waren die Berührungen fest und fordernd. Alexandra legte ihre Zurückhaltung ab und war nun in der dominanteren Rolle. Noch während sie ihn berührte, suchte die andere Hand nach einem Kondom auf dem Nachttisch. Geübte Handgriffe beseitigten die Verpackung und bereiteten das Liebesspiel vor. Ohne Umschweife oder ein Wort setzte sie sich auf ihn und ließ ihn dabei nicht aus den Augen. Langsame Bewegungen ließen mehr und mehr Tiefe zu. Sie wurden fließender und der Rhythmus schon bald wie ein einstudierter Akt zweier Verliebter. Er zog Alexandra bestimmend an sich heran und drang nun unter heftiger werdenden Stößen tief und bedingungslos in sie ein. Es gab kein Zurück. Steve zwang sich, trotz seines alkoholisierten Zustandes, alles ganz bewusst wahrzunehmen. Er wollte es sehen. Alles gedanklich einscannen, um es später abrufbar zu haben. Es gelang ihm nur schwer, sich zu konzentrieren. Alexandra entzog sich ihm und stützte sich auf das Bettende. Einladend hatte sie ihm ihren Po zugewandt. Innerlich bebend drang Steve langsam und unter intensivster Wahrnehmung wieder in sie ein. Sein Höhepunkt war nun nicht mehr aufzuhalten. Für einen Moment schloss er kurz lächelnd die Augen und legte seinen Kopf auf ihren zarten, warmen Rücken. Er hörte und spürte seinen lauten, heißen Atem, der an ihrer samtigen Haut abprallte und feurig seine Wangen traf.

Steves Bewusstsein gewann an Schärfe und er nahm seine Umgebung immer deutlicher war. Der Raum erhielt seine Konturen zurück. Das Licht war noch genauso schäbig wie beim Betreten des Appartements. Er entzog sich ihr. Peinlichkeit und Stolz machten sich gleichermaßen breit. Den Wahnsinn dieses Geschehens immer stärker vernehmend, blieb letztlich nur noch die Peinlichkeit zurück. Es war so schlecht. „Entschuldige!", hörte er sich sagen. Er hatte dieser Frau durch die Resignation vor seinen niederen Instinkten den Zauber genommen. Vor ihm lag eine traurige Gestalt in engelsgleichem Kostüm.

Kapitel 18
Eine Stunde Glück

Mittwochmorgen. Steve spürte, wie die Sonne viel zu hell durch das Fenster strahlte. Sein Kopf schien viel schwerer als sonst und wurde durch die Erdanziehungskraft tief in das Kissen gedrückt. Seine Hand, aus dem Bett hängend, tastete sich über den Fußboden auf der Suche nach seinem Handy. Nur so weit wie nötig öffnete er die Augen um auf die Anzeige zu blinzeln. 10:47 Uhr und keine neuen Nachrichten. Steve nahm noch immer den Geruch von Alexandra wahr. So nannte sich zumindest diese blonde Schönheit, die er gestern auf der Oranienburger Straße aufgegabelt hatte. ‚Aufgabeln …' Die Zweideutigkeit des Gedankens ließ Steve schmunzeln. Er hätte nie gedacht, dass es letztlich doch so toll sein würde, mit einer fremden Frau eine Stunde seines Lebens zu verbringen. Und es war zweifelsohne eine der angenehmeren Stunden in seinem Leben. Das ganz gewiss! Und Steve hatte Gefallen gefunden. Der Abstand ließ die Peinlichkeit des Momentes verblassen und stolze Männlichkeit entfalten. Er war sich sicher, dass er sie wieder besuchen würde. Er suchte immer wieder ihren Geruch und er fühlte sich so männlich an diesem Mittwochmorgen.

In den Armen dieser Prostituierten zu liegen, nichts sagen zu müssen, sondern sich einfach fallen zu lassen, fremde Brüste zu streicheln, ohne Fragen nach dem Warum und Wofür gestellt zu bekommen; das war es, was Steve gebraucht hatte. Für eine Zeit lang blieb gestern die Uhr einfach stehen. Die Probleme blieben vor dem Nachtclub zurück. Es war dort wie in einer eigenen kleinen Welt mit einer anderen Zeitrechnung. Steve fand hierin Parallelen zur ‚braunen Freundin' von Bernd. So absurd das vielleicht war, aber in beiden Beziehungen hatte man das Geschehen scheinbar völlig in der Hand. Zumindest so lange, bis die Wirklichkeit wieder Oberhand gewann und den Fortlauf bestimmte.

Indes hatte Thomas die Nacht bei Julia verbracht. Sie hatten das Thema Schweiz nicht wieder angesprochen. Julia hatte den Tag hindurch Getränke und Essen in ihr Zimmer gelotst. Zu groß war ihre Angst, sie und Thomas könnten gemeinsam gesehen werden. Aber mittlerweile dürften auch die Ahnungslosesten die Geräusche aus ihrem Zimmer vernommen haben, die zweifellos sexuellen Ursprungs waren. Doch ihre

Hoffnung war es, dass jeder dachte, es sei das Liebesspiel zwischen ihr und Steve. Wo aber wird der sich aufhalten? Gesehen hatte sie ihn nicht wieder. Der Zettel lag noch immer unberührt auf dem Tisch. Steve hatte ihn unter der Tür hindurch geschoben. Sie hatte Angst, ihn zu lesen und sie ging der Konfrontation mit ihrem Gewissen aus dem Weg. Sie überspielte jeden Anflug von Mitgefühl mit immer wilderen Liebesspielen mit Thomas. Dabei erkannte sie sich selbst kaum wieder. Sie konnte nicht genug davon bekommen. Mittlerweile war sie ihm komplett verfallen und war wie gefesselt vom Spiel mit dem Feuer. Sie lagen nackt nebeneinander und betrachteten gegenseitig ihre Körper. Wann hörte dieser Zauber auf? Dieser Gedanke machte Julia unruhig. Warum jetzt an so etwas denken? Warum musste denn immer alles aufhören? Warum nicht ein neues Leben beginnen? Ob nun hier oder in der Schweiz. Eines war sicher. Es gab kein Zurück!

Es klopfte an die Tür. Julia und Thomas starrten wie gebannt auf die Türklinke und bedeckten hektisch ihre Körper. „Jetzt nicht!", rief Julia der Tür entgegen. „Wir haben Pizza gemacht. Wollt ihr zwei Turteltäubchen nicht langsam mal das Bett verlassen? Man wird ja ganz hibbelig, wenn das Gestöhne von euch bis in die Küche dringt!", hörten sie Lukas sagen. Julia erwiderte: „Ich komme gleich!", und sofort war ihr diese Steilvorlage peinlich. Lukas griff die natürlich sofort auf und sagte nur: „Da bin ich mir sicher …!" Die Schritte entfernten sich von der Zimmertür und man konnte die Erleichterung spüren. „Lass mich schnell ins Bad springen und ich versuche mich dann zu verkrümeln, um später wieder ganz normal zu euch zurückzukehren. Michael erzähle ich irgendwas von einer Party oder Taxisonderschicht, mir fällt schon was ein!", sagte Thomas während er sich bereits ankleidete. Julia lag noch immer unter ihrer Decke und fühlte sich nun schon etwas sonderbar. „Ok. Aber komm schnell wieder. Du fehlst mir schon jetzt!", flüsterte sie ihm etwas zu theatralisch zu. „Und was soll ich den anderen sagen, wenn sie fragen, wo Steve ist? Sie denken ja, du bist Steve!" Die Antwort blieben beide schuldig. Durch dieses Labyrinth der Ausflüchte mussten sie jetzt durch. Thomas öffnete die Tür zu einem kleinen Spalt und spähte in den Gang. Blitzschnell war er verschwunden und Julia lag allein in ihrem Zimmer. Wie eine zweite Decke hüllte sie das schlechte Gewissen ein. Sie kam sich urplötzlich schmutzig vor und war angewidert von dieser Situation. Irgendwann musste doch ihr Alltag wieder Oberhand über das Geschehen gewinnen. Draußen ging das Leben weiter, während sie hier nackt lag, das Zimmer erfüllt vom Duft des verbotenen Liebesspiels. Sie stand auf und ging ans Fenster, um es weit zu öffnen. Die Pfiffe der Bauarbeiter ließen sie sofort wieder zurückschrecken. ‚Mensch, wo kamen die denn jetzt her?' An einem anderen Tag hätte sie wohl noch ein bisschen mit den neugierigen Blicken der Arbeiter gespielt und einen kurzzeitigen Stillstand am Bau provoziert, aber heute konnte sie einfach keine Männer mehr sehen. Sie kam sich schon jetzt billig genug vor.

Ihr Blick fiel wieder auf den Zettel, den Steve durch den Türspalt geschoben hatte. Voller Demut und mit traurigem Blick nahm sie ihn nun endlich zur Hand und las neugierig die Zeilen:

‚Meine Julia!
Du bist mein ganzes Leben, mein ganzes Glück.
Vergiss nie, dass ich Dich von Herzen liebe und Du
die Frau bist, mit der ich Kinder haben möchte und
die ich heiraten will!

*Du gibst mir Kraft, Du erfüllst mich mit Liebe und es
tut mir sehr leid, wenn ich das im Alltag Dir
manchmal nicht mehr zu zeigen vermochte.
Ich liebe Dich so sehr. Halt bitte an unserem Traum
fest und gib uns niemals auf!
Wir wollten doch immer anders sein als die anderen
und unser Ziel nie aus den Augen verlieren.
Ich bin stets bei Dir, mein Schatz.
In Liebe,
Steve.'*

Das war zu viel. Julia griff nach der Stuhllehne, um Halt zu finden. Geräuschlos schossen ihr die Tränen in die Augen und rollten warm über ihre Wangen. Ihr Unterkiefer begann zu beben und nun schluchzte sie hemmungslos. Sie hockte sich auf die Knie, legte sich auf die Seite und kauerte wie ein Fötus im Mutterleib auf dem Boden ihres Zimmers. Den Zettel ganz fest in der Hand und den Blick in Tränen getränkt. Julia hatte sich selbst betrogen. Ihre Werte mit Füßen getreten und in dem Moment fühlte sie sich so, als habe sie ihr ganzes Leben weggeworfen und das nur wegen eines dahergelaufenen Mannes namens Thomas.

Julia konnte sich nicht erinnern, wann sie das letzte Mal so viel geweint hatte. Was sie in den letzten Tagen an Tränenflüssigkeit vergossen hatte, das war schon beachtenswert. Und es zeugte davon, dass das alles nicht ganz gesund sein konnte, was hier passierte. Es wäre durchaus überlegenswert, mal eine Weile ganz ohne Mann durchs Leben zu gehen, sich zu besinnen und dabei vor allem sich selbst zu finden. Julia dachte jetzt komischerweise an ihre Familie. Welchen Schmerz würde es gerade ihrer Mutter bereiten, wenn Julia die Beziehung mit Steve offiziell aufgab. Wie viele Diskussionen und Erklärungsnöte würde es geben, wenn sie allen Freunden, Bekannten und Verwandten davon berichtete. Und was sollte sie als Grund angeben? ‚Hey, ich hatte einfach mal Bock auf was Neues!‘ Julia beruhigte sich langsam wieder und starrte ins Leere. Sie hatte es ja selbst in der Hand und konnte den weiteren Fortlauf bestimmen …

Kapitel 19
Vergängliches Glück

Thomas bekam von all dem nichts mit. Nachdem er sich frisch gemacht hatte, ging er so lässig wie möglich den Gang entlang, schaute kurz in die Küche, wo Lukas, Ken und Michael mit den Zutaten der Pizza kämpften. Er musste über diesen Anblick lachen und verschwand so schnell er konnte aus der Wohnung. Das kühle Treppenhaus nahm ihn in Empfang. Froh gestimmt hüpfte er die Treppen hinab und öffnete die Haustür. Für einen Augenblick die Augen schließend, atmete er in tiefen Zügen die frische Luft ein und hielt kurz inne. Er liebte diesen Tag und er liebte diese Frau, die er hier für kurze Zeit zurücklassen musste. In Gedanken versunken lief er auf sein Taxi zu und nahm die Straßenbahn viel zu spät wahr. Ohne auch nur für eine Regung fähig zu sein, starrte er den Fahrer der Straßenbahn an und ihre Blicke trafen sich für den Bruchteil einer Sekunde, bevor Thomas in ein schwarzes Loch fiel.

Passanten strömten herbei. Einige Frauen schrien hysterisch. Nichts war normal an diesem Mittwochmorgen.

Julia vernahm den Tumult auf der Straße und war instinktiv hellwach. Sie sprang auf und rannte, noch immer nackt, ans Fenster. Julia sah die Straßenbahn vor dem Haus stehen. Der Fokus der Aufmerksamkeit anwesender Menschen war auf einen von hier nicht einsehbaren Punkt vor dem Führerhaus gerichtet. Hektisch versuchte sie etwas zu erkennen. Nichts. Sie rannte ins Bad. Kein Thomas. Ihren Bademantel schnappend rannte sie den Flur entlang ins Treppenhaus. Sie eilte die Treppen hinab und spürte wie ihre Knie weich wurden. Julia knickte auf einer der letzten Treppenstufen um und konnte einen Sturz nur mit Mühe durch das Umklammern der dortigen Zwischentür abfangen. Ihre Knie schlugen auf den Betonboden auf. Nicht bereit, irgendeinem Schmerz nachzugeben, trieb es sie weiter. Nun war sie vor der Haustür angekommen. Sie sah ohne Umschweife mitten in das blutüberströmte Gesicht von Thomas.

Julia tauchte in eine Welt, die scheinbar voller Wasser war. Laute waren nur noch verzerrt zu vernehmen, Gestalten schemenhafte Nebendarsteller in diesem Moment voller Dramatik. Julia sank nieder und rutschte mit den nackten Knien über den Asphalt. Ihr Mund war weit geöffnet, nur war es ihr unmöglich, einen Laut von sich zu geben. Sie kauerte sich an Thomas und legte sich so eng sie konnte neben ihn. Sie war zu schwach, um etwas zu tun. Ihr Körper zitterte so sehr, es war kaum auszuhalten. Julia war in diesem Moment nicht mehr auf dieser Welt. Sie vernahm ihren eigenen Atem so laut, dass er im Inneren ihres Körpers alle Nebengeräusche ausblendete. Mit geschlossenen Augen drang sie immer tiefer und tiefer in eine Art Zwischenwelt ein, die weit, weit weg war, von all dem irdischen Treiben. Ausgeschaltet waren sämtliche Sinne. Julia fühlte sich leicht, fast schwerelos. Sie wollte einfach dahintreiben. Weg von diesem Ort. Hauptsache sie hatte Thomas bei sich und alles würde gut werden …

Kapitel 20
Eine Welt in Weiß

Julia wurde wach. Der Blick an die Decke verriet ihr sofort, dass irgendetwas nicht stimmte. Sie versuchte mehr von diesem Raum zu erfahren und suchte mit dem Blick nach weiteren Anhaltspunkten. Sie war nicht allein in diesem Raum. Neben ihr stand ein Krankenbett und eine alte Frau schlief dort tief und fest. Sie war in einem Krankenhaus. Nach und nach kamen ihr die Geschehnisse wieder in den Sinn. Thomas! Wo war Thomas? Wie ging es ihm? War er am Leben? Julia versuchte etwas zu sagen und es gelang ihr, stöhnende Laute von sich zu geben.

Verzweifelt von ihrer eigenen Schwäche versuchte sie, sich zusammenzureißen und rief nun energischer nach einer Schwester. Es dauerte nicht lange und eine junge Pflegerin eilte herbei. Sie spürte ihre Hand beruhigend über ihre Stirn gleiten und dankbar nahm Julia ihren freundlichen Blick entgegen. Sie strahlte so viel Sicherheit und Ruhe aus und das tat so unendlich gut. „Thomas …!?" Julia schaute die Schwester mit flehenden Augen an. Die Frau in Weiß nickte ihr Mut bringend zu und gab ihr zu verstehen, dass die Angestellten hier im Krankenhaus alles im Griff haben. „Schlafen sie jetzt. Es ist alles in Ordnung!", hörte sie die Schwester sagen. Zum Glück – sie redet. Es war also kein Engel und Julia befand sich noch auf dieser Erde.

Sie sank zurück in ihr Kissen. Wieder und wieder sah sie die Bilder vor ihrem geistigen Auge. Das nicht enden wollende Treppenhaus, der Sturz – ein Alptraum, wenn man so schnell es geht zum Ziel kommen möchte, aber die Beine schwer werden wie Blei und der Kopf scheinbar sämtliche Funktionen ausgeschaltet hatte. Und dann immer wieder dieser Anblick von Thomas. Überall dieses Blut. Julia spürte, wie es ihr die Kehle zuschnürte und sie ein Weinkrampf übermannte. Sie ließ es geschehen. Unter all diesen Tränen der Trauer und der Angst mischten sich auch Tränen des Selbstmitleids, der Wut und der Verzweiflung, weil all das hätte vermieden werden können, wenn Julia nicht von ihrem bisher so gradlinigen Weg des Lebens abgekommen und in dieses unwegsame Gelände abgebogen wäre. Wo sie hinsah, waren nur noch Tränen, Schmerz und Verzweiflung. Und wog das bisschen Sex, der Zauber des Neuen, all dies hier auf!? Nein! Julia trommelte auf die Matratze, immer heftiger wurden ihre Schläge und ihr Weinen schlug in hysterisches Geheul um. Abermals kam die Schwester in das Zimmer geeilt, diesmal mit zwei weiteren Frauen in ihren weißen, reinen und unschuldigen Kitteln. Während Schwester Lydia wieder über die Stirn von Julia strich und ihr gut zuredete, bereiteten die beiden anderen Schwestern eine Injektion vor. Julia sollte erst einmal schlafen. Die Ereignisse der letzten Tage hatten der jungen Frau stark zugesetzt. Sie spürte, wie alles um sie leichter wurde. Das Lächeln der Schwestern wurde lieblicher und Julia durchströmte ein wohliges Gefühl von Wärme und Schwerelosigkeit.

Kapitel 21
Aus einem anderen Blickwinkel

Es gab einen Menschen, der diese Momente mit unvorstellbarem Schmerz miterleben musste. Steve. Er hatte tatsächlich mit ansehen müssen, wie ein junger Mann geradewegs in eine Straßenbahn lief. Nie würde er das dumpfe Geräusch des Zusammenstoßes vergessen. Er sah noch die Hand des am Boden liegenden Mannes und wie sich einzelne Finger reflexartig bewegten. Wie vom Blitz getroffen stand Steve da. Für Sekunden nicht in der Lage, etwas zu tun. Doch dann sollte sein Herz fast zerreißen, als er seine Julia, mit vom Schock gezeichnetem Gesicht, im Morgenmantel über den Asphalt kriechen sah. Er musste mit ansehen, wie Julia sich neben das Unfallopfer legte – mitten in Berlin – vor seinen Augen.

Das musste also dieser Thomas sein. Steve brauchte die Hauswand, um Halt zu finden. Es war wohl das schlimmste Geschehen, was er sich vorstellen konnte. Seine Frau, mit von Liebe und Verzweiflung verzerrtem Gesicht, in den Armen eines fremden Mannes. Ein Bild wie aus einem Hollywood-Streifen. Steve würde alles dafür geben, wenn das hier alles nur ein Schauspiel wäre und sich die Hauptdarsteller gleich wieder erheben, um sich vor dem tobenden Publikum artig zu verbeugen. Doch alles blieb so ekelhaft real. Steve nahm sein Handy und wählte wie in Trance den Notruf. Er wusste nicht, ob schon andere Passanten viel schneller waren. „Bitte einen Krankenwagen in die Oranienburger Straße 86 …!" Ohne auch nur eine Reaktion abzuwarten, ließ er die Hand mit dem Handy hinabgleiten und es war nur noch ein Rascheln in der Ohrmuschel zu vernehmen, wo wohl ein emsiger Angestellter der Notrufzentrale versuchte, noch weitere Daten zu Unfallhergang, Anzahl der Verletzen usw. in Erfahrung zu bringen. Steve starrte regungslos auf die Unfallstelle. So sehr es schmerzte, so sehr liebte er seine Julia. Er ging mit starrem Blick auf sie zu und war jetzt nur noch wenige Meter von ihnen entfernt. Seine Hand streckte sich ihr instinktiv entgegen und er lief die letzten Meter schneller und schneller. Endlich konnte er sie berühren. Er streichelte ihre Wangen und strich sanft ihr Haar aus dem Gesicht. Julia war nicht anwesend. Wie im Tiefschlaf lag sie da. So unschuldig und schön. Steve fühlte sich hilflos. Er spielte hier überhaupt keine Rolle. Hier war nicht einmal Platz für einen Part als

Nebendarsteller. Er ließ von ihr ab. Sein Handy glitt aus seiner Hand und er lief mit aufgerissenen Augen die Schienen entlang – irgendwo hin. Vielleicht führten sie ihn ja zu seiner Parkbank. Hauptsache weg von hier …

Nachdem er einige Minuten gelaufen war, spürte er endlich so etwas wie tiefe Emotionen. Da waren Gefühle wie Wut, Hass und da war ein tief gekränktes Ego. Steve hatte die Schnauze voll! Wann sollte der richtige Zeitpunkt sein, sich zu besaufen, wenn nicht jetzt. Er hatte jetzt ein Ziel und ging nun zielstrebig dem Ort entgegen, für den er jetzt scheinbar ein Ticket gebucht hatte. Ohne Scham, mit festem Schritt, betrat er denselben Laden, in dem er sich diese Woche schon seinen ersten Weinbrand gekauft hatte und ging zur Kasse. Die Flasche fest in der Hand, hielt er der Kassiererin einen 20 €-Schein hin und sagte mit unmissverständlicher Stimme: „Stimmt so!" Steve fühlte sich jetzt sogar ein bisschen wohl in seiner Opferrolle. Er konnte jetzt gar die vermeintliche Legitimation für all sein Handeln spüren. Er war ja schließlich das Opfer hier … und bitteschön – jetzt geht mal alle schön zur Seite!'

Kapitel 22
Glücksbringer

Der junge Mann mit der Weinbrandflasche kannte sein Ziel. Die Parkbank. Soll doch dieser Bernd nur sehen, dass er sich jetzt betrinkt. Keinen Zweifel würde er offen lassen an der Richtigkeit seines Handelns. Steve hatte schon die ersten Schlucke aus der Flasche genommen. Keine Theatralik vor dem ersten Schluck. Wie ein Mann hatte er angesetzt und es tat so unendlich gut. Er sah aus der Ferne, dass die Parkbank heute schon besetzt war. Und nach den Umrissen zu urteilen, handelte es sich bei der Person da tatsächlich um Bernd. Steve lief schneller. Er war bereit für eine Konfrontation. Niemand konnte ihn jetzt von irgendetwas abhalten. An der Parkbank angelangt, stellte er sich wie eine Testosteronstatue vor Bernd auf und tänzelte pubertär von einem Bein auf das andere um Kraft zu demonstrieren. Bernd schlief tief und fest und konnte dem jungen Mann keinen Beifall spenden. Die Bewegungen wurden unsicherer und schließlich sank Steve auf der Parkbank nieder. Wie ein alter Luftballon rutschte er in sich zusammen und fixierte einen kleinen Käfer am Boden. Irgendwie sah der jetzt so vergnügt und lebendig aus. Gern würde er in diesem Moment sein Leben mit dem dieses kleinen Käfers tauschen. Ein kleines Knacken beendete den Frohsinn da am Boden und Steves Schuh drehte sich noch einmal nach links und rechts. Das tat gut. Er duldete jetzt kein zur Schau getragenes Glück. Steve wollte traurig sein und sich gehenlassen. Was er aber verzweifelt bemerkte: Bei all seinen Handlungen in der letzten Stunde spielte Julia eigentlich gar keine Rolle. Es war Selbstmitleid, welches Steve in die Knie zwang. Aber wie ging es eigentlich Julia? Steve war einfach davon gelaufen, ohne zu helfen. Er vermochte keinen klaren Gedanken zu fassen und wollte die nun aufkeimende Traurigkeit betäuben.

Steve führte die Weinbrandflasche an seine Lippen. Kleine Bläschen stiegen in Richtung Flaschenboden hinauf und nahmen den Platz in der Flasche ein, den eben noch die braune Flüssigkeit für sich beanspruchte. Er setzte, kräftig stöhnend, ab. „Hey. Alter Mann …!" Steve rüttelte an Bernds Arm. „Jetzt wach endlich auf! Ich bin's. Dein Saufkumpel!" Bernd brabbelte vor sich hin und sah wohl noch nicht ein, seinen Schlummerschlaf jetzt schon aufzugeben. Das Rütteln an seinem Arm wurde heftiger und sichtlich genervt richtete er sich auf. „Sag mal Kleiner, du suchst wohl Ärger!?" Es war mehr eine Floskel als eine ernst zu nehmende Frage. Steve war zufrieden. „Mensch Bernd. Freust du dich denn nicht? Ich bin wieder da! Vielleicht werden wir ja doch noch Freunde, ob du nun willst oder nicht!?", tönte er begeistert. „Hier! Hab uns ´ne schnuckelige Braune mitgebracht. Die hat genug Saft für uns zwei!" Steve hielt Bernd seine halb geleerte Weinbrandflasche unter die Nase. Die kleinen glasigen Augen des liebenswerten Penners musterten den jungen Mann. Er war schon wieder hier. Dieser arme Kerl. Bernd konnte es nicht verleugnen, dass er diesen Steve tatsächlich ein bisschen mochte. Ohne eine Standpauke zu halten nahm er einen mittelschweren Schluck aus der Pulle und gab sie anständig zurück. „Jetzt erzähl schon, Junge, was ist los?!" „Ach weißt du, Bernd, ich hab's einfach satt! Ich will nicht mehr der liebe nette Junge sein. Du erntest in dieser Rolle eher Mitleid als Ernsthaftigkeit. Der tut doch niemanden was. So ein Guter! Ich kann das einfach nicht mehr hören! Wer hat eigentlich mal gesagt, dass nett sein gleichzusetzen ist mit Schwäche?! Mittlerweile wird man doch als schwul abgestempelt, sobald man lieb und nett ist! Dürfen denn nur

Schwule nett sein. Ist es unmännlich, wenn man kein aufgeblasener Volltrottel in einem 3er Coupé ist, der die Unsicherheit hinter einer viel zu großen Sonnenbrille versteckt und sich dabei an einer Zigarette festhält!? Ich könnte kotzen! Es ist einfach so zum Ausrasten! Diese verfluchte scheiß Gesellschaft; wie ich sie hasse! Schau dich doch um! Nur dumpfe Gestalten, in einem Schauspiel gefangen. Die haben doch verlernt, sie selbst zu sein! Unter der dauerhaften Inszenierung des Erstrebenswerten verlernten die Leute doch ihr eigenes Ich!" Steve war jetzt in Fahrt. „Und diese dämlichen Weiber! Die wollen doch verarscht werden! Wenn du die Frauen nicht verarschst, dann tun sie es mit dir! Also such dir eine Rolle aus. Täter oder Opfer? Betrüger oder Betrogener? Ich weiß, welche Rolle mir ab sofort zusteht!" Wieder stiegen die Bläschen auf. Bernd blieb nichts anderes übrig als zuzuhören. Er zündete sich eine Zigarette an und fühlte sich seinem jungen besoffenen Freund sehr verbunden. Die Worte klangen wie aus seinem Mund. Er hätte vieles nicht besser ausdrücken können. Nur hätte er den Ausführungen noch mehr Kraftausdrücke beigemischt ... Ja, Bernd mochte diesen Steve.

Kapitel 23
Zimmer 218

Thomas lag auf der Intensivstation der Uni-
klinik. Wie durch ein Wunder hatte er den
Zusammenprall mit der Straßenbahn überlebt.
Die heraneilenden Rettungssanitäter hatten
ein herzzerreißendes Bild vorgefunden. Einen
jungen Mann, den sie anfangs für tot hielten
und eine junge Frau im Morgenmantel, die
zusammengerollt in den Armen des Opfers
lag und nicht bereit war, ihn gehen zu lassen.
Als sie bemerkten, dass der junge Mann noch
Puls hatte, ging alles ganz schnell. Ohne lange
zu zögern, nahmen sie beide Personen mit.
Die junge Frau hatte einen starken Schock,
der in einer solchen Ausprägung lebens-
bedrohlich war. Das Unfallopfer selbst hatte
so starke Kopfverletzungen, dass die Überle-
benschancen von vornherein auf ein Mindest-
maß reduziert werden mussten.
Markus, der leitende Sanitäter, hatte schon
sehr viel Leid gesehen und schon wesentlich
schlimmere Unfallbilder miterlebt. Jedoch die
Verzweiflung dieser jungen Frau zu sehen und
dann noch das Bild der Unfallstelle stets
allgegenwärtig vor Augen, das alles ging ihm
schon sehr nah. Er ertappte sich, wie er in

Gedanken noch lange auf der heutigen Fahrt diesen Eindrücken nachhing. Er nahm sich vor, am Abend nach dieser Julia zu sehen. Warum, wusste er auch nicht. Er musste es einfach tun.

Die Ärzte kämpften unterdessen weiter um das Leben von Thomas. Er hatte bereits viel Blut verloren und es gelang ihnen nur mit Mühe, die Blutungen zu stoppen. Thomas wurde in ein künstliches Koma versetzt und es würde die Zeit zeigen, wie er diesen Unfall verkraftet hatte und ob irgendwelche Langzeitschäden zu erwarten waren. Thomas war noch lange nicht außer Lebensgefahr.

Markus stand vor dem Zimmer 218. Julia Petermann stand auf dem Schild neben der Tür. Nur mit viel Mut und mit angehaltenem Atem betätigte er die Türklinke. Da lag sie. In den schlanken Armen der jungen Patientin steckte eine Infusionsnadel. Wie zart sie war. Es war eine dieser Frauen, die man sofort beschützen wollte, die so verletzbar in die Welt blickten und doch in der Lage waren, den stärksten Mann um den Verstand zu bringen. Markus war kein starker Mann. Er war eher ein Träumer. Schon immer war er gern für andere da und ihm war schnell klar, dass er in den Sanitäts- oder Pflegedienst einsteigen würde. Markus hatte dunkelblondes Haar, war 1,79 m groß und von ausgewogener Statur. Er war auf den ersten Blick nicht der Frauentyp schlechthin aber er war durchaus ein adretter junger Mann, der so smart in die Welt blickte, dass zumindest der zweite Blick nicht mehr an ihm vorbeikam. Markus nahm sich einen Stuhl und setzte sich respektvoll zwei Meter vom Bett entfernt hin und blickte zu Julia. Zu gern würde er ihre Geschichte kennen. Wo kam sie her und aus welchem Elternhaus stammte sie? War das eigentliche Unfallopfer nur ein guter Freund, vielleicht der Bruder und diese Julia Petermann war vielleicht noch auf der Suche nach der Liebe ihres Lebens? Wenn dem so war, dann wollte Markus hellwach und zur Stelle sein. Fast schon zärtlich blickte er nun hinüber zu Julias Krankenbett.

Tumult auf dem Gang ließ Markus aufschrecken. Hektisches Treiben war zu vernehmen. Vom schlechten Gewissen gepackt verließ er diesen schönen Ort, um in seinen Alltag zurückzukehren. Helfen konnte er hier draußen nicht. Er war erst wieder in ein paar Stunden mit seinem Dienst dran. Oft verbrachte er die Stunden zwischen den

Diensten hier im Krankenhaus. Es gab dafür eigens ein paar Betten und man gewöhnte sich schnell an diese Art der Pause. Anfangs konnte Markus hier nicht schlafen. Viel zu aufregend war die Arbeit als Rettungssanitäter. Doch mittlerweile waren all diese Dinge zur Normalität geworden und Markus war oft von seinen Diensten so geschafft, dass er schon nach zwei Minuten in der Waagerechten eingeschlafen war. Aber heute war er aufgewühlt und an Schlaf demnach nicht zu denken. Es war Markus selbst ein wenig suspekt, wie er sich zu dieser Julia hingezogen fühlte. Jetzt dachte er auch an Thomas Wagner, den Patienten in der Intensivstation. Selbst ein wenig erschrocken darüber, wie wenig ihn dessen Schicksal in den letzten Minuten interessierte, begab sich Markus an den Kaffeeautomaten der Station. Hier traf er auf Lydia. Lange Zeit hatten die beiden ihr Bett geteilt. Leider hatte der gemeinsame Alltag hier im Krankenhaus nach und nach seinen Tribut gefordert. Lydia und Markus hatten sich auseinandergelebt und ihre Beziehung daraufhin beendet. Es war noch immer ein merkwürdiges Gefühl, wenn sie sich begegneten. Da war dieses betretene Schweigen. Sie hatten sich noch immer gern und jeder spürte die gewisse Anspannung zwischen den beiden. „Na du! Wieder mal keine Lust auf frische Luft!?" Lydia lächelte amüsiert. „Hmm", entgegnete Markus wortkarg. Dann stellte er aber fortführend fest: „Mich hat das heute mit dem Liebespärchen von der Oranienburger irgendwie mitgenommen. Weiß auch nicht warum!", log er. „Ist süß die Kleine!", schmunzelte Lydia ihm wissend zu. „Ich wollte nachher wieder nach ihr schauen und ihr Getränke und Kleidung bringen. Die Jungs aus ihrer WG haben ein paar Klamotten gebracht, sie hatte ja nur einen Morgenmantel an – aber wem erzähle ich das! Wenn du magst – du kannst das gern für mich übernehmen!", bot Lydia gespielt großzügig an. Markus war dennoch für einen Augenblick fasziniert von dieser scheinbar so selbstlosen Art. Es machte ihn aber auch stutzig. War er ihr denn wirklich egal geworden? War es ihr gleichgültig, wenn er so für eine Frau schwärmte? „Naja, wenn du meinst. Ich helfe dir gern!", versuchte Markus seine Gefühlslage ungeklärt zu lassen und dennoch die Gelegenheit zu nutzen. Lydia lächelte zufrieden und nickte. „In einer halben Stunde in der Küche!" Sie ließ ihn stehen. Markus schaute ihr nach. Die weiße Schwesternkleidung schien nur für sie erfunden worden zu sein. Ihre glatten hellbraunen Haare hatte sie zu einem Zopf gebunden. Dieser zeigte scheinbar provokant auf die schlanke Taille und den anmutigen, fast schon aufreizenden Gang.

Mit seinem Kaffee setzte sich Markus in die Küche. Die Uhr fest im Blick. Schon etwas naiv, was er hier tat. Er runzelte unzufrieden die Stirn. Es war zudem ziemlich unprofessionell sich so zu verhalten. Und er trat Lydia damit, mehr als offensichtlich, mit Füßen. Das hatte sie nicht verdient. Er würde das alsbald klarstellen.

Als Lydia zum verabredeten Zeitpunkt die Küche betrat, begegneten sich ihre Blicke. Markus stand auf und ging einen Schritt auf Lydia zu, um sie in den Arm zu nehmen. „Es tut mir leid. Es tut mir leid, Lydia! Ich weiß auch nicht, warum ich diese Gedanken hatte. Wahrscheinlich ist das einfach eine Flucht nach vorn. Ich liebe dich noch immer und ich möchte gar keine andere Frau als dich. Könntest du dir denn vielleicht doch vorstellen dein Leben mit so einem Durchschnittstypen wie mir zu verbringen?" Lydia hob den Kopf und küsste diesen Trottel. Natürlich wollte sie. Wenn er ihr vorhin nachgekommen wäre, hätte er ihre

Tränen gesehen ... Etwa eine Minute standen sie so da. Man konnte das Glück mit den bloßen Händen greifen. Plötzlich ging die Tür auf und Julia stand in der Tür. Sie starrte die beiden etwas ungläubig an und platzierte umgehend ihre Frage: „Kann mir endlich jemand sagen, was mit Thomas ist!" Julia hatte sich vom Tropf losgemacht und stand nun barfuß hier in der Tür. Einige Sekunden verlegenen Schweigens gaben den drei Personen Gelegenheit, ihre Gedanken zu ordnen. Lydia hatte sich am schnellsten gefasst und antwortete: „Alles in Ordnung, Frau Petermann! Herr Wagner lebt und wir tun hier alles Menschenmögliche, um ihm zu helfen!" Julia erwiderte schnippisch: „Das sehe ich!" und ließ die beiden stehen. Sie war im Begriff, nun auf eigene Faust ihren Thomas zu suchen.

Julia war selbst überrascht, dass die beiden sie so gewähren ließen. Wahrscheinlich waren sie zu sehr mit sich selbst beschäftigt, um sie jetzt mit Vorhaltungen zu belästigen oder sie zurück in ihr Bett zu begleiten. Sie ging den Gang entlang und alles wirkte wie ausgestorben. Sie begegnete keiner Menschenseele. Sorgfältig studierte sie die Namen an den Zimmertüren. Einmal hielt sie inne und erschrak. Am Namensschild stand ein Thomas Mayer. Julia schluckte den Schreck hinunter und ging weiter.

„Sie da!" Ein bestimmter Ton ließ Julia zusammenfahren. „Was machen Sie denn hier!?" Ein Arzt betrachtete Julia streng über seine Brille hinweg, die Stirn war demonstrativ gerunzelt. „Name?" Julia stand wie ein Kaninchen vor der Schlange. Dieser Mann hatte eine sagenhafte Autorität und sie würde alles tun, was er verlangte. „Julia Petermann. Bitte verzeihen sie mir meine Neugier. Aber mein Freund hatte einen schweren Unfall. Mit einer Straßenbahn! Wissen sie etwas über ihn? Sein Name ist Thomas Wagner." Die Worte sprudelten nur so aus ihr heraus. Ohne auf sie einzugehen blätterte der Mann in einem Blattstapel. „Julia Petermann! Hier! Zimmer 218!" Wieder traf sie dieser Respekt einflößende Blick. „In fünf Sekunden sehe ich sie hier nicht mehr auf dem Gang! Sie werden zurück in ihr Zimmer gehen und ich werde bei Gelegenheit nach ihnen schauen! Eventuell beantworte ich dann auch ihre Fragen. Aber nun ab!" Es bedurfte keiner Ausflüchte und Widerworte. Julia trat umgehend den Rückzug an. Zufrieden mit der Aussicht, dass dieser Mann sie dann noch mal aufsuchen würde, ging sie zuversichtlich in ihr Zimmer.

Die alte Frau neben ihr schlief noch immer oder war inzwischen schon wieder eingeschlafen. Julia legte sich in ihr Bett und starrte an die Decke. „Ach Thomas!", raunte sie vor sich hin.

Julia musste eingeschlafen sein. Draußen war es inzwischen dunkel. Neben ihrem Bett stand bereits das Abendessen. Nichts davon hatte sie bemerkt. Die Schwestern hatten sie wohl, nach all den Strapazen, schlafen lassen. Nur wo war der autoritäre Mann? War er eventuell schon hier und sie hatte ihn nicht bemerkt, sodass er unverrichteter Dinge wieder gegangen ist? Sie versuchte, sich nicht aufzuregen und lugte unter die Essenshaube. Nach ein paar Versuchen etwas zu essen, gab sie auf. Sie hatte einfach keinen Hunger. Julia blickte aus dem Fenster in das immer tiefer werdende Schwarz. Schon bald war sie wieder eingeschlafen.

„Kommen sie, Frau Lieberknecht, sie müssen endlich mal was essen!", drang es in den Schlaf von Julia ein. Noch etwas benommen merkte sie, dass eine Schwester die alte Dame neben sich aufgerichtet hatte und sie für das

Frühstück motivieren wollte. Es war also Freitag. An diesem Wochenende hatte Julia Geburtstag. Nichts hatte sie vorbereitet. Wer konnte wissen, dass ihr ganzes Leben innerhalb einer Woche aus den Fugen kippen sollte.

Die Tür ging auf. Schwester Lydia und dieser ominöse Mann kamen in ihr Zimmer. „So, Frau Petermann." Ohne auch nur ein Wort über ihre Begegnung am gestrigen Tag zu verlieren oder auch nur ansatzweise eine Entschuldigung über das Ausbleiben seines angekündigten Besuches zu verlieren, studierte er ihre Akte. „Julia Petermann. Wie es aussieht, werden wir sie heute aus der Klinik entlassen können. Der Schock war nicht so heftig, wie anfangs befürchtet. Sie melden sich aber bitte umgehend bei ihrem Hausarzt! Dieser wird ihnen noch einige Tage Ruhe verordnen und dann alles Weitere erläutern. So können sie aber zumindest das Wochenende zu Hause und ihren 27. Geburtstag bei der Familie verbringen."

Julia vernahm diese Nachricht regungslos. Das war nicht das, was sie hören wollte. Warum will ihr denn niemand etwas genaues zu Thomas sagen? Fällt das unter die ärztliche Schweigepflicht oder wollten sie ihren Genesungsprozess nicht gefährden? „Ach ja, eines noch … Wir haben ihr Handy gefunden. Die Rettungssanitäter haben es uns ausgehändigt. Der Zustand ihres Freundes ist unverändert. Wir können ihnen leider nichts Genaueres sagen. Es tut mir leid. Alles Gute für sie, Frau Petermann." Mit diesen Worten ließen sie Julia zurück im Zimmer. Schwester Lydia blickte beim Schließen der Tür noch einmal freundschaftlich zu ihr. Dann war Julia wieder allein mit dieser alten Frau im Zimmer. Sie hatte wohl etwas gegessen und das war Grund genug wieder friedlich zu schlummern. ‚Der Zustand ist unverändert!' Also lebte er. Sie versuchte, sich an diesem Gedanken zu erfreuen. Aber was meinten sie für ein Handy? War es ihr Handy oder vielleicht das von Thomas? Naja, ist ja jetzt auch nicht so wichtig. ‚Zuhause bei der Familie feiern!' Julia wollte gar nicht daran denken. Was sollte sie denn ihren Eltern erzählen? Vielleicht sollten sie das alles einfach nicht erfahren …

Kapitel 24
Das Handy

Julia hatte sich angezogen und war bereit zu gehen. Lydia schaute unterdessen noch mal nach der alten Dame und nun waren sie bereit. „Los geht´s, Frau Petermann!" Es klang schon komisch, wenn eine junge Frau in Julias Alter so förmlich mit ihr umging. „Vorne am Schwesterzimmer bekommen sie noch die Sachen, die wir bei ihnen gefunden haben!" Julia war nun doch etwas neugierig und blickte erwartungsvoll auf Lydia, die aus einem Schrank ein kleines schwarzes Handy hervor holte.

Ein Blitzschlag durchfuhr Julias Körper. Sie stieß Lydia zur Seite und rannte den Flur entlang so schnell sie konnte. An der Toilette angekommen erbrach sich in das Waschbecken. „Nein. Bitte nicht, bitte nicht! Bitte lieber Gott, lass das bitte nicht so sein … Bitte, bitte, bitte …!" Julia weinte in ihr Spiegelbild und wimmerte immer wieder diese Worte. Sie betete darum, dass Steve nicht Zeuge des Unfalls gewesen ist und sie in den Armen von Thomas gesehen hatte. Sofort hatte sie sein Handy erkannt. Er musste also da gewesen sein. Ihre Hände umklammerten das Waschbecken mit aller Kraft. Der Druck ließ das Blut aus ihren Fingerspitzen entweichen. Speichel lief ihr ungehemmt aus dem Mund. Sie spürte eine sanfte Hand an ihrem Rücken. Lydia war ihr sofort gefolgt und stand nun ganz still neben ihr. Sie verstand noch nicht, was es mit dem Handy auf sich hatte. Diese Julia tat ihr so leid. Lydia hatte, von Ergriffenheit und Mitgefühl gepackt, Tränen in den Augen. Sie kam sich gerade so furchtbar hilflos vor.

Als Julia sich ein wenig beruhigt hatte, führte sie Schwester Lydia in das Schwesternzimmer. Sie schloss die Tür. „Kaffee?" Julia nickte. Sie schnaubte fest in ein Taschentuch und wischte sich die Tränen aus dem Gesicht. „Wo haben sie das Handy her? Es stammt weder von mir, noch von Herrn Wagner. Es ist wahrscheinlich von einem Bekannten!" Neue Tränen kullerten über ihr Gesicht. ‚Ein Bekannter' so langsam begriff Lydia die Zusammenhänge. Hier handelte es sich allem Anschein nach um eine klassische Liebesaffäre – allerdings mit einer ungeahnten und nicht alltäglichen Dramatik.

Sie erwiderte: „Das Handy lag bei ihnen. Genau an der Unfallstelle! Wir mussten davon ausgehen, dass es ihnen gehört." Julia nippte an dem Kaffee. Sie konnte nicht mehr weinen. Es schien ihr gerade so, als hätte sie mittlerweile sämtliche Tränenflüssigkeit vergossen. „Darf ich Julia sagen?", wollte die Schwester wissen. „Ich bin die Lydia!" Freundlich reichte sie Julia ihre Hand. „Klar doch. Ich bin Julia!" „Holt dich dann jemand ab oder soll ich dich eventuell fahren?", bot Lydia an. Dankbar nickte Julia und lächelte zum ersten Mal an diesem Tag. „Wenn du einfach jemanden zum Reden brauchst, dann lass es mich wissen. Ich bin gern für dich da, höre dir zu und helfe dir wo ich kann!" Lydia war selbst überrascht von ihrer Anteilnahme. Diese Julia schien sehr einsam zu sein und völlig hilflos in dieser Situation. Sie fuhr fort: „Trink deinen Kaffee in Ruhe aus. Ich fahre dich dann nach Hause. Wenn du magst, gebe ich dir meine Nummer. Wir gehen mal was trinken und du kannst mich jederzeit fragen, wie es deinem Thomas geht, ok?!" Julia blickte voller Dankbarkeit auf diese junge, hübsche Krankenschwester. Wie stark sie war. Und so unendlich lieb. „Darf ich dich mal kurz drücken?", fragte sie instinktiv. Die beiden Frauen lagen sich in den Armen und Julia merkte, dass der Vorrat an Tränenflüssigkeit noch nicht ganz aufgebraucht war. Diesmal waren es jedoch Tränen der Dankbarkeit.

Kapitel 25
Liebe mich so wie gestern

Als sie den Schlüssel im Schloss der WG-Wohnungstür drehte und die Tür aufsprang, drang ihr ein vertrauter Geruch entgegen. Es war ihr Zuhause. Ihre WG mit ihren Freunden, die sie so gern hatte. Lukas saß in der Küche. „Mensch, meine Julia, was machst denn du für Sachen!?" Er nahm seine WG-Prinzessin in die Arme und blickte nun etwas ungläubig auf Lydia. „Und wer ist diese Schönheitskönigin? Wollt ihr mich hier denn völlig verrückt machen?!" Dankbar für diesen unbekümmerten Empfang lächelten die beiden Frauen Lukas an. Und er lachte noch breiter als zuvor, weil sein Spruch wohl gut ankam bei diesen beiden Göttinnen. „Lydia", sie streckte ihm die Hand zur Begrüßung entgegen. „Lukas. Och 'n Bierchen?", wollte Lukas, nun ein wenig eingeschüchtert, wissen. Lydia lehnte dankend ab und auch Julia wollte sich einfach nur setzen. „Und jetzt erzähl mal, wie geht's denn dem Thomas?" Julia kniff die Lippen zusammen und zog die Schultern nach oben. „Das wird schon werden …!", entgegnete sie ihm. Das reichte Lukas erst einmal. Er nippte kurz an seiner Flasche Bier und nickte bekräftigend.

Lydia verabschiedete sich und entschuldigte sich damit, dass nun die Pflicht wieder ruft. Als Julia die Tür hinter ihrer neuen Freundin schloss, spürte sie den bohrenden Blick von Lukas. „Hast du denn was mit diesem Thomas? Die Jungs sagten, dass du neben ihm auf der Straße gelegen haben sollst!? Mensch, Kleene, das haut hier doch den stärksten Lukas um!" Julia sinnierte vor sich hin und nickte nur. Sie wollte das Versteckspiel aufgeben. Es hatte doch keinen Sinn mehr. Unheimliche Leere machte sich in ihrem Innersten breit. Im Moment war da kein Gefühl mehr zu verspüren. Es war einfach zu viel. Sie wollte weder den Namen Thomas noch den Namen Steve hören. „Lukas, können wir ein anderes Mal darüber reden? Ich kann nicht mehr", sagte sie. „Ich leg mich jetzt hin. Bitte weck mich auf, wenn du etwas Neues hören solltest, ja?!" Sie drückte Lukas einen Kuss auf die Wange und ließ ihn mit verdutztem Gesicht zurück.

Sie ging ins Bad, wusch sich das Gesicht. Fürs Duschen fehlte ihr jetzt einfach die Kraft. Nur noch hinlegen und das alles für einen Moment vergessen. Julia öffnete die Tür ihres Zimmers und sah Steve auf ihrem Bett liegen. Er lag auf dem Rücken, seine Schuhe noch an und das ganze Zimmer stank nach Alkohol. Mein Gott, wie sah der nur aus!? Julia war weder böse, noch zu irgendeiner anderen Reaktion fähig. Was hatte sie ihrem Steve da nur angetan? Konnte Julia irgendwann wieder ganz die Alte sein oder hatten ihr diese Schicksalstage all ihre Unbeschwertheit genommen? Sie nahm neben dem Bett Platz, stützte ihre Ellbogen auf die Bettkante und legte seine Hand in ihre Handflächen. Sie betrachtete Steve so eine ganze Weile. Er hatte ihr nie etwas getan, war immer lieb zu ihr gewesen. Sie war sein Engel, sein ganzer Stolz. Das wusste sie und sie sonnte sich gern in seiner Bewunderung. Nun hatte dieser Engel eiskalt aus dem Hinterhalt zugeschlagen, ihm ohne Deckung einfach den Halt genommen. Der Boden unter Steve war weggebrochen, seine kleine, große Welt lag in Scherben.

Julia streichelte Steves Hand und küsste sie. Er tat ihr so furchtbar leid. Woher hatte er die Kraft genommen, noch einmal hierher zu kommen? Wie verletzbar konnte ein Mensch sein, ohne daran zu zerbrechen, daran zugrunde zu gehen?! Sie zog ihm die Schuhe aus und deckte ihn behutsam zu. Sie wollte niemandem mehr wehtun. Sie würde alles wieder gut machen. Irgendwie. Sie kauerte sich wieder an den Bettrand und legte ihren Kopf auf das Bettlaken. Es fühlte sich sehr vertraut an. Julia lauschte ihrem eigenen Atem und sah auf die winzigen Härchen des Bettlakens, die sich friedlich unter ihrer Atmung hin und her bewegten. Schon bald war Julia eingeschlafen.

Der Kopf tat furchtbar weh, als Steve wieder zu sich kam. Ein ekelhafter Geschmack erfüllte seinen Mund und er war angewidert von sich selbst. Seine Hand fiel auf die Seite und er erschrak. Da war etwas, was nicht zu seinem Körper gehörte. Erschrocken blickte er auf und sah in Julias schlafendes Gesicht. Sie war wieder da. So nah bei ihm. Steve genoss diesen Moment und saugte ihn in sich auf. War alles nur ein blöder Traum gewesen? War nun bald alles wieder so wie früher? Irgendetwas verriet ihm, dass es bis dahin ein langer Weg sein würde. Sie musste ihn zugedeckt haben. Seine Zehen bewegten sich ganz frei unter der Decke. So hatte sie ihm wohl im Schlaf auch die Schuhe ausgezogen. Er war gerührt von diesem Gedanken und er spürte, wie sehr er diese Frau liebte.

Vorsichtig hob er seine Hand, um sanft über die zarte Haut von Julias Gesicht zu streicheln. Samtweich waren ihre Wangen und ganz warm. Julias Augenlider begannen, sich zu bewegen und sie war im Begriff aufzuwachen. Und dann schauten sie sich an. Ihre Blicke waren so tief, als könnten sie sich in diesem Moment gegenseitig in die Seelen blicken. Er konnte nicht aufhören sie zu streicheln. Julia schloss wieder die Augen und genoss die Zärtlichkeit seiner Berührungen. Worte waren jetzt überflüssig. Sie hätten diesen Augenblick zerstört. Ihre Lippen suchten die streichelnde Hand, um sie mit Küssen zu bedecken. Ein wohliges Gefühl schoss Steve bis tief in die Bauchgegend. Er kämpfte gegen die Traurigkeit, die ihn übermannte. Jetzt nur nicht weinen. Da tropfte schon die erste Träne auf das Bett. Der Stoff saugte die Flüssigkeit in Windeseile auf, als ahnte er, dass der Platz noch für viele weitere benötigt werden würde …

„Ich hab dich so vermisst!", sprach er vor sich her, den Kopf an die Decke des Zimmers gerichtet. „Ich bin so froh, dass du wieder da bist!" Es klang wie eine stumme Bitte. Julia sollte wieder da sein, zurück sein bei ihm. Er war bereit, ihr alles zu verzeihen, so sehr liebte er sie. „Ich liebe dich über alles!", fügte er hinzu. Seine Worte klangen warm und herzlich. Julia vernahm sie voller Dankbarkeit, noch immer nicht in der Lage, irgendetwas zu erwidern. Sie signalisierte ihm mit stärker werdenden Küssen in die Handinnenseiten, dass sie jedes seiner Worte verstanden hatte. Ihre Augen waren geöffnet und sie war beeindruckt von der Stärke seiner Liebe. War es vielleicht trotz der Geschehnisse noch möglich, die Reißleine zu ziehen und zu ihm zurückzukehren? Konnte man gestärkt aus dieser Sache hervorgehen, in dem Wissen, was man an dem Anderen hat? War je wieder an Vertrauen zu denken? Julia musste zwangsläufig wieder an Thomas denken. Er kämpfte vielleicht in diesem Moment um sein Leben und sie nahm den bequemen Weg und kehrte zu ihrem Verlobten zurück? War sie so ein herzloser Mensch? War Julia wirklich so berechnend oder konnte tatsächlich niemand ernsthaft etwas gegen Gefühle tun? War man machtlos, wenn das Herz einem den Weg weist? Sie kletterte auf das Bett und legte sich ganz nah an Steve. Sein Arm legte sich sanft um ihre Hüften. Mit der anderen Hand suchte er in seiner Hosentasche nach einem Kaugummi. Ihm war sein Atem peinlich. Dankbar erfühlte er das Gesuchte. Noch nie hatte ein Kaugummi solch ein Wohlgefühl verbreitet. Steve atmete tief durch. Nein, die Braune würde wohl nie seine Freundin werden, egal was passiert. Er schloss die Augen und genoss diesen Moment so sehr er konnte. Er war sich nicht sicher, ob es sich hier nur um eine Momentaufnahme handelte oder ob er seine Julia tatsächlich wieder gewinnen konnte. Das sanfte Wesen in seinen Armen drehte sich zu ihm und blickte kurz zu ihm auf. Er spürte ihren Blick und hielt den Atem an. Sie drückte ihr Gesicht in seinen Bauch und er konnte ihren warmen Atem spüren. Seine Hand streichelte über ihren Kopf. Diese Vertrautheit war atemberaubend. Irgendwann musste er aber wieder atmen und er holte das versäumte mit tiefen Zügen nach.

„Ich liebe dich so sehr, Julia. Bitte bleib jetzt für immer bei mir! Es tut so weh ohne dich! Ich kann mir ein Leben ohne dich gar nicht mehr vorstellen! Du bist mein Leben, alles was mir wichtig ist! Ach Julia …!" In die warme Atemluft mischte sich nun warme Tränenflüssigkeit. Seine Worte waren also nicht ungehört geblieben. Julia weinte. Er spürte, wie ein heftiges Schluchzen ihren Körper durchschüttelte und es brachte ihn fast um, wenn er sie so sah. Er rutschte zu ihr herab und nahm sie ganz fest in den Arm. „Es tut mir so leid!" Julia hatte endlich ihr Schweigen gebrochen. „Kannst du mir jemals verzeihen, was ich dir angetan habe?" Der nächste Weinkrampf nahm ihren Körper in Besitz. „Es ist alles ok, Julia. Mach dir keine Sorgen. Ich bin ja selber schuld, dass es dazu gekommen ist. Ich weiß, dass ich dich vernachlässigt habe!", entgegnete er. Sie konnte sich gar nicht mehr beruhigen. Es war, als fiele die ganze Last der vergangenen Tage von ihr herab. Doch eines war ihr in diesem Moment dennoch nicht klar. Brauchte sie nur eine Schulter zum ausheulen? War es nur ihr schlechtes Gewissen, das sie in die Arme von Steve trieb? Wollte sie wirklich einen Neuanfang? Oder übermannte sie nur das Gefühl von Vertrautheit und Geborgenheit? Die Zeit würde zeigen, wohin die Reise geht. Wenn Julia eines gelernt hatte in den letzten Tagen, dann war es die Erkenntnis, dass sie offensichtlich machtlos war gegen die unheimliche Kraft ihrer Gefühle. Ihr Herz würde sie zu einer Entscheidung zwingen und ihr den Weg zeigen …

Kapitel 26
Im Rhythmus der Verbitterung

Julia wurde vom Klingeln ihres Handys aufgeschreckt. ‚Lydia Krankenhaus' stand auf dem Display. Sofort war Julia hellwach. Ihr Herz schlug bis zum Hals und noch einen Moment starrte sie einfach nur auf das Handy in ihren Händen. Was, wenn Thomas gestorben war? Und sie war nicht bei ihm? Oder war es nur die frohe Kunde, dass er sich außer Lebensgefahr befand? „Hi Lydia!", versuchte sie so zwanglos wie möglich zu sagen. „Hallo Julia. Dein Thomas ist aufgewacht. Er stammelt ständig deinen Namen. Wäre es möglich für dich zu kommen? Ich hole dich auch gern ab." Julias Atem ging schnell. „Das wäre toll! Geht das denn? Du musst doch arbeiten!" Julias Blick traf Steve, der mit fragendem Blick jede ihrer Regungen verfolgte. „Mach dir keine Sorgen, ich bin in spätestens einer halben Stunde bei dir!", hörte sie Lydia sagen. „Ist gut! Ich dank dir! Bis gleich!" Julia ließ Steve nicht aus den Augen. Sie ließ die Hand mit dem Handy wieder sinken. „Thomas ist aufgewacht! Eine Schwester aus dem Krankenhaus holt mich ab. Ich muss nach ihm schauen, versteh das bitte!" Sie spürte, wie absurd das klang. Wie sollte er das verstehen können? „Ich komme zu dir zurück! Ich werde das alles wieder in Ordnung bringen!", gab sie ihm zu verstehen. Ihr Kopf beugte sich zu ihm herunter und ihre Lippen trafen sich. Seine Hand suchte nach ihren Brüsten. Er wollte sie ganz nah bei sich haben. Julias Hand wies seine Hand zurück. Es ging nicht. Jetzt nicht! Sie sah seine Enttäuschung und nein – sie wollte ihn nicht schon wieder zurückdrängen. Sie nahm seine Hand und legte sie zurück an ihre Brust. Ihre Lippen fanden sich wieder und ihre Hand tastete nach seiner Erregung. Durch die Decke konnte sie die Wärme spüren. Das Geräusch des Reißverschlusses brachte die groteske Spannung zum Siedepunkt. Julia schob ihren Slip beiseite und blickte Steve in die erwartungsvollen Augen. Ihr Körper senkte sich und Steve schloss die Augen. Mit seinen Händen drückte er Julia fester auf sich – er wollte im Rausch der Emotionen so tief wie möglich in sie eindringen …

Als er seine Augen öffnete, sah er Julia weinen. Jetzt schämte er sich für diese blödsinnige Idee, in einer solchen Situation an Sex zu denken. Er zog Julia zu sich heran und nahm sie ganz behutsam in den Arm. „Verzeih mir, mein Schatz! Wir haben alle

Zeit der Welt dafür! Fahr dann erst mal ins Krankenhaus und folge deinem Herzen. Ich hoffe nur, es bringt dich zu mir zurück …"
Steve war gewachsen durch die Geschehnisse der vergangenen Tage. Er war stolz darauf, jetzt so handeln zu können. Julia spürte ihn tief in sich. Seine Worte waren so unfassbar! Ungläubig schaute sie Steve an, während sich ihr Körper langsam wieder sanft auf und nieder bewegte. Jetzt gab es kein Zurück mehr. Stärker und stärker wurden ihre Bewegungen. Steves hervortretende Adern an den Schläfen und ein starkes Pulsieren im Inneren ihres Körpers beendeten diesen zweifelhaften Akt. Mit einem Seufzer sank sie auf den bebenden Körper unter sich. „Ich komme zurück zu dir! Danke für deine Liebe!" Julia verschwand ohne sich noch einmal umzudrehen. Nachdem sie die Zimmertür hinter sich geschlossen hatte, starrte Steve benommen in die Stille des Raumes. Sein verschwitztes Oberteil zeugte von dem absurden Sex vor wenigen Augenblicken. Ansonsten war da nur Leere. Im Bauch, im Kopf und scheinbar auch in seinem Herzen. War das jetzt die ersehnte Befriedigung des eigenen Egos? Konnte er Julia tatsächlich verzeihen? Was waren das für Worte, was für Liebesschwüre? Steve glaubte

sich selbst kein Wort mehr. Zu viel war zerstört. Neben all der Verbitterung war kein Platz mehr für die große Liebe ...

Kapitel 27
Nur noch kurz verabschieden

Julia wartete aufgeregt vor dem Haus. Vergessen war der Zwischenfall mit Steve. Sie war erleichtert, als sie schon von weitem das knallrote Auto von Lydia entdeckte. Als Julia in das Auto stieg, lächelte sie und die beiden drückten sich zur Begrüßung. Während der Fahrt lehnte Julia ihren Kopf an das Fenster der Beifahrertür. Sie lauschte den Klängen des Radios und ließ die Häuser vorüber ziehen. Befreit spürte sie, wie eine Last von ihr genommen wurde. Steve hatte ihr verziehen. Indes war Thomas aufgewacht und das Leben ging weiter. Was auch immer das Schicksal nun für sie vorsah – Julia fühlte sich bereit. Die Blicke der beiden Freundinnen trafen sich und sie lächelten erleichtert. Eine jede auf ihre Weise.

Die Anspannung kehrte zurück, als Julia das Krankenhaus erblickte. Geschickt beförderte Lydia ihren Kleinwagen in eine Parklücke und beendete die Fahrt mit einem beherzten Ziehen an der Handbremse. Beim Betreten der Eingangshalle drang Julia der krankenhaustypische Geruch in die Nase.

Alles sah so sauber und friedlich aus. Wenn man so durch das Foyer lief, konnte man für kurze Zeit vergessen, welches Leid diese Krankenhausmauern Tag für Tag erleben mussten, welche Schicksale hier besiegelt wurden. Niemandem der hier Angestellten sah man an, welche Erlebnisse sie in ihrem Alltag ertragen mussten.

Thomas sollte leben!? Mit dem schwindenden Schuldgefühl würde eine weitere Last von ihr abfallen. Ihre Neugier stieg Schritt für Schritt. Der Fahrstuhl fuhr heute so schrecklich langsam. Hätten sie mal nur die Treppen genommen. Julia war jetzt nicht mehr ansprechbar. Ihr Blick flehte die Anzeige des Fahrstuhls an, nun endlich die gewählte Etage aufleuchten zu lassen. Ein kurzer Ruck und da waren sie. Die Fahrstuhltür öffnete sich und Lydia übernahm die Führung. Nun wurden die Schritte von Julia langsamer und der Abstand zwischen ihr und der vorauseilenden Freundin wuchs an. Sie schienen am Ziel. Freundlich zeigte sie wegweisend auf die Zimmertür „So bitteschön. Ich lass euch jetzt allein!" Lydia strich Julia kurz über die Schulter und ging weiter ihrer Wege. Julia schluckte. ‚Thomas Wagner' stand dort auf dem Schild. Ihre Hand lag schon auf der Türklinke als eine Schar herbeieilender Ärzte sie unsanft zur Seite drängte. Ihr Weg führte sie direkt in das Zimmer von Thomas. Julia versuchte einen Blick einzufangen, doch alles ging viel zu schnell. Eine Schwester deutete ihr an, dass sie bitte draußen bleiben solle. „Aber ich bin sein Frau!", sagte Julia mehr zu sich selbst. Die Tür war schon längst wieder geschlossen. Was war los? Aber vielleicht handelte es sich gar nicht um Thomas. Ihr Blick auf das Namensschild ließ diese Hoffnung aber bereits wieder im Keim ersticken. Sein Name stand da – ganz allein. „Lieber Gott! Warum tust du mir das alles an?", sprach sie zu sich selbst. „Ich habe doch nur mal einen Fehler gemacht. Bitte bestrafe mich nicht so hart dafür!" Julia drückte ihren Rücken an die Wand und ließ sich auf den Boden gleiten. So saß sie da. Ohne Zeitgefühl. Irgendwann war da ein Knacken an der Tür – ein Lichtschein drang in den Flur. Eine Schwester kam heraus, dann noch eine und da war wieder der strenge, alte Mann. Sein Blick traf Julia, die inzwischen aufgesprungen war und diesmal nahm er sie scheinbar erstmals als Person wahr. Er erkannte sie und sein Blick ging kurz zu Boden, bevor er den Kopf wieder hob und er sie mit gefestigter Miene ansah: „Es tut mir sehr leid! Wir konnten nichts mehr für ihren

Freund tun!" Seine Hand fasste sie am Oberarm und er schaute sachlich aber niedergeschlagen in die Augen von Julia, die hektisch hin und her schauten, als suchten sie Halt – als suchten sie nach jemand Kompetenterem, der diese Aussage sofort wieder revidierte.

Nein, Julia weinte nicht. Sie ließ den Mann stehen und ging langsam zurück zum Fahrstuhl. Ihre Hand drückte die Taste, einmal, zweimal – jetzt schlug sie zu. Wieder und wieder schlug sie auf den Taster ein und schrie „Warum?!" Immer wieder „Warum!?" Sofort waren die Schwestern zur Stelle um die zu beruhigen. Sie führten sie zu einem Sitz und eine Schwester blieb bei ihr, um beruhigend auf sie einzureden. „Warum?" Julia wiederholte die Frage ein weiteres Mal. Sie fühlte sich so schuldig. Keiner war bei Thomas als er aufwachte. Niemand hielt seine Hand um ihm Mut zuzusprechen. Wo war Julia, als er sie brauchte? Sie zog es vor, schon wieder mit Steve im Bett zu liegen … Was war nur aus ihr geworden? Julia kniff sich in die Oberschenkel. Der Schmerz tat gut. Fester und fester bohrten sich ihre Fingerspitzen in ihre Schenkel. Thomas war einfach gegangen. Es sollte zu Ende sein, bevor es begann …

Unter unsagbarer Anstrengung gelang es Julia aufzustehen. Immer wieder drohten die Beine einzuknicken, doch sie musste ihn sehen. „Ich muss ihn noch einmal sehen!", stammelte sie. Wie eine um ein halbes Leben gealterte Frau ging sie gebeugt und mit kleinen Schritten auf das Zimmer von Thomas zu. Sie streichelte sanft die Türklinke und atmete einige Male ganz bewusst ein. Als sich die Tür öffnete, lag da ihr Thomas, ganz allein. Seine Augen waren geschlossen und sein Gesicht vom Unfall gezeichnet. Julia hatte noch nie in ihrem Leben eine Leiche gesehen und sie war nicht in der Lage, das alles um sich herum zu realisieren. „Es tut mir so leid!", sagte sie, während sie noch ein Stück näher an das Bett herantrat und ihre Beine vor Schwäche fast ihren Dienst versagten. Mit zitternder Hand streichelte sie über sein geschundenes Gesicht. Ihr war diese Situation unheimlich und reflexartig zog sie die Hand schnell wieder zurück. „Thomas", hauchte sie in die Stille. In ihrem Kopf war Leere. Sie war nicht in der Lage ein Gefühl zu entwickeln. Viel zu unreal erschien ihr die gesamte Situation. Ein letzter Blick nahm diesen Moment auf und brannte ihn als Bild für immer in ihren Kopf. Julia schloss die Augen, holte tief Luft und verließ eilig das Zimmer.

Kapitel 28
Und die Welt dreht sich weiter

Es war ein herrlich sonniger Tag, der Berlin in helle, bunte Farben tauchte. Ja, es war Sommer! Die Vögel schienen fortan ein wenig lauter zu singen und die Menschen gingen aufrechter durch die Straßen. Ihre Blicke streiften dabei flirtend durch die Cafés und der Duft des Sommers überdeckte den Mief der Straße. Das Leben ging einfach weiter. Bedingungslos. Die Welt hatte nicht einen Moment aufgehört, sich zu drehen. Eigentlich bekam niemand etwas von dem Untergang dieser kleinen Welt um eine junge Frau mit dem Namen Julia mit, die in diesen Tagen 27 Jahre alt wurde.

Keine ihrer Freundinnen hatte überhaupt etwas von all dem mitbekommen. Julia hatte sie nie so recht eingeweiht in ihre Gefühlswelt. Auch die Eltern wussten nichts von dieser einen Woche in ihrem Leben, die alles in einem neuen Licht erscheinen ließ. Da war nur Lydia, die sie gerade mal ein paar Tage kannte und da waren ihre WG-Mitbewohner. Bisher schien das Julias Ersatz-familie zu sein. Doch wen kannte sie wirklich? Bei wem hatte sie sich jemals vollends offenbart, sich in die Karten blicken lassen? Da waren flotte Sprüche, das übliche Gerede – aber mehr, nüchtern betrachtet, nicht. Und was war mit ihren Freundinnen?

Ja, sie hatten oft Spaß – auf unzähligen Partys, Klamottentauschabenden und bei gemeinsamen Fernsehabenden. Gespräche wurden jedoch oftmals nur von der Auswertung von Schwärmereien und diverser Liebschaften bestimmt. Wer ließ tief blicken? Es war eher eine Art Zweckgemeinschaft, als eine tiefe Freundschaft, welche die jungen Frauen verband. Julia hatte scheinbar neun Jahre lang nur Steve. Ihre eigene kleine Welt. Aber sie hatte bisher nichts vermisst. Wie konnte sich scheinbar alles in so kurzer Zeit ändern? Julia wollte ausbrechen, wollte ihre alte Liebe aufgeben und sich in ein neues Abenteuer stürzen und hatte dabei weder nach links noch nach rechts geschaut. Julia wollte einfach glücklich sein und das Gefühl schien bei Thomas greifbarer als bei Steve.

Betretenes Schweigen erfüllte die WG. Der Duft von Kuchen drang aus der Küche. Die Jungs hatten alles gegeben und Julia einen Kuchen gebacken. Lukas, Michael und Fabian saßen in der Küche und starrten ihr Gebilde mit unterschwelligem Stolz an. Sie schwiegen sich an und niemand traute sich, an Julias Tür zu klopfen. Es schien so unpassend, überhaupt an Feiern zu denken. Aber sie wollten für sie da sein – da sein für ihre WG-Prinzessin! Sie sollte nicht traurig sein! Niemand verstand so recht, was da los war. Aber niemand hatte auch je hinter die Kulissen dieses vermeintlich glücklichen Paares geschaut. Keiner kannte Steve so richtig, hatte sich bisher mit diesen Liebesdingen ernsthaft auseinander gesetzt. Sicherlich traf es von allen Jungs Michael am meisten, denn er kannte Thomas am besten und er hatte ihm in den letzten Tagen Unterschlupf gewährt. Ihn überkamen Schuldgefühle, denn er fühlte sich mitverantwortlich für all die Geschehnisse. Ohne ihn wären sich Thomas und Julia nie begegnet. Alles wäre so schön normal geblieben. Wo war denn heute noch diese schöne heile Welt? Konnte es jemals wieder so werden wie vorher? Michael entglitt ein Seufzer „Ich geh mal nach ihr schauen …!" Michael konnte nicht mehr so tatenlos hier sitzen. Er wollte etwas dafür tun, dass es Julia wieder besser ging.

Lukas und Fabian schauten zu ihm und signalisierten mit Blicken ihre Dankbarkeit und Zustimmung. Michael verließ die Küche und trat bis kurz vor Julias Tür. Jetzt schien der Herzschlag die Atmung zu übernehmen und Michael musste sich zwingen, ganz tief und möglichst leise einzuatmen. Die Lungen füllten sich mit Luft und mit der Ausatmung drückte er langsam die Türklinke hinunter. Die Tür war verschlossen. Nun verließ ihn der Mut und er war schon längst nicht mehr überzeugt von dem, was er hier tat. Was sollte er ihr sagen? Es war eine Schnapsidee und Michael trat den Rückzug an.

Ein Geräusch ließ ihn zusammenzucken. Die Tür wurde hinter ihm geöffnet und ein kleiner Spalt ließ etwas mehr Tageslicht in den Gang strömen. Jetzt gab es kein Zurück mehr und Michael ging behutsamen Schrittes auf das Zimmer zu. Er drückte die Tür weiter auf und sah Julia auf dem Bett sitzen. Sie weinte nicht. Sie blickte auf den Boden, nur die Augen schienen weiter als sonst geöffnet. Kein Lidschlag durchbrach den festen und ernsten Blick und dies war Michael etwas unheimlich. Doch endlich richteten sich ihre Augenpaare auf und ihr Blick traf ihn. Ihre Augen gewannen an Lebendigkeit und Michael sah, wie sie sich mit Tränen füllten. Eine erste bahnte sich den Weg über ihre Wange und verfing sich in ihrem Mundwinkel. Julias Lippen bebten und sie streckte ihre Arme nach Michael aus. Dankbar für das Signal, kam er ihrer stillen Bitte schnell nach und ließ sich vor ihr auf den Boden sinken. Er nahm dieses zarte Geschöpf in die Arme und fühlte sich in diesem Moment so stark. Er wollte sie beschützen und für sie da sein. Fast schon erwartungsgemäß spürte er die warme Nässe an seiner Brust. Julia gab sich ihren Tränen hin.

Etwa fünf Minuten vergingen, bevor sich Michael traute, etwas zu sagen. Mit noch immer zugeschnürter Kehle flüsterte er: „Alles Gute zum Geburtstag! Wir alle hier wünschen dir nur das Beste. Magst du mit in die Küche kommen, wir haben eine kleine Überraschung für dich." Julia schüttelte nur ganz leicht ihren Kopf. Sie fühlte sich ohne Kraft und absolut nicht im Stande, auch nur ein Wort über die Lippen zu bringen. Sie wusste nicht, warum sie in diesem Moment überhaupt auf der Welt war. Der Boden unter ihren Füßen schien verloren und der Weg, den sie in ihrem Leben bisher gegangen war, hatte sie an einen Punkt gebracht, der ohne Ausweg schien. Kein Wegweiser war zur Stelle, um ihr zu helfen und auch die Welt hinter ihr schien schon zu weit weg, um sie jemals wieder aus eigener Kraft zu erreichen.

Wo war eigentlich Steve? Der Gedanke an ihn brachte ein wenig Gefühl in den scheinbar leblosen Körper. Was hatte sie nur angerichtet? Sie hatte ihr Leben weggeworfen, ihren Freund und all das, was ihr bisher so wichtig erschien. Sie zerfloss im Selbstmitleid und ein nächster Weinkrampf übermannte sie. Langsam nahmen ihre Sinnesorgane den Dienst wieder auf und sie nahm den Geruch von Michael war. Es umgab ihn ein Duft von Weichspüler und einem männlichen Parfum. Jetzt war ihr die Situation schon fast wieder peinlich. So nah war sie ihm noch nie gekommen und nun lag sie in seinen Armen und durchnässte sein hellgelbes Hemd. Sie blickte zu ihm auf.

Michael war ein ernsthafter junger Mann, nicht unbedingt hübsch, aber mit klar definierten Gesichtsformen, einer gepflegten Haut, nahezu malerisch angelegten Zähnen und gepflegten Haaren. Sozusagen der Volkswagen unter den Männern. Bisher hatte sie ihn nur als Computerfreak gesehen und sich nie intensiver mit ihm auseinandergesetzt. Sie biss sich auf die Unterlippe und nickte einfach mit dem Kopf. Intensiver drang der Duft von Kuchen aus der Küche und Julia verspürte plötzlich schrecklichen Hunger. Sie stand langsam auf, nahm Michael an der Hand und ging einfach los. Ergeben trottelte er ihr nach. Er wusste nicht wie, aber er hatte Julia dazu bewogen aufzustehen und tatsächlich in die Küche zu laufen. An der Küchentür blieb sie kurz stehen und blickte mit einem Lächeln aus ihrem verweinten Gesicht hinein in die Küche, hinein zu den beiden Jungs, die völlig unbeholfen vor ihrem Backwerk saßen und nun ganz verlegen nach Worten suchten, die für eine solche Situation geeignet schienen. „Kommt her ihr zwei!" Julia nahm ihnen die Aufgabe ab und schloss einen nach dem anderen in ihre Arme. Sie war froh jetzt nicht allein zu sein und ihre Jungs um sich herum zu haben. Als sie den Kuchen näher betrachtete, huschte ein amüsiertes Lächeln über ihr Gesicht und sie schaute voller Dankbarkeit. Krumm und schief standen kleine Kerzen und schielten in alle Richtungen. Der Anblick war zu süß. „Bekomme ich jetzt auch endlich ein Stück?", sprach sie, um das letzte Eis zu brechen. Sofort war reges Treiben in der Küche. Jeder wollte helfen und für sie da sein, in der Hoffnung, dass bald wieder alles so war wie noch vor einer Woche.

Kapitel 29
Dresden

Steve verbrachte das Wochenende in Dresden. In seiner Einsamkeit hatte er seinen Schulfreund Lars angerufen und spontan seinen Besuch angekündigt. Zu seinem Glück war Lars Single und froh über jede Art von Gesellschaft und die Aussicht auf ein Partywochenende mit seinem alten Kumpel. Steve parkte sein Auto und blieb noch eine Weile sitzen. Sein Blick streifte die Häuser dieser malerischen Fassade und ihn packte die Melancholie. Seine Gedanken waren bei Julia, malten ihre Konturen in den blauen Himmel und ließen die Silhouette fast greifbar werden. Wegrennen war wohl zwecklos. Er liebte diese Frau. In solchen Momenten konnte er ihren Duft wahrnehmen – sie war ihm so nah. Er spürte wie sich der Druck zwischen seinen Augen erhöhte und er kämpfte bereits mit den Tränen. Dabei wollte er sich nicht mit solchen Gedanken befassen. Er hatte diese Tränen satt! Einfach mal weg aus dem Tal der Traurigkeit, weg aus Berlin! Neue Leute, neue Gegend und neue Frauen! Steve war fest gewillt eine Frau aufzureißen und das Wochenende in vollen Zügen zu genießen.

Nun spürte er das Kribbeln der Vorfreude im Bauch, das Verlangen nach einem solchen Abenteuer und bewusst energisch öffnete er die Tür.

Quietschende Reifen ließen ihn zusammenzucken. Empörtes Hupen dröhnte durch die bis eben noch verträumte Straße. Am Steuer des Wagens erblickte Steve eine dunkelhaarige junge Frau, die scheinbar nicht jugendfreie Schimpfwörter in Richtung des jungen Mannes warf, der völlig verdutzt auf ihr Auto blickte, mit dem sie fast seine Tür gerammt hätte. Möglichst freundlich gab Steve seine Unachtsamkeit zu und signalisierte sein Bedauern. Das Fahrzeug fuhr weiter und etwa auf gleicher Höhe wurde die Beifahrerscheibe hinuntergelassen und eine wütende italienische Schönheit gab ihm ein „Vollidiot …!" mit auf den Weg. Steve hätte viel lieber einen Auffahrunfall gehabt, so wäre er vielleicht spontan an ihre Telefonnummer gekommen. So jedoch war er nur von dem Temperament dieser jungen Frau amüsiert und erwiderte: „Kann ich das mit einer Tasse Kaffee wieder gut machen?" Ein kurzes Lächeln zog den rechten Mundwinkel dieses malerischen Mundes nach oben. Während sie mit dem Zeigefinger eine störrische Locke zurück hinter das Ohr steckte, trat sie ohne eine Antwort auf das Gaspedal und fuhr weiter. Verdammt! Jetzt hätte Steve gerne ihr Sammelsurium an Schimpfwörtern aufgegriffen, um sein Bedauern über diese verpasste Gelegenheit zum Ausdruck zu bringen. Doch ehe er dazu kam, wurde seine Gefühlswelt abermals in eine andere Richtung gelenkt, als er die Bremslichter vernahm und das kurz darauf erstrahlende Rückfahrlicht. Sie kam tatsächlich zurück. Durch das noch immer geöffnete Fenster rief sie ihm zu. „Warum eigentlich nicht?! Aber ich fahre! Lass du dein Auto lieber stehen – nicht das hier noch unschuldige Passanten zu Schaden kommen!"

Steve musste sich noch etwas fangen. Diese Frau war doch tatsächlich umgekehrt, um ihn jetzt in ihrem Auto mitzunehmen. Dieser Umstand war fast schon beängstigend, aber zu schön, um auch nur ansatzweise nach Ausflüchten zu suchen. „Da hast du Recht. Sicher ist sicher!", antwortete er und schloss seinen Wagen ab. Ein kurzer Gedanke galt Lars. Sicher wird der Verständnis aufbringen, wenn er ihm nachher von diesem Vorfall berichtete. Steve nahm auf dem Beifahrersitz Platz und war nun doch etwas eingeschüchtert. „Steve!", er streckte ihr die Hand zu. Sie schaute ihn nachdenklich lächelnd an, fast schon ein wenig erhaben. Aber wer konnte ihr das schon verdenken. Sicher lag ihr diese ganze Stadt hier zu Füßen und nun hatte ausgerechnet er das ganz große Los gezogen?! „Ich bin die Elena!" Ihre kleine Hand fühlte sich zart, fast schon zerbrechlich, an und passte gar nicht zu diesem entschlossenen und selbstbewussten Erscheinungsbild. Steve war froh, dass es wohl doch hinter dieser malerischen Fassade einen menschlichen Kern zu geben schien. Aber was sollten diese ganzen Gedanken? Er wollte doch endlich den Kopf ausschalten und fortan jeden sich bietenden Moment genießen, wie auch diesen Tag in der Fremde, egal was da kommt. Nach einigen Straßenecken parkte sie den Wagen schon wieder und sagte: „So, da wären wir." Sie lächelte vergnügt und stieg aus. Die Situation amüsierte sie. Steve folgte ohne ein Wort. „Na komm! Das ist schön hier!" Sie deutete auf das kleine Straßencafé und ging entschlossen auf den Eingang zu. Steves Blicke musterten hastig die Konturen ihres Körpers. Alles was er bisher von ihr sehen durfte, schien nahezu perfekt. Schlanke, gerade Beine steckten in schwarzen Stiefeln. Die engen blauen Jeans waren wie eine zweite Haut und wie sollte er es schaffen, nicht auf ihren Po zu schauen. Er fühlte sich ertappt, als sich ihre Blicke in der

Glasscheibe der Eingangstür trafen. Sie musste es gesehen haben. Elena wurde sofort von dem Mann an der Bar begrüßt. Küsschen links, Küsschen rechts. Sie blickte zu Steve und deutete auf den Platz am Fenster: „Ok?" Er kniff die Lippen zusammen und nickte stumm. So männlich wie seine Gedanken auf der Fahrt nach Dresden waren, so klein, knabenhaft und wertlos kam er sich gerade vor. Was sollte bitteschön diese Frau mit ihm? Er wartete, bis sie sich gesetzt hatte und nahm dann ebenfalls Platz. „So, Steve. Was treibt dich denn nun ins schöne Dresden? Wolltest du deinen Fahrschullehrer besuchen, um zu reklamieren!?"

Ihr Lächeln war einfach wunderschön. Es machte einen fast schon wütend. Je schöner diese Frau wurde, desto unattraktiver musste man sich in ihrer Nähe fühlen. „Ich war gerade dabei, einen alten Schulfreund zu besuchen. Wir wollen das Wochenende hier gemeinsam verbringen und ein bisschen um die Häuser ziehen!" Sie nickte und studierte dabei die Karte. Während sie ihren Blick hob und aus dem Fenster blickte, fragte sie fast beiläufig: „Und Frauen aufreißen?" Steve griff sich an die Nase und erwiderte fast schon ehrlich: „Naja, wenn es sich ergibt!" Ihr Blick wurde etwas nachdenklicher und der Muskel ihres Kiefers trat intervallartig hervor. Sie entgegnete: „Nimmst du auch einen Latte?" Er nickte nur und stellte dabei fest: „Du hast also gleich eine Schublade für mich geöffnet?" Irgendwie war er gekränkt. Klar wollte er nach Frauen Ausschau halten, aber warum war er deswegen ein schlechter Mensch? Er war schließlich nicht mehr in einer Beziehung. Und überhaupt. Was heißt denn hier ‚Frauen aufreißen'? Muss man denn alle Männer gleich über einen Kamm scheren? Neun Jahre lang war Steve seiner Julia treu geblieben und sie war es schlussendlich, die dem scheinbar so großen Reiz des Neuen erlegen war. Und dennoch sind die Männer immer die Schweine. Wird denn hier auch nicht nur mit Vehemenz ein Klischee bedient? Steve war sich sicher, dass im Zuge der Emanzipation die Frauen dahingehend doch schon längst gleichgezogen hatten. Und das war komisch. Bei Männern ist dieser unbändige Trieb doch auch ein wenig genetisch vorprogrammiert. Aber was drängt nun die Frauen dazu, es annähernd in gleichem Maße so zu treiben. Und bitte – was sollen überhaupt noch irgendwelche Vorhaltungen, nur damit sich ein Geschlecht besser fühlte? Steve musste unweigerlich an Bernd denken. Auch er war ein Verfechter dessen, dass die Monogamie nur ein unnatürliches, von der Zivilisation auferlegtes Bestreben war, weit weg von den naturgegebenen Voraussetzungen menschlichen Zusammenseins. „Ach weißt du, wenn du mal die Welt mit meinen Augen sehen könntest, dann würdest du mein Schubladendenken verstehen!" Elena strich sich wiederholt eine Strähne aus dem Gesicht und sah jetzt sehr nachdenklich aus. Das Lächeln passte besser zu ihr.

Sie deutete der Kellnerin eine Zwei an und diese schien sofort zu verstehen. „Jeder Mann sieht in mir nur ein Objekt. Eine Traumfrau, eine Puppe ... nenn es, wie du willst! Den meisten dieser Witzfiguren mache ich einfach nur Angst. Wer will schon eine starke Frau, die einem womöglich überlegen ist?! Ein echter Kerl will beschützen, will ein Held sein und tagtäglich mit seinen Wahnsinns-Leistungen prahlen. Die Frau muss staunen und ehrfürchtig niederknien ... Letztlich will der Mann doch lieber nur sein Teil in mir versenken, um mich dann als gedankliche Trophäe mit durch sein Leben zu tragen – hier und da mal damit am Stammtisch zu prahlen – aber bitte nur nichts Festes. Nicht, dass doch tatsächlich die Konkurrenz ihre Blicke auf das frisch erworbene Eigentum des Mannes richtet! Oh nein! Die Frau muss dem individuellen Pornostar gleichen, alle damit verbundenen Unsagbarkeiten mitmachen, treu ergeben und dabei möglichst für die anderen unsichtbar sein. Wenn ihr das nicht gelingt, dann wird sich der jeweilige Adonis schnell genötigt fühlen, sein Heldenimage bei einer flüchtigen Bekanntschaft aufzupolieren, um sich dann wieder über eine geraume Zeit diesem weiblichen Ungetüm gewachsen zu sehen!" Wow! Was war das denn jetzt? Ist dieser Traum von einer Frau auch noch intelligent? Steve konnte kurz die Männer verstehen, gegen die sich der Groll von Elena richtete. Wie sollte man das nur auf Dauer ertragen? Er spielte mit dem Besteck. Bei Lars wäre es jetzt einfacher gewesen. Das war jetzt doch alles eine Spur zu tiefgründig. Auch wenn diese Elena einem Gemälde glich und er nichts erstrebenswerter fände, als weiterhin in ihrer Nähe zu sein, so war das jetzt einfach ein bisschen zu viel Tiefgang an einem Wochen-ende, was eigentlich nur den greifbaren Bierflaschen und Frauen gelten sollte.

„Zweimal Latte." Mit diesen Worten wurden zwei stilvolle Gläser auf den Tisch gestellt. Während Steve den Blick auf das Glas von Elena richtete, konnte er die Umrisse ihrer Brüste betrachten. Gleich versuchte er an etwas anderes zu denken und begann, mit seinem Löffel im Glas zu rühren. „Also ich war meiner Freundin neun Jahre lang treu! Und die sieht aus wie ein Engel! Nur leider hat sie es nicht geschafft, der Neugier nach neuen Gefilden zu widerstehen." Steve gefiel sich in dieser Rolle. Und er war nun bereit, bei diesem Spiel mitzuspielen. „Ist doch klar, dass ich nun auf der Suche nach einer neuen Frau fürs Leben bin!", log er. „Ich finde dich sehr hübsch. Das einzige was mir nicht gefällt, ist der Gedanke daran, dass du das ja sowieso schon weißt und an jeder Ecke hörst!" Zufrieden mit seiner Aussage schlürfte er den Schaum von seinem Latte Macchiato. „Ich glaube auch, dass deine Vorurteile so stark sind und du vom Leben schon so geprägt bist, dass ein Mann eigentlich schon von vornherein keine Chance bekommt. Zumindest glaubst du doch nicht ernsthaft daran, oder? Wie hat es dann meine Ex-Freundin geschafft? Aber ...", er musste kurz den Kurs korrigieren, „vielleicht hat sie es ja gar nicht, sonst wäre ich jetzt nicht hier und würde mit dir in Dresden in einem Café sitzen. Ich weiß doch auch nicht! Ich möchte auch nicht immer über all diese Dinge nachdenken. Am liebsten würde ich das einfach nur genießen, würde noch heute mit dir schlafen, tanzen gehen, Geschichten erzählen und alles würde so kommen, wie es kommen soll. Und wenn wir uns in ein paar Tagen schon nichts mehr zu erzählen haben, dann haben wir es versucht und haben uns doch wenigstens die Chance gegeben. Was zählt, ist doch ein positives Grundgefühl. Und dass man das jetzt nicht jede Woche auf diese Art versuchen sollte, versteht sich von selbst!"

Elena blickte Steve während er sprach fest in die Augen. Dann beugte sie sich vor und sagte: „Ok", während sich ihr Mund leicht öffnete und sie ihn küsste. Ihre Zungen berührten sich kurz, bevor sie unter gespielter Verlegenheit wieder zurückwich. Unter einem tiefen Luftausstoß ließ Steve die Anspannung entweichen und sank zurück auf seinen Stuhl. Er musste sich kurz sammeln. „Danke!", stammelt er. Elena strich sich mit dem Zeigefinger über die Unterlippe und nun war nun tatsächlich auch etwas verlegen. Mindestens eine halbe Minute verging ohne ein Wort. Sie nahm seine rechte Hand in ihre Hände und betrachtete sich neugierig die Finger und strich in Gedanken versunken über seine Lebenslinie. „Du bist süß!", sagte sie. „Wir können es ja mal auf deine Art probieren." Steves Herz schlug nun fast hörbar. Konnte einem Menschen vor Aufregung eigentlich auch schlecht werden? Wenn er sich jetzt nicht verhört hatte, dann war diese Elena im Begriff, noch an diesem Wochenende mit ihm Sex zu haben. Vielleicht war sie ja von der Mafia geschickt worden und Steve fehlte morgen früh Geld und eine Niere. Zu suspekt war diese ganze Situation. Da könnte doch jeder kommen und eine Geschichte von Herzschmerz und Leid erzählen und schon sattelt so eine Traumfrau auf? Er wollte keine feste Beziehung. Schon gar nicht hier in Dresden. Er liebte sein Berlin und er liebte Julia.

Kapitel 30
Die Sache mit Elena Günther

Steve betätigte die Haustürklingel. ‚Günther'
stand darauf geschrieben. „Elena Günther",
wiederholte Steve kaum hörbar. Sie hatten
sich für 20 Uhr verabredet. Nachdem er Lars
von seiner Story erzählt hatte, war dieser zwar
etwas sauer, wegen des scheinbar verlorenen
Männerabends, aber auch voller Verständnis
dafür, dass Steve zu dieser fremden Schönheit
ging. Und vielleicht war anschließend auch
schnell die Luft raus und die beiden Freunde
konnten doch noch in eine Partynacht
aufbrechen. Die Hoffnung stirbt bekanntlich
zuletzt. Schrill ertönte der Türöffner und der
Pulsschlag von Steve schnellte nach oben. Er
betrat die noble kleine Stadtvilla und eine
bereits geöffnete Tür im Erdgeschoss verriet
ihm, dass er schon am Ziel war. Elena wartete
an der Tür. Er hielt ihr betont
überschwänglich eine Weinflasche hin. Sie ließ
den Blick nicht mehr von ihm los und stellte
die Weinflasche zu Boden ohne von ihm
abzulassen. Der nun folgende Kuss ließ
keinen Zweifel mehr daran, was jetzt
geschehen würde. Sie drückte sich provokant
gegen seine Erregung und schloss die Augen.

Blindes Begehren, gepaart mit dem Sonderbaren dieses Augenblicks, ließen sie bereits jetzt schwer atmen. Sie zog ihn weiter in die Wohnung und knöpfte langsam ihre Bluse auf. Sie war es, die jetzt keine Zeit mehr verlieren konnte. Plötzlich stoppte sie, drehte sich zu ihm, umfasste seinen Kopf mit beiden Händen und drückte ihn zwischen die nur noch spärlich bedeckten Brüste. Steve roch anmutendes Frauenparfüm und schmeckte cremige Haut. Seine Finger suchten den Verschluss des BHs und als dieser endlich nachgab, befreite er unter wilden Küssen den Rest ihrer festen, kleinen Rundungen. Er hörte, dass sie bereits ihre Hose öffnete und griff nun auch hastig nach seinem Gürtel. Sie drehte sich zur Wand, streifte Hose und Slip gleichzeitig ab und stützte sich gegen die Wand. Dann blickte sie zu ihm, schloss Augenblicke später die Augen und war bereit, ihn zu empfangen. Steve musste bei diesem Anblick kurz innehalten, drang dann aber forsch in sie ein. Elena stöhnte kurz auf und während sie immer wieder, Stoß um Stoß, an die Wand gedrückt wurde, erschien ein Lächeln auf ihren Lippen. Steve griff nach ihren Brüsten und bemerkte, wie er unbewusst ihren Rücken, die Festigkeit ihrer Weiblichkeit und die Enge in Elena mit denen von Julia verglich. So absurd das in diesem Moment erschien. Steve dachte an Julia während er mit dieser Frau schlief. Er fühlte sich fremd hier in dieser Wohnung. Vor sich hatte er eine Fremde, die sich ihm völlig hingab. Er beobachtete, wie sein Glied immer wieder in Elena eindrang. Fasziniert und erschrocken zugleich drückte er sein Becken an ihren Po, während ein heftiger Höhepunkt ihn übermannte. Elena, dadurch noch erregter, entwich abermals ein kleiner Aufschrei und sie hielt sich erschrocken und entzückt zugleich eine Hand vor den Mund.

Was machte er hier eigentlich? Noch während er in ihr kam, dachte er daran, ob sie eigentlich die Pille nahm, mit wie vielen Männern sie das eventuell so von Zeit zu Zeit abzog und er wollte nur noch diesen Akt zu Ende bringen. Weg von hier. Er dachte an Lars und den versprochenen Abend. Er dachte an Julia und er schämte sich für diesen Moment.

Schweigen erfüllte den Flur. Es standen sich zwei fremde Menschen gegenüber und versuchten, im Abklingen der Erregung, mit der wiedergewonnenen Klarheit des Verstandes, betont locker mit dieser Situation umzugehen. Elena gab ihm einen flüchtigen Kuss und verschwand im Bad. Steve fing das formschöne Profil dieses nackten Frauenkörpers ein. Kurz huschte so etwas wie Stolz an ihm vorbei, doch als sich die Tür zum Badezimmer schloss, suchte auch er eine Klinke. Die der Ausgangstür. Jetzt war alles egal. Die Tür viel hinter ihm ins Schloss und Steve stürzte aus der Haustür hinaus ins Freie, noch während er seine Hose zuknöpfte. Nur weg von hier. Steve rannte ein paar Meter bis er hinter einer Ecke dem scheinbar ihm hinterher eilenden Blick entronnen war und hielt für einen Moment inne. Hier legte er auch seinen Gürtel wieder ordentlich an. Er war geflüchtet. Aber vor was? Er hatte gerade Sex mit einer bildschönen Frau. Julia hatte doch ihn betrogen, er war das Opfer und er war doch eigentlich frei!? Warum fühlte er sich jetzt so schlecht? Beim Besuch der Nachtbar hatte ihn dieses Gefühl nicht erreicht. Dort hatte er mit jeder Handlung Genugtuung verspürt, hatte eine Art Rachefeldzug vollzogen. Doch jetzt fühlte er sich schlecht. Elena wäre dazu fähig, in Windeseile sein Herz einzufangen. Doch Steve wollte frei sein. Und wenn gefangen, dann nur bei Julia.

Langsam setzte er seinen Weg fort. Ein unsauberes Gefühl umgab ihn. Dennoch überwog schnell wieder das Gefühl von Männlichkeit. Elena war noch allgegenwärtig. Steve spürte Stolz und seine Stimmung hellte merklich auf. Er war frohen Mutes als er feststellte, dass der Abend noch jung war und er nun doch noch mit Lars unter Männern einen tollen Abend verbringen konnte.

Er überspielte das Unbehagen mit dem Gefühl der Trophäe, welche er durch den Sex mit Elena scheinbar in den Händen hielt. Seine Gedanken waren noch einmal in ihrem Flur, sein geistiges Auge erblickte ein weiteres Mal diesen Zauber des Moments, ihren kleinen runden Po, diese wunderbare Figur und ein kurzes, emotionales Frösteln überzog seinen Körper mit Gänsehaut.

Kapitel 31
Freunde bleiben, Liebe geht

Lars und Steve verbrachten eine lange Nacht in den Straßen von Dresden. Doch der Abend startete ganz anders als erwartet. Die beiden jungen Männer saßen nachdenklich am Ufer der Elbe, warfen kleine Steine ins Wasser und philosophierten über die Frauen. Lars war nicht unbedingt der Frauenheld, hatte aber dennoch, mit Hilfe diverser Flirtportale im Internet, erstaunlich viel Erfolg beim weiblichen Geschlecht. Er war auf verschiedenen Seiten aktiv und es erstaunte schon, wie viele Frauen für unverbindliche Treffen bereit waren. So erzählte er von 40-jährigen Ehefrauen, die ihn von Kopf bis Fuß auffraßen, buchstäblich auseinander nahmen und mit denen es sich anschließend noch herrlich reden ließ. Eine Flasche Wein und diese Damen waren dankbar dafür, dass sie Befriedigung fanden und einen Menschen, der ihnen einfach zuhörte. Und so war Lars mit seiner Situation keineswegs unglücklich. Er war ungebunden und frei, hatte wechselnde Liebhaberinnen und das alles ohne einen Cent zu bezahlen – mit Ausnahme des Weines. Steve betrachtete die Wasseroberfläche und folgte den kleinen ringförmigen Wellen, die sein kleines Steinchen auf ihr verursacht hatte. Es war schon seltsam. Wohin er blickte, waren entweder unglückliche Paare zu sehen, die mit gleichgültigem Gesichtsausdruck nebeneinanderher liefen, oder herrlich glückliche Singles, die lachten, alberten und das Leben in vollen Zügen genossen. Gut, glücklich waren auch die wenigen frisch Verliebten, die sich noch in Sicherheit wogen. Aber war es nicht auch für sie vorprogrammiert, schon bald die ersten Abnutzungserscheinungen zu erkennen und den ersten Zweifeln an der eigenen Lage zu erliegen.

Frag mal einen Menschen, der bereits 20 Jahre verheiratet ist, nach seinem Glück. Frage diesen Menschen mal, warum er mit seinem Partner verheiratet ist. ‚Naja...' wird man dann hören – ‚die Jahre schweißen zusammen' oder vielleicht ‚wir haben so viele Dinge mitgemacht und uns so vieles aufgebaut. Das wirft man jetzt nicht einfach weg' oder wie wäre es mit der Antwort: ‚Das wichtigste sind die Kinder. Die sollen in geordneten Familienverhältnissen aufwachsen!'. Da ließen sich noch unzählige Floskeln aufzählen. ‚Naja, jetzt alles hinwerfen – wie soll das gehen? Uns gehört das doch alles gemeinsam! Und überhaupt ... jetzt in dem Alter ...!' Die Reihe wird länger und länger umso mehr man darüber nachdenkt. Und was ist denn nun eigentlich Glück? Wer von seinen Freunden war denn letztlich glücklich? Die einen waren auf der Suche und deshalb unzufrieden, die anderen hatten gefunden und waren letztlich mit dem Gefundenen unzufrieden. Und der Gefundene ... wäre wohl oft am liebsten nie entdeckt worden! Ist es nicht besser, man pflanzt sich mit vielen Frauen einfach nach Lust und Laune fort, tut etwas für die Erhaltung der Art und genießt ansonsten einfach das Wunder des Lebens? Und man bleibt einfach so lange an einem Ort, wie es einem dort gefällt. Wer hat das eigentlich mit dem Heiraten erfunden? Ist das nicht nur Besitzdenken? Oder letztlich gar ein steuerlicher Vorteil? Sind es vielleicht gesellschaftliche Zwänge oder dann doch ein Stück weit Egoismus und die eigene Absicherung, die uns in den Hafen der Ehe drängen. Sicher war dieses Denken auch etwas einseitig.

Steve zündete sich eine Zigarette an und fragte nach längerem Schweigen plötzlich: „Lars, sag mal, glaubst du an die Liebe zwischen Mann und Frau?" Nun schaute Lars etwas verdutzt und kam sich ein bisschen mädchenhaft vor, aber der Wein machte auch ihn ein wenig redselig, sodass die Scham schnell verflogen war und sich Lars seinen Gedanken hingab. „Hmm … schwierig. Ich denke, so eine richtige Liebe empfindet man nur für sein Kind. Oder für seine Eltern und Geschwister. Wenn die einem nicht gerade die Niere rausnehmen und heimlich verkaufen, hält so eine Liebe doch ein Leben lang, oder? Und das ohne groß danach zu fragen." Lars war stolz auf seine Antwort. „Hast du mal eine für mich?" Schon viel zu viel hatten beide geraucht, aber dieser Abend war was Besonderes! So lange hatten sich die beiden nicht gesehen und nun sprachen sie über solche Dinge. Steve dachte über die Aussage nach. Während er Lars die Zigaretten hinhielt, entgegnete er: „Ja, aber was ist nun zwischen Mann und Frau? Gibt es da so etwas wie Liebe überhaupt? Oder handelt es sich eigentlich immer nur um ‚Verliebtsein'? Ein Gefühl, was dem Gefühl als Kind gleicht, wenn man ein neues Spielzeug bekam. Dann sind alle anderen Sachen doof und man hat nur noch Augen für sein neues Spielzeug. Man ist aufgeregt und nimmt es überall mit hin. Und irgendwann sieht man dann etwas Neues und das Interesse und die Wertschätzung für das, was man bisher in den Händen hielt, schwand schlagartig. Das Neue reizt und man setzt all seinen Ehrgeiz und seine Überredungskünste ein, um es endlich zu bekommen ...!"

Steve war noch immer nicht zufrieden. Das Thema ließ sich so schwer vermitteln. Da gab es diese Floskeln ,Nachts sind alle Katzen grau' oder ,auch andere Mütter haben schöne Töchter'. Man begegnet diesen Sprüchen überall. Nur nimmt man sie eher unbewusst wahr. Die Medien suggerieren Schönheit, Reichtum, ewige Jugend. Die Schlagerstars singen vom ewigen Glück und die Herzschmerzfilme spielen ebenso mit den Sehnsüchten der Menschen. Letztlich haben sie alle eines gemeinsam: Sie verdienen mit den Wunschvorstellungen der Menschen Millionen. Und warum? Weil es genauso nicht funktioniert wie die 247. Diät in der Frauenzeitschrift. Denn wenn nur einer die Lösung parat hätte, dann wäre er jetzt Millionär und die Welt würde in Freudentränen versinken.

„Fakt ist doch", setzte er fort, „der Mensch ist nicht für die Monogamie geschaffen!" Er musste sich an seine Gespräche mit Bernd erinnern. „Die Menschen streben eher danach, den scheinbar perfekten Menschen zu besitzen, würden aber nie davon ablassen, einen noch perfekteren Menschen zu suchen. Oder einfach nur die eigene Bestätigung! Ach, ich weiß doch auch nicht! Langsam nervt dieser Weiberkram!" Steve hatte keine Lust mehr auf dieses Thema. Es schien so endlos und eine Antwort konnte wohl auch der klügste Wissenschaftler nicht geben. Ein jeder wusste, was richtig oder falsch war, doch niemand konnte sich dagegen erwehren. Was nützte da alles Gequatsche? Nach ein paar Steinwürfen traten sie den Weg in den nahe gelegenen Club an. Lars stieß Steve in die Seite und während er grinste, rief er: „Alter Philosoph! Jetzt lass uns Party machen, die Angeln auswerfen und das Leben genießen. Lass uns nach noch perfekterem Material suchen!" Jetzt lachten beide und das Sinnieren am Fluss hatte sie letztlich doch beflügelt. Der Abend konnte kommen.

Kapitel 32
Das Glück zur Erde

Julia starrte auf das Erdloch. Der Grabredner
redete in monotoner, fast schon emotions-
loser Art und Weise Sätze über einen
Menschen, der nun nicht mehr unter den
Lebenden weilte und wegen dem sich hier alle
versammelt hatten. In dem Loch vor ihnen lag
Thomas. Ein unvorstellbarer Sachverhalt. Julia
biss sich zum wiederholten Male auf die
Unterlippe und schmeckte die Tränenflüssigkeit, die sich in ihren Mundwinkeln
verfing, während ihre Augen nicht vom Grab
abwichen. Julia bemerkte nicht die Blicke der
Familienangehörigen, die sie neugierig musterten. Sie war für sie natürlich eine Fremde und
schien dennoch dem Toten sehr nahe
gestanden zu haben. Eine junge Frau begab
sich zu ihr und streckte ihr die Hand
entgegen: „Ich bin Jenny, die Schwester von
Thomas!" Julia ließ vom Grab ab und richtete
ihre Blicke auf das freundliche Frauengesicht.
Sie blickte in tränengefüllte, liebevolle Augen
und sie erkannte dabei die starke Ähnlichkeit
zu Thomas. Es war ein faszinierender Augenblick, denn dort stand ein Teil von ihm. Julia
erwiderte den Händedruck. „Ich bin Julia.

Eine Freundin …", sagte sie kurz. Jenny ging einen weiteren Schritt auf Julia zu und nahm sie in die Arme. Sie konnte nicht mit ansehen, wie Julia ganz allein da stand und herzzerreißend auf das Grab schaute, während der schmächtige Körper unter Weinkrämpfen zusammenkrampfte, die immer wieder neue Tränen aus einer unerschöpflichen Quelle zum Vorschein brachten. Jenny spürte, wie der Körper in ihren Armen zitterte. Sie selbst hatte ihren Bruder verloren. Aber diese Frau schien gerade einen Teil von sich selbst hier zu beerdigen. Ergriffen von so viel Liebe und der ehrlichen hemmungslosen Trauer, musste nun auch Jenny still weinen.

„Komm, lass uns ein Stück gehen!" Jenny nahm Julia an die Hand und zog sie ein Stück weg von den übrigen Trauergästen. „Lass uns nachher noch mal herkommen und dann nimm in Ruhe Abschied von Thomas! Ich werde bei dir sein, wenn du magst!" Julia hatte keine Kraft. Sie war froh, dass jemand bei ihr war und es tat gut, die Hand von Jenny zu spüren, die sie fest umklammerte. Wortlos gingen die beiden jungen Frauen den Friedhofsweg entlang. Es war warm und die Sonne brannte auf dem schwarzen Stoff. Julia schaute auf ihre Schuhe und beobachtete den Gleichklang der Schritte. Sie ging hier mit einer wildfremden Frau Hand in Hand, hatte sich in die Trauerfeier einer Familie begeben, in der niemand sie kannte. Sie versuchte krampfhaft, wieder an Thomas zu denken, doch es gelang ihr in diesem Augenblick nicht. Nüchtern betrachtet hatte sie gerade eine flüchtige Bekanntschaft auf dramatische Art und Weise verloren. Die Umstände unberücksichtigt, war es lediglich eine Liebschaft, ein Flirt, ein sexuelles Abenteuer, was zu Ende gegangen war. Thomas blieb ein Fremder. Julia gehörte nicht hier her. Was hatte sie sich eingebildet. Wer war sie denn, dass sie einfach hier in die Familie reinplatzte und sich anmaßte, die traurigste unter allen Trauergästen zu sein. Julia entzog sich der Hand von Jenny. „Ich muss jetzt los! Danke, Jenny!" Ohne noch einmal aufzuschauen, ließ sie Jenny stehen, die ihr erschrocken und ergriffen zugleich nachschaute. Was für ein armes Mädchen. Wie allein sie doch sein musste. Wie gern hätte Jenny mehr erfahren von dieser Frau, mit der Thomas zuletzt sein Leben teilte und der seine Liebe galt.

Julia kam nicht sehr weit. Tränen nahmen ihr die Sicht. Sie ließ sich auf die Knie sinken und kippte auf die Seite. Ihre Hände streichelten den weichen Boden unter ihr und tiefer und tiefer gruben sich ihre Hände in die Erde. Sie lag da und die Enge der zugeschnürten Kehle ließ nur ein wimmerndes Geräusch zu. Trauer nahm ihr den Atem und lag wie eine schwere Last auf ihrem schmächtigen Körper. Julia wollte hier liegen bleiben. Sie streichelte den Boden und wollte nie mehr weg von diesem friedlichen, sanften Ort – nah bei Thomas …

Kapitel 33
Wie beschreibt man Liebe?

‚Liebe Julia. Auch wenn mir die letzten Wochen sehr wehgetan haben, so vergeht kein einziger Tag, an dem ich nicht an dich denke. Ich habe versucht, andere Frauen kennenzulernen, aber jede Handlung, jede Geste, einfach alles erinnert mich an Dich. Ich schaue mir Dinge an und überlege, wie Du sie wohl finden würdest. Am schlimmsten ist es, wenn ich im Bett liege und dann nicht schlafen kann. Dann fällt mir alles wieder ein. Unser Leben spielte sich schon 100 Mal vor meinem geistigen Auge ab und bei jeder Wiederholung fallen mir mehr und mehr Details ein und dann weine ich still in mein Kissen. Wann haben wir uns verloren? Warum hab ich das nicht gemerkt?‘

Steve las sich die ersten Zeilen seines Briefes durch und noch immer schienen seine Worte nicht tiefgründig genug. Nichts vermochte zu sagen, was er tatsächlich empfand. Es war einfach Liebe, die ihn zutiefst erfüllte. Keine Frau konnte ihm das geben, was er bei Julia fand. Doch was brachten diese Zeilen? Konnte man Liebe wieder neu entfachen? Genauso bedingungslos ein Feuerwerk abbrennen, wie beim ersten Mal? Oder war dann nur alles viel zu sehr auf Erfahrungen und Geschehnissen aufgebaut, vielmehr ein Krampf als intuitives Treiben auf dem Fluss der Gefühle?! Ein Seufzer entglitt ihm und er versuchte, sich zu konzentrieren.

> *'Du bist für mich das Glück der Welt,*
> *das Mädchen, das mir so sehr gefällt!*
> *Du bist der Inhalt meiner Träume,*
> *Du begleitest mich durch alle Räume!*
> *Denn wo ich bin, denk ich an dich,*
> *denn dein Gesicht schwebt nur um mich!*
> *Du bist das Kerzenlicht in der Nacht,*
> *ein Anblick, der mich wahnsinnig macht!*
> *Ich möchte wieder deine Küsse spüren,*
> *meine Hand über deinen Körper führen!*
> *Ich möchte dir all' meine Zärtlichkeit geben,*
> *und mit dir wie auf einer Wolke schweben!*
> *Meine Julia, komm zu mir zurück,*
> *wir finden den Weg, Stück für Stück!*
> *Gib mir die Chance, gib mir die Kraft,*
> *ich schenk dir mein Leben, als Preis, dass ich's*
> *schaff!'*

Steve schaute sich das Geschriebene an. Stolz und Wehmut zugleich vermischten sich zu einer eigenartigen Mischung. Sicher war Steve kein guter Gedichteschreiber aber sein derzeitiger Zustand erlaubte es ihm, solch kleine laienhafte Werke zu kreieren und er hoffte, dass Julia das zu würdigen wüsste.

‚Meine Julia!‘, fuhr er fort. ‚Wir waren uns doch mal ganz sicher, dass wir zwei füreinander bestimmt sind. Nun glaube ich nicht an solche Sachen, aber ich glaube daran, dass zwei Menschen aus zwei Hälften ein tolles Ganzes formen können und dieses Gebilde mit zwischenzeitlichen Restaurierungsarbeiten und ein paar kleinen Kratzern bis zum Tode aufrechterhalten können. Und so ein altes Gemäuer ist dann nach all der Zeit noch viel mehr wert! Ich weiß nicht, ob es gut ist, solche Sachen zu schreiben. Ich weiß nur, dass ich nur Dich haben möchte. Nicht, weil ich einen Besitzanspruch geltend machen möchte, sondern weil du mir das geben kannst, was ich brauche. Du bist die schönste Frau, die es für mich gibt. Ich fühle mich so wohl bei dir. Wir haben gemeinsam gelacht, die verrücktesten Dinge gemacht! Und wir konnten uns auch im Bett fallen lassen, haben alles ausprobiert und so manchen Nachbarn zum Verzweifeln gebracht. Weißt Du noch, wie Du nach unserem ersten Mal weinen musstest. Einfach so, weil es so schön war und weil Dich die Gefühle überwältigt haben. Wir zwei haben uns ergänzt und keiner unserer Familien oder Freunde konnte sich vorstellen, dass es uns mal einzeln gegeben hat! Ich verzeihe Dir, dass Du dem Reiz der Versuchung erlegen bist. Ich selbst dachte ja jetzt auch, dass ich was nachzuholen habe und hatte Sex mit anderen Frauen. Aber vielleicht macht uns

das ja auch stärker für die Zukunft. Das Wissen, dass alles Neue nur vom Zauber der Neugier umhüllt ist. Und wenn dieser Mantel einmal fällt, was dann? Dann wirst du mit jedem Mann wieder an der gleichen Stelle sein wie vielleicht bei mir. Dann ist der Reiz weg, da fühlt sich alles so scheiße Normal an. Keine Überraschungen mehr. Immer das gleiche Gesicht. Immer derselbe Körper. Aber muss da nicht mehr da sein? Ist es nicht so, dass man auch seine Eltern oder Geschwister nie eintauschen würde, nur weil eine andere Schwester vielleicht lustiger sein könnte? Wenn zwei Menschen so viele Dinge verbinden, dann sollten sie kämpfen. Denn wie viele suchen ein Leben lang nach einem Menschen, mit dem sie so viele Dinge vereint. Julia, ich liebe Dich von ganzem Herzen und ich bin immer für Dich da – wenn Du das auch willst. Und wenn nicht, werde ich wohl ein Leben lang auf Dich warten!
Dein Steve'

Steve spürte, dass ihm das Schreiben gut getan hatte. Einfach die Dinge loswerden, die da ständig im Kopf umherschwirrten. Jetzt konnte er ins Bett gehen und hoffentlich gut schlafen. Die meisten Nächte verliefen in letzter Zeit unruhig und die Gedanken bohrten sich in seinen Schlaf. Manchmal sprang er dann wutentbrannt aus dem Bett, nahm sich eine Flasche Rotwein und surfte orientierungslos durch das Internet. Heute war es eine andere Unruhe. Sie sollte seinen Brief lesen. Er entschloss sich, das Geschriebene zu fotografieren und als Bildnachricht an Julia zu senden. Er konnte nicht länger warten. Während er die Nachricht verschickte, spielte sein Puls verrückt. Zu sehr interessierte ihn die Reaktion. Jetzt begann die Zeit des Wartens. Wer weiß, wann sie die Nachrichten las und ob ihre Telefonnummer noch die richtige war? Es war natürlich auch möglich, dass sie schon längst eine neue hatte, um mit ihrem alten Leben abzuschließen. Es war vielleicht auch dumm gewesen, sich so zu offenbaren. Julia hatte ihm doch gesagt, dass sie ihn nicht mehr liebt, sie seinen Körper nicht mehr anziehend findet und dieses emotionslose Zusammenleben beenden möchte. Was sollen da ein paar Zeilen bewirken? Ihm war nicht ganz wohl bei der Sache und ihm war die Situation nun fast schon ein bisschen peinlich. Jede Minute, die ohne Rückantwort verstrich, bestärkte dieses Gefühl. Steve spürte, wie seine Augenlider schwer wurden. Kurz aus der Einschlafphase schreckend, drückte er auf die Tastatur, damit ihm das erleuchtete Display verriet, ob eine Nachricht angekommen war, dann schlossen sich die Augen schon wieder. So vergingen über drei Stunden, in denen nichts passierte. Es war zwecklos und naiv zugleich. Er gab sich dem Schlaf hin. Seine Lider hatten den Kampf gegen die Schwerkraft verloren.

Steve öffnete die Augen. Es war noch immer dunkel. Irgendetwas hatte ihn aus dem Schlaf geholt. Reflexartig schnappte er sich das Handy und sah, dass ihn eine neue Nachricht erreicht hatte. Als er ihren Namen las, schnellte sein Herzschlag in die Höhe. Ein wenig Angst überkam ihn, aber sie hatte keine Chance gegen die Neugier, die wie von allein die Tasten betätigte.

‚Hi Steve.
Danke für deine lieben Zeilen. Es tut mir leid, wie alles gekommen ist. Und es ist komisch, ohne dich zu sein. Die Ereignisse überfordern mich und ich kann gar nicht an Liebe denken. Ich hätte dich jetzt gern bei mir, aber ich würde dich nur benutzen, würde in deinen Armen um einen anderen Mann trauern. Wie suspekt ist dieser Gedanke! Sicher habe ich dir sehr wehgetan. Eher unbewusst – aber dennoch spüre ich in mir fast keine Reue. Ich musste es tun, mich befreien von einer Last, die schon lange in mir wohnte. Bewusst war es mir nie so richtig. Nur fühlte ich kein Glück in mir. Alles fiel mir so schwer. Ich habe dich irgendwann angesehen und fand alles nur noch fad,

langweilig und blöd. Ich entzog mich deiner Berührungen, entsagte dir meinen Körper. Nie mit Absicht, aber umso mehr ich jetzt darüber nachdenke, desto intensiver spüre ich den Graben zwischen uns. Lieber Steve, ich bin einfach nicht in der Verfassung, über uns tiefgründiger nachzudenken. Mir zieht es gerade den Boden unter den Füßen weg und ich fühle mich nirgends mehr zuhause. Vielleicht gehe ich weg von hier, lasse alles hinter mir. Ich weiß es nicht. Nur eines kann ich dir sagen. Ich liebe dich nicht mehr! Alles Gute.
Julia'

Steve schaute wie versteinert auf sein Handy. Wieder und wieder las er Zeile für Zeile. Nichts ließ nur einen leisen Zweifel daran aufkommen, dass Julias Gefühle für ihn erloschen waren. Wie konnte so etwas passieren?! So viele Jahre hatten beide ihr Leben aufeinander abgestimmt. So viele schöne Momente erhellten anfänglich ihr Dasein. Wann spürt man, dass dieses Licht langsam an Kraft verliert? Steve hatte nichts bemerkt.

Kapitel 34
Einen Psychiater für alle, bitte!

Neun Monate später ...

Julia schloss die Tür. Ein tiefer Seufzer
befreite sie von der Anspannung. Nie wieder
würde sie diesen Raum betreten. Es reichte.
Es war an der Zeit, nochmal neu
durchzustarten. So sehr ihr der Psychiater am
Anfang gut tat, so sehr spürte sie nun, dass er
nur nach einem immer wieder angewandten
Schema handelte. Längst war sie gedanklich
viel weiter und die Festigkeit in ihrem Denken
überraschte sie manchmal selbst. Julia hatte
sich befreit. Sie hatte die Trauer hinter sich
gelassen und hatte eine Leichtigkeit gefunden,
wie sie sie zuletzt als Kind zu spüren
vermochte. Es war ihr egal, was die anderen
Leute dachten. Die Blicke der Männer prallten
an ihr ab, manchmal verachtete sie diese
scheinbar primitivere Gattung des Menschen.
Affenähnlich bewegten sich die Kerle durch
das Leben. Den ganzen Tag damit beschäftigt,
Fellpflege in Form von Egopolitur zu betrei-
ben, sich auf die Brust zu trommeln in dem
sie laut redeten oder den Motor ihres Wagens

aufheulen ließen, sich größer machten, als sie waren und letztlich 24 Stunden am Tag durch Testosteron getrieben damit beschäftigt zu sein, das Ziel ihres Daseins zu suchen.

Julia schüttelte die Gedanken schnell wieder ab. Es hatte keinen Sinn, darüber nachzudenken. Man musste nur lernen, damit umzugehen, einen Strauß Blumen richtig zu deuten und die säuseligen Männerstimmen als Art Warnsignal zu verstehen. Jetzt musste Julia schmunzeln ... Wenn sie so weiter-machte, endete sie letztlich noch in einer gleichgeschlechtlichen Beziehung und vertrat die Rechte der Frauen am Abend in Talkshowsendungen.

Julia war fest entschlossen, ihren Job im Autohaus zu kündigen und zu ihrer Oma aufs Land zu ziehen. Dort wollte sie fernab jeglichen Trubels ein Fernstudium beginnen und wenn sie das alles geschafft hatte, überlegen, wo ihr Platz auf dieser Welt war. Vielleicht im Ausland, an der Ostsee, in den Bergen oder doch inmitten der so vertrauten Anonymität Berlins. Sie stand noch immer vor der großen Eingangstür der Stadtvilla, streichelte über die Blätter eines Zierstrauches und sog die Luft in tiefen Zügen ein. Jetzt dachte sie an Steve. Dabei fiel ihr Blick auf den Finger, wo einst ihr Verlobungsring saß. Wie es ihm wohl in den letzten Wochen ergangen war? Seit ihrer letzten Nachricht hatte sie kein Lebenszeichen mehr von ihm gehört. Sie nahm sich vor, ihm dann eine SMS zu schreiben. Aber zuerst wollte sie noch nach dem Grab von Thomas sehen und sich verabschieden. Sie war sich nicht sicher, ob es der letzte Besuch sein würde. Was sie bei ihrem Psychiater in beeindruckender Art und Weise gelernt hatte, war, die Dinge klar und nüchtern zu sehen. Thomas war eine Affäre. Sie hatte sich verliebt. Aber er war ihr bis zuletzt fremd geblieben. Zum Schluss waren mehr Tränen des Selbstmitleids als die der Trauer, die über ihr Gesicht geflossen sind.

Langsam ging sie zur Straßenbahn. Ein angenehm warmer Wind umspielte ihren Körper und ließ die Haare sanft schweben. Heute war einer dieser Tage, an dem das Lächeln ein treuer Begleiter war. Man begegnete den Menschen mit Freude, irgendwie war alles so unwirklich. Julia lächelte vor sich hin und versuchte so viel wie nur möglich von ihrer Umwelt wahrzunehmen. Ihr Blick fiel auf eine alte Dame. Sie saß da im Wartehäuschen und ihre kleinen, dünnen, mit Strumpfhosen bedeckten Beine hingen hinab. Was diese Frau wohl alles in ihrem Leben erlebt hatte? Wie sie wohl als junge Frau ausgesehen haben mag? Sicher war ihr Mann schon tot. Bedrückt stellte Julia fest, dass sie diese Frau ein bisschen darum beneidete, dass sie sicherlich nur diesen einen Partner in ihrem Leben hatte und nach dessen Tod natürlich alleine klar kam, ihn auf dem Friedhof besuchte und ihn später wohl im Himmel suchen würde. Wie stolz musste doch eine solche Liebe machen. Und die Entsagung für diesen einen Menschen. Insgeheim hoffte Julia, dass die alte Dame vielleicht auch auf den Friedhof wollte und sie noch weitere Beobachtungen anstellen durfte.

Nun saßen sie sich in der Bahn gegenüber. Julia konnte den Blick nicht von der alten Frau lassen. Sie sah die kleinen, faltigen Hände und auf dem Ringfinger zwei goldene Ringe übereinander stecken. Die Szene rührte sie. Es war so erwärmend, die kleine, gepflegte alte Dame zu sehen, wie sie ganz still ihren Weg durch Berlin suchte.

Wie schwer musste es sein, diesen Wandel und Werteverfall mitzuerleben? Den Wahnsinn und das gleichzeitige Wunder der Technik, den Umgang mit der Sexualität und die Schnelllebigkeit dieser verrückten, neuen Zeit. Und all das nahm diese Frau so still hin.

Sie schien nicht unglücklich zu sein. Vielmehr machte sie ihr Wissen und die Reinheit ihrer eigenen Person stark. Niemand konnte ihr die Erfahrungen des Lebens nehmen, keiner dieser unwissenden jungen Menschen war es wert, sich den Kopf zu zerbrechen. Nein, diese Frau gehörte nicht mehr zu dieser Welt, sie war in ihrer eigenen und hielt so die Erinnerungen wach.

Die nächste Haltestelle war die, an der Julia aussteigen wollte. Mit einem Glücksgefühl vernahm sie, dass sich auch die alte Dame für den Ausstieg bereit machte. Nun übernahm Julia die Initiative und half der Frau beim Aussteigen. „Wollen Sie auf den Friedhof?", fragte sie ohne Umschweife. Die alte Frau schaute überrascht und nickte. „Darf ich sie ein Stück begleiten? Ich möchte auch dahin.", fuhr Julia fort. Mit etwas dünner Stimme entgegnete die Alte: „Ja. Gern. Ich freue mich doch über ein bisschen Gesellschaft!" Nun liefen beide ganz still nebeneinander her. Bis zum Friedhof wechselten sie nicht ein einziges Wort. „So. Da wären wir", hörte Julia die alte Dame sagen, als sie den Eingang des Friedhofgeländes erreichten. „Ich wünsche ihnen noch einen schönen Tag, junge Dame." „Ebenso! Und alles Gute für sie!" Julia war enttäuscht von sich selbst. Sie wollte doch so vieles wissen und fragen, doch sie fand einfach keinen Anfang. Zu klein schienen ihre eigenen Problemchen gegen das ganze Leben und die Erfahrungen, die diese Frau sicherlich in ihrem Leben schon gesammelt hatte. Sicher hätte sie sie wegen solcher pubertären Überlegungen nur belächelt. Was war eine unglückliche Liebschaft schon gegen den Verlust des geliebten Mannes, das Erleben von Krieg und sicherlich so mancher Schicksalsschläge. Julia stand noch immer da und nun war die Leichtigkeit dahin! Langsam setzte sie ihren Weg fort und ging zum Grab von Thomas. „Mach´s gut!" Ihr Blick fiel auf das liebevoll gepflegte Grab. Erleichtert stellte sie fest, dass sich sorgsam um die Pflege gekümmert wurde. „Ach Thomas. Da liegst du nun und ich stehe hier und muss meinen Weg weitergehen. Ich werde dich wohl nicht mehr besuchen kommen. Ich möchte die Zeit in meinem Herzen einschließen. Die Erinnerung pflegen und du bleibst ein gewisser Teil von mir. Es war eine schöne, intensive Zeit mit dir aber ich muss nun irgendwie klarkommen und mein Leben neu ordnen. Die Leute haben mir geholfen, wieder Kraft zu finden und an mich zu glauben. Du hast hier andere liebe Menschen, die um dich trauern, deine Familie, die ich nie kennenlernen konnte. Ich gehöre nicht hierher – in deine Welt! Tschüss, Thomas! Ich hab dich lieb!" Julia legte eine weiße Rose auf das Grab und warf Thomas eine Kusshand zu. Dann wandte sie sich ein letztes Mal vom Grab ab. Es war leichter als gedacht. Was hatte sie für eine Angst gehabt vor diesem Besuch. In unzähligen Sitzungen diese Szene gedanklich durchgespielt, um jetzt ganz stark zu sein. Und Julia war stark! Sie blieb kurz stehen und holte ganz tief Luft. Mit noch festerem Schritt setzte sie nun ihren Weg fort.

Die Neugier packte sie und so begann sie, den Friedhof nach der alten Dame abzusuchen. Und nachdem sie es schon fast wieder aufgegeben hatte, entdeckte sie die trauernde Witwe auf einer Bank. Julia ging zögerlich zu ihr und setzte sich daneben. „Da bin ich wieder!", sagte sie mit freundlicher Stimme. Die alte Frau schaute auf das junge hübsche Mädel und lächelte. „Na, Kindchen, wie kann ich dir denn helfen?" Julia schabte mit ihren Füßen den Boden hin und her und entgegnete etwas verlegen: „Naja, ich habe sie beobachtet und irgendwie habe ich mich gefragt, was sie wohl schon so alles erlebt haben und was sie von der jetzigen Zeit so halten, wie sie darin zurechtkommen. Meine Probleme erschienen mir klein in ihrer Nähe und das tat gut aber macht mich zugleich auch etwas ängstlich. Ist ein Leben zwangsläufig mit Schmerz verbunden? Ach ja – und ich bin die Julia!" Die Frau hörte sich Julias Ausführungen ganz in Ruhe an. Die Hände aufeinander gelegt saß sie wie ein braves Schulmädchen da und musterte die junge Frau an ihrer Seite. Sie mochte Ende 20 sein und sie war wunderschön. Die zarte Haut, die strahlenden Augen, die lebendigen Lippen ... Es war schön, einen solchen jungen Menschen, so voller Wissbegierde und Tatendrang, neben sich sitzen zu haben. Man konnte die Energie fast spüren. Die Natur hat das schon schön gemacht. Jeder junge Mensch fühlt sich imstande, die Welt zu verändern, er denkt dabei, das Alter ist in weiter Ferne und er hat ja alle Zeit der Welt. So spielen sich Generation für Generation immer wieder die gleichen Szenen ab. Die Alten denken an die gute alte Zeit und wundern sich über die nachwachsenden Generationen und wenn diese wiederum alt sind, dann werden sie wieder voller Unverständnis auf ihre Nachkommen blicken. Es nützen alle Worte nichts, irgendjemanden vor schlechten Erfahrungen warnen zu wollen. Keiner würde es wahrhaben wollen, sondern das Gesagte als seniles Geschwätz abtun. Was man als älterer Mensch tun kann, ist, ein Stück seiner Geschichte zu erzählen. Dem Zuhörer obliegt es dann, ob er daraus Lehren zieht und Dinge für sich umsetzt oder nicht.

„Ach ..., wo soll ich da anfangen? Hast du Kummer? Hat dir ein Mann das Herz gebrochen oder musstest du ihn gar heute hier besuchen?" Die Augen der Oma weiteten sich neugierig und unter ernster Anteilnahme. „Nein", beruhigte Julia sofort. Sie wollte jetzt nicht von ihrem Seitensprung erzählen und damit das bestätigen, was die alte Dame wohl schon so von der Jugend dachte. „Aber ich bin seit geraumer Zeit auf der Suche nach mir selbst. Ich möchte leben, ich möchte lieben und das alles ohne Furcht. Ich möchte nicht, dass mich ein Mann verletzen kann, nur weil ich ihm alles von mir gebe. Aber ohne ihm alles zu geben, wäre die Liebe nicht erfüllt. Ich habe Angst, mich zu offenbaren und dann das zarte Gebilde der Liebe zerfallen zu sehen und mein halbes Leben damit beschäftigt sein, die Scherben einzusammeln." Ohne eine Antwort abzuwarten fuhr Julia fort: „Und als ich sie da so sitzen sah, da habe ich sie einfach beneidet. Ich habe ihnen einfach unterstellt, dass sie nur einen Mann in ihrem Leben hatten und dieser auch ihr einziger bleiben wird. Irgendwie fühlte sich das wunderbar und so stark an, dass all der Wahnsinn auf dieser Welt dieser einen Liebe nichts mehr anhaben kann!" Die Augen der alten Frau sahen ein wenig feucht aus. Doch Julia war sich nicht sicher. Vielleicht lag es auch nur am Wind oder war vorhin auch schon so. Oder hatten ihre Worte so einen Zugang zu dieser Frau gefunden? Und dann begann die Alte zu erzählen. Sie hatte ihren Mann schon in der Schule kennengelernt. Er hieß Alfons und sie liebten sich abgöttisch. Niemals wird sie das Gefühl vergessen, wie es war, als sie sich am Tag seiner Einberufung küssten und in die Arme nahmen. Nicht mehr imstande, auch nur ein Wort zu sagen hielten sie sich so sehr fest und wünschten sich, irgendwo auf dieser Welt oder in einer anderen Zeit geboren zu sein. Nie wird sie seine Augen vergessen, die sie in dem Moment des Abschiedes so herz-zerreißend ansahen. Keiner der beiden wollte die Hand des anderen loslassen. Irgendwann lösten sich Finger für Finger und sie sah ohnmächtig ihrem Alfons nach. Sie begann zu schreien. Schreie, die durch Mark und Bein gingen und sie noch heute gedanklich er-schauern lassen. Sie brach zusammen, schlug auf den Boden und schmeckte noch heute den

Dreck, den sie damals weinend einatmete, nicht in der Lage noch einmal aufzublicken. Sie sah den sandigen Boden unter sich, streichelte flehend, nun fast schon zärtlich, über die feinen Sandkörner unter ihr. Als sie scheinbar endlose Minuten später wieder aufblickte, war ihr Alfons nicht mehr da. Sie kann sich bis heute nicht mehr erinnern, jemals wieder einen solchen Schmerz empfunden zu haben.

Doch wie konnte sie auch wissen, dass er den Krieg tatsächlich überleben würde. Er kam wieder und sie war da. Keine Minute hatte sie während der Zeit des Wartens daran gedacht aufzugeben oder die Hoffnung auf ein Wiedersehen zu begraben. Mit versteinerter Miene sprach sie messerscharf: „Der einzige Mann der mich neben meinem geliebten Alfons jemals anfasste, war mein Vergewaltiger. Ein russischer Soldat, der mich dabei fast umbrachte. Nur durch meinen erbärmlichen Zustand am Ende der Tortur blieben mir weitere Peiniger erspart." Ihrem Alfons hatte sie das immer verschwiegen. Es hätte ihm das Herz gebrochen, wenn er erfahren hätte, dass seine Ingrid Opfer einer Vergewaltigung geworden war.

„Ich weiß nicht, ob nur diese Erfahrungen einander so eng verbanden, dass wir ein

Leben lang zu schätzen wussten, dass wir einen so tollen Menschen an unserer Seite hatten. Als mein Mann starb, war das Gefühl nicht so schlimm wie damals bei Kriegsbeginn. Wir wussten, wir haben die Zeit genutzt, die uns blieb und wir werden uns sicher wieder begegnen. Ich spüre, dass er da ist. Jeden Tag. Und ich rede mit ihm. Ich bin nicht allein. Mein Alfons soll immer stolz auf mich sein!"

Julia wischte sich die Tränen aus dem Gesicht. Die Erzählungen dieser alten Dame waren so schön und herzzerreißend zugleich. Wie sehr wünschte sie sich, jemals so geliebt zu werden! Ingrid nahm die Hand der jungen Frau und sagte: „Kein Grund zu weinen. Es ist gut so, wie es ist. Jeder Mensch hat doch seine Geschichte. Das einzig komplizierte ist es, das Glück zu erkennen, wenn es da ist und nicht erst mit Wehmut im Rückblick auf eine schöne Zeit! Bleib einfach immer du selbst und akzeptiere nur den Mann, der dich so mit Haut und Haar liebt. Veränderung heißt Aufgabe und das bringt auf Dauer die Unzufriedenheit. Wenn du es schaffst zu vertrauen und den Menschen an deiner Seite ebenso anzunehmen wie du ihn kennenlernst, dann stehen die Chancen nicht schlecht. Und erkenne das Glück! Manchmal macht es sich nur leise bemerkbar …!" Die alte Dame namens Ingrid machte sich wieder auf den Weg. „Mach´s gut, meine Kleine. Ich wünsche dir alles Glück der Welt!" Mit diesen Worten tippelte sie in kleinen Schritten davon. Julia schaute ihr so lange nach, bis sie hinter den Sträuchern verschwunden war. Was für eine Begegnung. Als sollte es so sein, dass sie heute der alten Frau begegnete. Julia fühlte sich befreit und glücklich. Sie war sich sicher, dass sie die Augen offen halten würde und wenn das Glück einmal da war, dann wollte sie es hegen und pflegen wie eine Pflanze, es sollte ihr heiligstes Gut werden.

Kapitel 35
Bruchmühle

Julia drückte die Stirn an die Fensterscheibe ihres S-Bahnabteils. Die Welt da draußen rauschte an ihr vorbei. Sie hatte ihre Sachen gepackt und war nun auf dem Weg zu ihrer Oma. Es war nicht weit. Ein kleines Örtchen namens Bruchmühle sollte nun für einige Zeit ihr neues Zuhause sein. Hier wollte sie ihre Ruhe finden, Abstand für neue Gedanken und Zeit, ihr Fernstudium abzuschließen. Was sie bei all ihrem Tun verspürte, waren stets Gedanken an Steve. Das erschien ihr sonderbar. Sie liebte ihn nicht mehr. Warum geisterte er ihr dann ständig durch den Kopf? Hatte sie das Kapitel nicht richtig zugeklappt, sodass es sie fortan verfolgen würde, bis sie die Sache zu Ende gebracht hat? Sie schüttelte gedankenversunken den Kopf. Sicherlich war da auch ihr schlechtes Gewissen, weil sie sich immer noch schäbig vorkam, dass sie ihren Verlobten betrogen und diesen nun als Häufchen Elend allein in der großen, weiten Welt sitzengelassen hatte. Sie nahm sich vor, ihm noch einmal ausführlicher zu schreiben. Der Gedanke hellte die Laune wieder auf, denn dieses Vorhaben hatte Aussicht, sie von weiterer Last zu befreien. Zufrieden schloss sie die Augen. Nach einigen Minuten war sie an ihrem Zwischenziel. Der S-Bahnhof Petershagen. Nachdem die Bahn weitergefahren war, stand Julia mit ihren schweren Taschen am Bahnsteig. Sie spürte eine behagliche Vertrautheit, denn oft war sie als Kind mit den Eltern zu Oma und Opa gefahren und sie erinnerte sich nur zu gut an den oftmals beschwerlichen Fußmarsch bis ins Dorf. Gerade als Kind empfand man Entfernungen mindestens doppelt so groß. Sie wählte den Taxiruf und nachdem sie ein Taxi angefordert hatte, stellte sie sich noch auf einige Minuten Wartezeit ein. Zum Glück klopfte der Frühling bereits an die Tür und es war ein schönes Gefühl, die vermeintlich ersten wärmeren Sonnenstrahlen auf der Haut zu spüren. Ein aufdringliches Hupen riss sie aus ihrer Gedankenwelt. Da war das Taxi schon. Sofort wurden Erinnerungen an Thomas wach. Der Taxifahrer war ein ebenso junger Mann und der dunkle Typ fügte sich wie ein Puzzleteil in die Erinnerungen ein. „Alles ok!?", hörte sie den Mann fragen. Er schaute etwas stutzig, weil ihn Julia wohl gerade etwas sehr entgeistert anschaute. Fast so, als sei er entweder ein besonders hübsches oder aber eben ein besonders hässliches

Geschöpf seiner Gattung. Er nahm ihre Koffer und knallte nun etwas missmutig die Koffer-raumklappe runter. „Und. Wo soll's denn hingehen, wenn ich fragen darf?" Sie stieg vorn ein und hielt ihm den Zettel mit der Anschrift hin. „Entschuldigen sie mein Benehmen. Sie erinnern mich an einen Freund." Der Fahrer startete den Motor und war zufrieden, dass er nun endlich wusste, dass die Frau sprechen konnte und dass es wohl nichts mit seinem äußeren Erscheinungsbild zu tun hatte, dass sie ihn so verschreckt angestarrt hatte. „Ich hoffe, es ist ein angenehmer Vergleich und nicht Karl Dall!" Zufrieden mit seinem Joke griff er zum Lautstärkeregler und drehte die Musik ein bisschen lauter. David Guetta. Julia schossen die Nächte mit ihren Mädels durch den Kopf. Was war denn hier nur los? Sie wollte vor allem fliehen, doch scheinbar war hier die Vergangenheit näher als zuvor. „Keine Angst. Es war die Liebe meines Lebens!", schoss es aus ihr heraus. Sofort dachte sie an die Worte der alten Frau und verbesserte schnell: „Dachte ich zumindest kurz. Aber er ist inzwischen tot." Der Taxifahrer räusperte sich verlegen und brabbelte so etwas wie ‚Beileid' und ‚große Liebe' vor sich her. Es sollte wohl ein Versuch der Anteilnahme sein. Julia ließ es dabei bewenden. So richtig viel Gehirnmasse schien dieser Kerl zumindest nicht zu haben. Ihr fiel gleich der Spruch ein, was dummen Menschen im Bett nachgesagt wird und nun musste sie schmunzeln. Sie stellte sich diesen trotteligen Möchtegernschönling beim Liebesspiel vor … Sogleich erschrocken über ihre gedanklichen Ausflüge wischte sie diese geistigen Entgleisungen schnell weg und versuchte, an etwas anderes zu denken.

„So. Da wären wir! Der Typ sprang aus dem Wagen und hatte im Nu die Koffer aus dem Auto geholt. Julia indes genoss die Luft und schaute die verträumte Straße entlang. Es hatte sich einiges getan in der letzten Zeit doch war es noch immer dieses idyllische Örtchen, wie sie es kannte. Sie reichte dem Fahrer das Geld hin und sagte nur kurz „Stimmt so!" Der Taxifahrer schien völlig neben sich zu stehen und er tänzelte nun von einem Bein auf das andere. „Also ich bin der Jörg. Und falls du mal wieder einen Fahrer brauchst, ruf einfach an. So etwas wie dich sehen wir hier selten. Hier hast du meine Karte. Da steht auch meine private Handynummer drauf." Daraufhin verschwand Jörg ganz schnell im Auto und startete den Motor. Julia klopfte gegen das Fenster und

öffnete noch einmal die Tür. „Danke, Jörg ...
ähm ... Siegert!" Julia hatte dabei die
Visitenkarte studiert und fuhr fort: „Ich bin
übrigens die Julia. Verzeih mir, dass ich heute
etwas abwesend bin. Sind gerade etwas viele
Emotionen für mich. Vielleicht gehen wir zur
Wiedergutmachung einfach mal was trinken.
Sicher laufen wir uns ja hier etwas öfter über
den Weg und da möchte ich nicht gleich einen
schlechten Start hinlegen!" Jörg reichte ihr die
Hand. „Es war mir ein Vergnügen, Julia!" Sie
schloss die Wagentür und das Taxi rauschte
davon.

‚Edith Landgraf' stand auf dem Klingelschild
des alten Hauses. Der runde vergilbte
Klingelknopf passte genauso zum Gesamtbild
wie der alte Fußabstreicher. Längst stand Oma
Edith in der Tür, denn sie hatte sicherlich
schon seit einer halben Stunde hinter der
Gardine gelauert. Es war schön, die Oma in
den Arm zu nehmen. Vertrauter Geruch
drang aus dem Haus hinaus ins Freie. Ja, Julia
würde sich hier wohlfühlen und mit neuem
Anlauf noch mal durchstarten. „Komm rein,
mein Kind!", hörte sie Oma Edith sagen. Auf
der Flurgarderobe stand ein Bild von Opa.
Leider war er inzwischen verstorben und hatte
nach fast 60 Jahren Ehe seine Edith allein

zurückgelassen. Noch so ein Fall von ewiger Liebe. Julia nahm sich vor, mit ihrer Oma über solche Dinge zu sprechen. Es war schon komisch. Julia war früher oft bei ihren Großeltern gewesen. Aber als ein Liebespaar hatte sie die zwei nie wahrgenommen. Es waren halt Oma und Opa und es war schön, sich als Enkeltochter verwöhnen zu lassen. Auch wenn es schön war, in alten Familienalben zu stöbern – so richtig interessiert hatte sich Julia bisher nicht für das Leben ihrer Großeltern und für die Geschichte ihrer Liebe. Der Kater ‚Peter' umspielte Julias Beine und sie nahm den dicken Schmusefreund hoch. Ach war das schön, diese friedliche Stimmung in sich aufzusaugen. Irgendwie schien die Zeit hier langsamer zu vergehen.

„Und nun wird erstmal was ordentliches gegessen!", sagte Oma Edith. „Du hast doch schon wieder abgenommen!" Besorgt blickten die Augen der alten Frau auf die schmächtige Enkeltochter. Ohne eine Alternative zuzulassen wurde der Herd angestellt und mit der Kelle die sich im großen Topf befindliche Masse umgerührt. „Gulasch! Das hast du doch schon immer gern gegessen!" Oma Edith war augenscheinlich ein bisschen kleiner und krummer geworden aber noch immer funkelten ihre Augen und zeugten von Lebenslust und Energie. Die Haare waren gepflegt und die altmodische Schürze schien sie schon seit mindestens 30 Jahren täglich zu tragen. Man hörte die betagte Frau selten klagen. Kein Wort über Krankheiten oder irgendwelches Gezeter über die Nachbarschaft. Diese Frau war zufrieden mit sich und der Welt und es war eine Wohltat, sich in ihrer Nähe aufzuhalten. „Danke Omi!" Julia kraulte dem dicken Peterle über den Bauch und der bedankte sich mit wohligem Schnurren. „Ich mach mich nur kurz frisch!" Sie stellte den Kater zurück auf die kurzen dicken Beine und dieser nahm diesen plötzlichen Abbruch der Schmuseeinheit widerwillig in Kauf.

Es hatte sich nichts verändert in dem alten Haus. Es tat gut zu sehen, dass es doch noch Orte gibt, an denen die Zeit stillzustehen scheint und denen dieser ganze Trubel der neuen Zeit nichts anhaben konnte. Endlich wollte sie an Steve schreiben. Er sollte zwar nicht wissen, wo sie sich aufhielt, doch sie musste einfach den Kontakt zu ihm suchen. Warum, das wusste sie selber nicht. Es war wie ein noch offenes Buch, was es zu schließen galt. Da war eine Sache nicht ausgestanden und ohne die Aufarbeitung dieses Kapitels war ein richtiger Neuanfang nur schwer vorstellbar.

So tippte sie eine SMS an Steve.

‚Hi. Ich wollte mich einfach mal wieder bei dir melden. Wie geht es dir? Ich weiß, eine lange Zeit ist vergangen aber ich musste wieder zu mir finden. Denke nicht, dass du mir egal bist aber nur durch diesen Abstand konnte ich meine Gedanken ordnen.

Lieber Steve, ich wünsche dir von Herzen alles Glück der Welt und dass es dir immer gut geht. Du bist und bleibst ein wichtiger Teil in meinem Leben! Verzeih mir, dass ich unser Glück zerstört habe und uns unserer Illusionen beraubt habe. Aber ein Mensch kann sich wohl nur schwer gegen seine Gefühle wehren oder zumindest ist es mir nicht gelungen. Verzeih mir bitte. Ich bin der Versuchung erlegen und habe mich benommen wie die Menschen, die ich davor missbilligend beäugt habe. Nun fand ich mich selbst in der Rolle wieder und habe gespürt, wie es sich anfühlt, unbewusst eine Handlung zu vollziehen, die ich selber zutiefst verurteile. Ich entschuldige mich für alles Leid, was ich dir angetan habe. Sicher hält das Leben für uns zwei noch etwas anderes bereit und wir werden beide wieder glücklich. Das wünsche ich uns beiden. Fühl dich gedrückt. Julia.‘

Sie drückte schnell auf ‚senden‘, bevor sie es sich anders überlegen konnte.

Nach dem Abendessen war Julia in ihr Zimmer gegangen. Es war ihr nicht gelungen, sich ihrer Oma zu öffnen und über all die Dinge zu reden, die sie bewegten. Sicher würde das die Zeit bringen und der passende Augenblick dafür würde noch kommen. Auf eine Antwort von Steve wartete sie vergebens.

Ein Klopfen ließ Julia aufschrecken. „Ja?", langsam öffnete sich die Zimmertür und Oma Edith lugte verlegen durch den Türspalt. „Ich wollte mal nach dir schauen. Lust ein bisschen zu reden?" Julia nahm dieses Angebot dankbar an und erwiderte ein freundliches Kopfnicken. Die Oma betrat das Zimmer und setzte sich auf das Bettende. Ihre runzligen Hände streichelten Julias Füße. Sichtbar suchte sie einen Anfang. „Willst du mir erzählen, was dich zu mir führt. Was ist passiert? Ich spüre doch, dass meine kleine Julia nicht so fröhlich ist wie ich sie kenne."
Julia erwiderte einen Seufzer. „Ach Omi. Wo soll ich anfangen? Ich suche mich so ein bisschen selbst. Auf meinem Weg bin ich scheinbar falsch abgebogen und suche nun eine Weggabelung, die mich zurück auf die richtige Spur bringt."

Die Oma schaute Julia mit tiefer Aufrichtigkeit an. Sie nahm die Worte ihrer Enkelin sehr ernst und war zutiefst bestrebt, ihr zu helfen. Und so begann sie einfach zu erzählen: „Weißt du, Kindchen. Oftmals erweist sich der scheinbar falsche Weg schlussendlich als der richtige. Wer weiß denn schon, was im Leben richtig oder falsch ist. Vielleicht solltest du diese Erfahrungen sammeln um zu lernen. Ich weiß ja nicht, was genau passiert ist und möchte nicht neugierig sein. Aber ich glaube fest daran, dass alles im Leben seinen Sinn hat und die Summe der Erfahrungen dich zu dem macht, was du bist. Und du bist ein toller Mensch. Lade deine Schultern nicht voll mit Schuldzuweisungen. Es gilt nicht immer nur den Schuldigen für ein Handeln auszumachen. Lerne einfach aus dem bisher erlebten und versuche deine Schlüsse daraus zu ziehen. Wenn du auf die heiße Herdplatte gefasst hast, wirst du das nie wieder tun. Diese Erfahrung schützt dich vor größerem Schmerz. Und so sehe ich das bei vielen anderen Dingen ähnlich. Je älter man wird, desto öfter hört man mal auf die Warnungen der Alten. Dann würde man wahrscheinlich gar nicht erst auf die heiße Platte greifen Und so ist es stets einen Versuch wert, ein Stück seiner Erfahrungen weiter zu tragen." Die Oma hielt kurz inne. Unter einem kurzen Stirnrunzeln versuchte sie, den roten Faden nicht zu verlieren. Sie wollte sich nicht verfangen in den Wirrungen ihrer Gedanken. „Die meisten Gefühlsschwankungen erleben wir wohl in der Liebe. Da trifft eine Naturgewalt auf uns. Ihr jungen Leute manipuliert seltsam oft dieses Gefühl tiefster Emotionen. Ihr wollt es berechenbar machen, ein Spiel, wollt auch hier die Kontrolle, wollt Herr der Lage sein und lasst euch nicht mehr fallen, öffnet euch nur mit Hintertürchen. In einer Welt voller Überfluss und aller Möglichkeiten scheint der Mensch der Versuchung zu erliegen, dieses Gefühl auch zu steuern, es zu erzwingen und bei Nichtgefallen umzutauschen und zu ersetzen. Das ist nicht die Liebe die ich kenne. 40, 50 oder gar 60 Jahre mit einem Menschen. Das ist doch völlig out, wie es heute heißt."

Julia betrachtete ihre Großmutter. Vor ihr saß eine typische Oma. Sie kannte sie nicht anders. Gefühlt war sie schon immer so alt wie heute und hatte sich in den Augen Julias nie verändert. Aber von Fotos wusste sie, dass Oma Edith auch mal eine schicke junge Frau war und wenn sie so erzählte, dann änderten sich scheinbar die Probleme im Laufe der Jahre nicht. Nur die Rahmenbedingungen.

Und die scheinen in der heutigen Zeit denkbar schlecht. In einer Wegwerfgesellschaft waren Menschen austauschbar geworden.

„Omi, weißt du. Deine Worte klingen logisch und ich komme mir dumm vor, wenn ich hier so vor dir liege. Ich möchte gar nicht über ein spezielles Thema reden, sondern vielmehr einfach zu mir finden. Weil ich immer mehr spüre, dass nur ich glücklich sein muss und mir den Rahmen dann einfach selber stecke. Und um diesen Blick zu schärfen, wollte ich raus aus dem Trubel, der mich bisher umgab. In einem Laufrad gefangen war, dessen Rahmen im Rausch der Geschwindigkeit verblasst. Ich konnte nicht mehr klar sehen. Hier bei dir ist es immer so schön ruhig und friedlich. Diese Welt da draußen scheint um Bruchmühle einen Bogen zu machen. Danke, dass du mich hier bei dir aufnimmst."

Nun war es ganz still. Keine der Frauen war so recht zufrieden mit dem Gesagten. Oma Edith war nicht schlau aus dem Reden der Enkeltochter geworden und Julia wiederum konnte die bohrenden Fragen nicht stellen. Es war vielleicht einfach zu früh und von Zeit zu Zeit würden sich schon noch weitere Gelegenheiten bieten, die Themen zu vertiefen.

Oma Edith stand beschwerlich auf, trat zu Julia heran und streichelte ihr durch das Haar. „Dann ruh dich jetzt schön aus. Es ist doch selbstverständlich, dass du jederzeit zu mir kommen kannst. Bleibe, solange du willst. Ich bin doch froh, wenn ich dir helfen kann mit meinen bescheidenen Mitteln. Schlaf gut!" Julia blickte aus dankbaren Augen. „Danke, Omi! Schlaf du auch gut. Bis morgen."

Kapitel 36
Liebe mit Vernunft

Zwei Jahre später.

Das Telefon klingelte. „Hier ist Julia Siegert, was kann ich für sie tun?" Die junge adrette Dame im Vorzimmer des Agenturleiters Denny Lambert von der Marketingagentur Lambert und Landowski biss in das Bleistiftende während sie den Ausführungen des Anrufers lauschte. „Das geht in Ordnung. Für sie habe ich Freitag, 15 Uhr, bei Herrn Lambert einen Termin vorgemerkt. Wir freuen uns auf ihren Besuch, Herr Blaschke. Schönen Tag noch, bis Freitag." Selbstgefällig beendete Julia das Telefonat und schaute auf die Uhr. In zehn Minuten würde Jörg sie mit seinem Taxi abholen. Sie waren bei den Schwiegereltern eingeladen und mussten davor noch ein paar Besorgungen machen, denn am Wochenende hatten sich ihre Eltern angekündigt. Julia stand auf, zog instinktiv an den Rockenden ihres schwarzen Kostüms, um den Stoff glatt zu ziehen und sich danach selbstbewusst durch die Büroräume zu bewegen. Ihr Weg führte sie zur Toilette der luxuriös ausgestatteten Stadtvilla. Ihr Blick fiel in den Spiegel. Für ihr Alter von dreißig Jahren hatte sie nichts an ihrem Glanze eingebüßt. In letzter Zeit wurde ihr immer stärker bewusst, wie sie es durch ihre Schönheit vermochte, Türen zu öffnen und nicht vorhandene Bildungsabschlüsse vergessen werden zu lassen. Man sonnte sich gerne in ihrer bloßen Anwesenheit und Julia wurde zu allen erdenklichen Anlässen und Feiern geladen.

Seit der Ankunft in Bruchmühle ging alles sehr schnell. Ihre Großmutter verstarb noch im gleichen Jahr und Julia übernahm das alte Haus. Jörg stand ihr von Anbeginn zur Seite und umwarb sie aufopferungsvoll. Obwohl nie eine Liebe zu ihm in ihrem Herzen aufloderte, so war sie sich sicher, in Jörg einen liebevollen und verlässlichen Menschen gefunden zu haben. Er trug sie auf Händen und würde stets alles dafür tun, ihr das Leben so schön wie möglich zu machen. Nach einem Jahr wöchentlicher Treffen und einem gemeinsamen Urlaub an der Ostsee stimmte sie seinem Heiratsantrag zu und war nun seit gut einem Jahr ‚Frau Julia Siegert'. Sie und Jörg bewohnten gemeinsam das alte Haus ihrer Großmutter. Jörg arbeitete, so viel er neben seiner Tätigkeit als Taxifahrer konnte, an der Verschönerung des Hauses und Julia hatte nach erfolgreichem Abschluss ihres Fernstudiums einen Job bei der Marketingagentur in Strausberg bekommen. Herrn Lambert hatte sie in der Diskothek kennengelernt. Denny Lambert hatte die Blondine sofort in sein Herz geschlossen und trotz vergebenen Werbens um ihre Gunst war er letztlich froh, sie stets durch die Anstellung in der Agentur immer in seiner Nähe zu wissen. Julia war wie ein Kunstwerk, mit dem er seinen Bürokomplex aufwertete. Neben einem sonnigen Morgen und einem erfolgreichen Vertragsabschluss war die Anwesenheit Julias einer der erhellenden Momente im Büroalltag bei Lambert und Landowski. Seit Julia hier arbeitete, kamen viele Kunden persönlich ins Büro und empfahlen die Agentur weiter. Die Auftragszahlen gingen in die Höhe und Julia war seither nicht mehr wegzudenken.

Julia spähte aus dem Bürofenster. Jörg stand bereits unten und kaute nervös an seinen Nägeln. Er hatte für Julia das Rauchen eingestellt und hatte noch immer Probleme in den Momenten, in denen er nervös war oder er sich in besonderen Stressmomenten befand. Heute kamen diese zwei Dinge zueinander. Jetzt sah er Julia am Fenster.

Noch immer entfachte ihr Anblick ein Feuer der Leidenschaft in seinem Herzen und erfüllte ihn mit Stolz. Sie winkte kurz zu ihm runter und verschwand. Jörg begutachtete kurz sein Gesicht in den Fensterscheiben seines Taxis. In Momenten wie diesem war ihm nicht klar, was Julia an ihm liebte. Weder sein eher durchschnittliches Aussehen, noch sein Bankkonto dürften ihr Entzücken entlocken und doch durfte er sie vor den Altar führen. Natürlich war ihm bewusst, dass diese Beziehung nicht im Gleichgewicht stand und Julia um ihre Rolle als Angebetete wusste. Doch Jörg wollte diese Chance nutzen. Es war sein großer Lottogewinn, dass er damals in Petershagen am S-Bahnhof stand und die schnippische Schönheit in die Provinz chauffierte. Er wollte jeden Moment genießen und sie durch seine selbstlose und aufopfernde Art an ihn binden.

Julia verließ das Agenturgebäude und kam selbstbewusst auf das Taxi zu. Während sie eine Hand auf seine Wange legte küsste sie ihn sanft auf den Mund. Ihr Geruch war eine Offenbarung und Jörg fühlte sich wie ein verliebter Teenager in ihrer Nähe. Sie wiederum genoss es, so angehimmelt zu werden und somit war es ein Bündnis, was beiden guttat. Er startete den Motor und

setzte den Wagen in Bewegung. Gewohnheits-
gemäß ertastete seine Hand ihren
Oberschenkel während der Fahrt. Sie ließ ihn
gewähren, doch ihre Gedanken waren an
diesem Tag in weiter Ferne. Heute war sein
Todestag. Julia tauchte immer mal wieder gern
in die Welt der Erinnerungen, doch heute
holten sie die Geschehnisse noch einmal mit
ganzer Wucht ein. Immer wieder spielten sich
die Szenen vor ihrem geistigen Auge ab,
durchmischten sich mit den Gedanken an
Steve und den Dingen der Gegenwart. Jeder
Baum, jede Wiese und jede Haustür erweckten
Erinnerungen. Sie sollte nicht daran denken.
Zu sehr bemitleidete sie Jörg, der von all dem
nichts wusste. Klar waren da immer mal
Fragen nach einem Vorleben. Doch Julia wich
meist gekonnt aus oder ertränkte seine Fragen
in verführerischen Handlungen oder in die
Enge führenden Gegenfragen. Jörg bemerkte
die gedankliche Abwesenheit seiner Frau und
suchte nervös nach einem passenden Sender.
„Na Schatz. Ärger auf Arbeit?", fragte er.
„Oder denkst du schon an die bevor-
stehenden Abende mit den Schwiegereltern?"
Sie schwieg. Nur ein kurzes kaltes Streicheln
seines Armes zeugte davon, dass sie seine
Fragen vernommen hatte. Eine schweigsame
Autofahrt fand ein Ende vor dem Supermarkt.

Ohne ein Wort stiegen die Eheleute Siegert aus dem Auto, holten den Einkaufswagen und gingen in den Markt. Jörg bemerkte die Blicke der Männer, die manchmal verstohlen, manchmal aber auch gänzlich ohne Rücksicht, seiner Ehefrau galten. Was ihn sonst eher stolz machte, brachte ihn in diesem Moment innerlich zum Kochen. Was hatte sie denn nur und warum teilte sie ihm nicht mit, was sie beschäftigte. Noch mehr als sonst kam er sich vor wie ein kleines Hündchen, was dankbar seinem Frauchen hinterher trottete. Er packte sie am Arm und zog sie unsanft an sich ran. „Jetzt rede mit mir und behandele mich nicht wie einen Eimer Scheiße!" Diese direkte und grobe Art beeindruckte Julia und sie kehrte aus ihrer Traumwelt zurück in die Gegenwart. „Verzeih mir, Jörg. Ich bin ein bisschen durch den Wind. Es hat wirklich nichts mit dir zu tun! Mach dir bitte keine Sorgen. Ist gleich wieder vorbei! Hab dich lieb!" Mit diesen Worten drückte sie ihm einen innigen Kuss auf den Mund und warf ihm ein um Verzeihung bittendes Lächeln zu.

Jörg hatte ihr schon längst verziehen. Jetzt tat es ihm leid, dass er sie so unsanft behandelt hatte. Er streichelte ihr durch das Haar. „Schon gut! Sorry. Bin ein bisschen ange-spannt!" Die beiden setzten ihren Einkauf fort

und erledigten gewohnt harmonisch ihre
Besorgungen.

Kapitel 37
Wenn unsere Fassade uns selbst betrügt.

Maritta und Dieter Siegert hatten am Esstisch Platz genommen. Dieter, wie immer ein bisschen mürrisch, beobachtete seine Schwiegertochter über den Rand seiner Brille hinweg. Er war noch immer skeptisch, was diese Frau hier auf dem Lande zu suchen hatte und ob sie seinem Sohn nicht irgendwann das Herz brechen würde. Maritta, jederzeit um Harmonie bedacht, beruhigte ihren Mann stets mit den Worten, dass diese Frau gerade deshalb den Weg aufs Land gesucht habe, um ihren Frieden zu finden, und Menschen mit wahren Wertvorstellungen. Das ergab natürlich auch einen Sinn, doch Dieter blieb argwöhnisch. Manchmal erwischte er sich dabei, dass er doch tatsächlich nach Fehlern bei ihr suchte und erst dann zufrieden war, wenn er sich auf einen der wenigen Fehler stürzen konnte. „Na Jule. Wann willste uns mal endlich ´nen Bub schenken? Wir wollen unser Enkelkind schließlich noch erleben oder auf was wartet ihr noch?" Dieter begann in der Wunde zu bohren. Wie konnte es sein, dass eine Frau mit Dreißig keine Anstalten machte, Kinder zu bekommen? War ihr Sohn nicht gut genug? War sie noch auf dem Sprung in die große weite Welt? „Nun lass sie doch!" Maritta schämte sich für ihren Mann. „Jule. Lass den alten Mann reden. Alles zu seiner Zeit!" Sie streichelte Julia über die Schultern und wuschelte ihrem Sohn durch das Haar. „Und nun essen wir erst einmal!" Essgeräusche und Besteckgeklapper erfüllten den in Schweigen gehüllten Raum.

Nachdem auch das Dessert pflichtbewusst verspeist war, machten sich die beiden Frauen daran, den Tisch abzuräumen und den Geschirrspüler zu bestücken. Maritta nahm Julia in den Arm und drückte sie. „Hey Jule, mach dir nix aus dem Gerede von Dieter. Er macht sich ja nur Sorgen und möchte, dass es euch gut geht. Mach unseren Jörg glücklich. Du bist sein ein und alles, sein ganzer Stolz. Wir freuen uns so, dich an seiner Seite zu wissen. Du tust ihm gut und er wächst an deiner Seite. Wir haben dich als unsere Tochter in unsere Herzen aufgenommen und ich für meinen Teil möchte für dich eine gute Freundin sein." Julia erwiderte ein Lächeln. „Danke!" Mehr konnte sie in diesem Augenblick nicht entgegnen. Im Moment konnte sie an gar nichts denken. Wie gern wäre sie ganz allein, um ihre Gedanken in die Ferne schweifen zu lassen und sich ihrer Melancholie hinzugeben. Sie mochte ihr Leben und in den letzten Monaten, sogar Jahren, hatte sie nichts vermisst. Sie genoss es, fern all ihrer Erlebnisse zu weilen und die Einfachheit und Güte zu erleben, die sie hier auf dem Lande umgab. Es war schon verrückt. Keine 100 Kilometer entfernt tobte diese verrückte Berliner Welt und hier schien die Zeit ein wenig stehengeblieben zu sein. Doch heute kam die Vergangenheit wie eine Welle über sie. „Maritta, mir ist heute einfach nicht gut. Ich weiß auch nicht, was das ist. Verzeih mir!", log Julia. „Da wird doch nichts im Busche sein?", sprudelte es in gesangesgleicher Stimme aus ihrer Schwiegermutter heraus. „Na los, raus mit der Sprache!" Der stetig wachsende Wunsch nach Enkelkindern drückte wie eine Last auf den Schultern des jungen Paares. Zuhause war das nie ein Thema. Sicherlich machte Jörg immer mal wieder eine Anspielung. Aber auch mehr der Mutter zuliebe oder um der zeitlichen Abfolge eines normalen Lebens gerecht zu werden. Was sollten denn die Leute denken … Julia wandte sich ab. Sie war das Thema leid und mehr und mehr wandelte sich die Last in Wut. Heute kam sie sich in diesen

Räumen so eigenartig fremd vor. Gehörte sie hierher? War das der Platz auf der Welt, der für sie bestimmt war? Julia wollte nicht undankbar sein. Die Menschen hier brachten ihr so viel Herzlichkeit entgegen. Jörg war ein fürsorglicher und liebevoller Ehemann und auch der Job war ein Glücksgriff für sie gewesen. „Es ist alles in Ordnung. Sicher nur wegen meiner Tage …!" Sie nahm den sicheren Weg der Ausrede. Die Zuflucht in die Menstruationsprobleme brachte eine plausible Erklärung zum einen und ein Totschlagargument zum Thema Nachwuchs zum anderen. Maritta schaute Julia für einen kurzen Moment in die Augen. „Wenn ich irgendwas für dich tun kann, mein Kind, lass es mich wissen!" Nach einer fürsorglichen Geste wandte sich Maritta ab und rief ins Wohnzimmer „Wein oder Bier, die Herren?" Damit war das Thema an diesem Tag vom Tisch. Was blieb, war Julia mit der Einsamkeit im Herzen.

Kapitel 38
Wo beginnt ein Neuanfang?

„Lara!" Das kleine Mädchen versteckte sich hinter den Heidelbeersträuchern. „Lara! Hör auf mit dem Versteckspiel und komm rein!", tönte es energischer. Lara ließ es dabei bewenden und kam trotzig aus ihrem Versteck. Die kleinen hellbraunen Locken glänzten in der Sonne. Ihre Mutter stand mit gespielter Empörung in der Haustür und schaute erwartungsfroh auf ihr Kind. Zwei Männerhände umfassten ihre Hüfte. „Du hättest sie ruhig noch ein paar Minuten spielen lassen können ...!", flüsterte ihr Steve ins Ohr. Sarah drehte sich um und drückte ihm einen Kuss auf den Mund. „Du kleiner Nimmersatt! Jetzt gibt es Essen!" Ihr Blick traf ihn liebevoll und weich. Jeden Tag liebte sie diesen Mann noch ein kleines Stückchen mehr. Das kleine Mädchen schob sich trotzig an ihrer Mutter vorbei, streifte die Schuhe ab, die kreuz und quer in der Veranda zurück blieben und stapfte ins Badezimmer. Vergnügt sahen Sarah und Steve der Kleinen nach. Die Haare hatte sie von ihrer Mutter und den Trotzkopf sicherlich auch! Steve hatte die beiden an der Ostsee kennengelernt. Die kleine Lara hatte ihn einfach angesprochen und ihn mit dem Auftrag versorgt: „Du – holst du mir den Ball aus den Sträuchern?" Steve war damals kurzentschlossen an die Ostsee gefahren. Einfach mal abschalten und Zeit für sich selber. Eigentlich war ihm auch nicht nach Bekanntschaften zumute, er wollte nur mit seinen Gedanken alleine sein und verträumt den Strand entlang laufen. Er schaute das kleine Mädchen an. „Wo sind denn deine Eltern? Darfst du denn einfach fremde Leute ansprechen?!" Mahnend hatte er seine Stimme ein wenig erhoben und schaute auf das kleine Mädchen hinab. Die war keineswegs eingeschüchtert und blinzelte zu ihm rauf. „Meine Mutti telefoniert mit der Oma. Das kann dauern!" Sie deutete auf den Strandkorb und Steve sah zwei Frauenbeine, die im Sand einen Kreis malten. „Na wenn das so ist! Wo ist denn nun dein Ball?" Lara nahm ihn an die Hand und führte ihn an den Rand des Strandes. Da sah er schon den roten, kleinen Ball, der einfach nur in die Dünenbepflanzung gerollt war. „Und wo ist das Problem, kleine Dame?" Die Stirn des etwa vierjährigen Mädchens kräuselte sich und der Mund wölbte sich zu einem kleinen Flunsch. „Los! Mach schon! Ich komm da nicht ran! Ich bin noch klein!" Ihr Finger deutete Steve den Weg und so machte er sich an die Arbeit. Es war ein Kinderspiel den Ball aufzuheben und zu dem Mädchen zurückzubringen. „Hier. Die Dame! Ich glaube, da hat jemand nur ein bisschen Angst vor dem hohen Gras!" Amüsiert sah Steve dem Mädchen hinterher, was empört zum Strandkorb ihrer Mutter rannte. Nachdem es kurz aus dem Blickfeld verschwunden war, lugte der Kopf der Mutter hervor. Sicherlich hatte sie gerade eine Art Beschwerde der Tochter entgegengenommen und wollte sich nun diesen ‚bösen' Onkel mal anschauen. Steve winkte rüber und ging dann weiter seiner Wege. Erst am folgenden Abend sah er die zwei an einem Eisstand wieder. Aber es war nicht die kleine Lara, sondern ihre Mutter, die Steve wiedererkannte. Als sie auf gleicher Höhe waren, rief sie ihm kurz ein „Danke" zu und schaute aus leuchtend blauen Augen. Die kleine Lara leckte zufrieden an ihrem Eis und schaute kurz zu Steve auf. Ein herrliches Bild. Steve spürte, dass er so ein Familienleben doch vermisste. „Wer kann schon einer solch reizenden jungen Dame einen Wunsch abschlagen?" erwiderte er mit einem Augenzwinkern. Sarah ergriff sofort die Gelegenheit: „Dann kaufe ich Ihnen jetzt auch ein Eis und sie begleiten uns ein Stück!"

Es war eher eine Aufforderung als eine Frage und Steve stand nun etwas verdutzt da. Sarah hatte damals, ohne eine Antwort abzuwarten, einfach ein Eis gekauft, es ihm in die Hand gedrückt und ihm dann die Information zukommen lassen, dass sie Sarah Stegemann hieß und die kleine Prinzessin den Namen Lara trug. Die restlichen Tage des Wochenendes verbrachten sie fortan gemeinsam. Und mittlerweile waren Sarah und Steve ein Paar und Lara hatte den neuen Mann an Muttis Seite nach kurzer anfänglicher Revolte schnell in ihr Herz geschlossen. Sarah war eine lebendige Frau, die sehr bestimmend durch das Leben ging. Bei Steve wurde sie weich und nachsichtig. Sie hatte sich Hals über Kopf in diesen Mann verliebt. Seine vernünftige, manchmal schon etwas spießige Art begeisterte sie von Anfang an. Wie er damals so verloren am Strand stand, die weißen Beine unschuldig in den Sandalen steckten und sich doch hinter der dezenten Brille ein unheimlich adretter und interessanter Mann verbarg. Und es bereitete ihr Vergnügen, ihn aus der Reserve zu locken und zu abenteuerlichen Taten hinzureißen. So zog Steve auch bereits nach vier Monaten zu Sarah ins Haus. Er war begeistert von dem Gedanken, nun eine kleine Familie zu haben.

Die zwei Geschöpfe hatte wohl das Schicksal in seine Arme gespült und er war sich sicher, dass dies alles kein Zufall und somit eine Art Bestimmung für ihn war. Für ihn war Sarah keineswegs die Traumfrau schlechthin. Sie war sicherlich eine attraktive Frau. Doch bisher zog es Steve stets zu zierlichen Körpern mit kleinen, festen Rundungen. Bei ihr stand er eher einem Vollweib gegenüber und er war sich anfangs nicht sicher, was er mit so viel Frau anfangen sollte. Mittlerweile mochte er die weiche Weiblichkeit und wurde sich schnell bewusst, dass er ihr auch als eher schmächtiger Mann durchaus Befriedigung schenken konnte.

Sarah war inzwischen im Haus verschwunden, um wieder in die Küche zu gehen und Steve schloss die Haustür. Er ging an den großen Esstisch im Wohnzimmer. Die kleine Lara saß mittlerweile schon an ihrem Platz, schaute unschuldig aus großen Kulleraugen und hatte ihren Löffel in den Mund genommen, um nun erwartungsfroh auf das Essen zu warten. Steve streichelte ihr über den Kopf und nahm mit dem Gefühl eines stolzen Hausherren am Tisch Platz. Wie schön es hier war. Alles war so liebevoll dekoriert. Vielleicht war es schon etwas zu kitschig und die vielen alten Bilder an der Wand würden so manchen Ästhet die

Nase rümpfen lassen aber das machte es auch so anheimelnd. Steve betrachtete Sarah beim Betreten des Raumes. In den Händen den dampfenden Topf, kam sie völlig zufrieden an den Esstisch, scheinbar in dem Wissen, dass hier zwei hungrige Löwen nach wochenlanger Hungersnot gleich über die Gulaschsuppe herfallen und den Raum mit Dankbarkeit erfüllen würden.

Steve schmunzelte amüsiert. All das hier war wohl das Erfüllendste in seinem bisherigen Leben. Während Sarah das ersehnte Mahl auf die Teller verteilte, streichelte er ihr sanft den Rücken. Ein kurzer, in Liebe getränkter Blick begegnete ihm und das Gefühl, was ihn in diesem Moment einnahm, war wohl der Inbegriff tief empfundener Liebe.

Kapitel 39
Wettlauf gegen die Vergangenheit

Steve nahm sich oft Zeit für sein neues Hobby. Fünf weitere Jahre waren vergangen und er hatte seine Leidenschaft für das Angeln entdeckt. Es war herrlich, in den Morgenstunden aufzubrechen und auf den See hinauszufahren. Hier umgab ihn Ruhe und er konnte mutterseelenallein auf einen möglichen Fang warten und dabei seinen Gedanken freien Lauf lassen. Als freier Redakteur einer örtlichen Tageszeitung hatte er das Glück, sich seine Zeit frei einteilen zu können. Reich wurde man dadurch nicht, aber dieses Ziel verfolgte er auch keineswegs. Längst hatte er seinen anfänglichen Ehrgeiz abgelegt und wusste vielmehr die Währung Zeit, als wertvollstes Gut, zu schätzen. Sarah hatte durch ihre Steuerkanzlei ein gutes Einkommen und war der Hauptverdiener in ihrem Haushalt. Oftmals gab dies Anlass für Streitgespräche. Sie drängte ihn zu mehr Ehrgeiz und Engagement, um mehr aus seiner beruflichen Laufbahn zu machen. Steve hingegen war froh über sein Leben. Er hatte die Möglichkeit, mit Leidenschaft Themen zu recherchieren und seiner literarischen

Kreativität freien Lauf zu lassen. Daneben blieb aber auch noch genügend Zeit für sein Leben und die Familie.

Steve war 36 Jahre alt, Sarah 41. Die kleine Lara wuchs langsam zu einem Teenager heran und schon im Alter von zehn Jahren konnte man erahnen, dass sie später den Jungs den Kopf verdrehen würde. Während Steve seine Angel präparierte, sinnierte er über sein Leben. Er dachte an Julia, seine erste große Liebe, und fragte sich oft, wie es ihr wohl in der Zwischenzeit ergangen sein mag. Seit Jahren hatten sie keinen Kontakt mehr. Den Verlobungsring trug er noch immer stets bei sich. Nicht am Finger aber in seiner Schlüsseltasche musste dieser Ring als eine Art Talisman auf allen Wegen dabei sein. Oft ging er den Gedanken nach und malte sich aus, wie wohl eine Zukunft mit Julia ausgesehen hätte. Ihr Gesicht war im Laufe der Zeit verblasst, in seinen Gedanken war nur noch die Silhouette von ihr aber da war auch stets diese unerfüllte Sehnsucht, unzählige Fragen und sie hatte einen festen Platz in seinem Herzen. Es schien fast so, als wäre das Kapitel nie zu Ende geschrieben worden und ein offenes Buch wartete darauf, vollendet zu werden. Steve kramte den Ring hervor und drehte ihn nun in seinen Händen.

Verträumt streichelte er über das glänzende Silber und er steckte sich den Ring an den Finger. Mit einem Kopfschütteln setzte er sich hin und brannte sich eine Zigarette an. Der Geschmack erinnerte ihn immer wieder an diesen lumpigen Bernd und ein liebevolles Lächeln huschte über sein Gesicht. Gern würde er den Kerl mal wiedersehen. Bei seinem nächsten Meeting in Berlin würde er nach ihm schauen. Das war beschlossene Sache.

Steve machte sich schon bald auf den Heimweg. Die Gedanken hatten ihn heute aufgewühlt und ihm fehlte es einfach an innerer Ruhe, um mit der nötigen Ausgeglichenheit seinem Hobby nachzugehen. „Ich bin wieder zurück!", rief er beim Betreten des Hauses. Der vertraute Duft nahm ihn in Empfang.

Sarah saß in ihrem Lieblingssessel und lächelte ihm entgegen. Sie sah sofort den fremden Ring an seiner Hand. Ein Schauer durchzog sie und noch wusste sie nicht, was das zu bedeuten hatte aber ihr Gefühl setzte leise Warnsignale ab.

Steve war heute anders, als er nach Hause kam. Die Kleidung vom Regen klatschnass blieb er an der Wohnzimmertür stehen. Seine

Augen blickten leer und ein kurzes „Hallo!"
war alles, was er sagte. Sie war zu intelligent,
um gleich drauflos zu fragen aber sie musterte
ihn genau. Er wich ihren Augen aus und es
war ihm unangenehm, dass er schon allein
durch ihren Blick wusste, dass sie seine
Gedankenwelt scheinbar mühelos entschlüs-
seln konnte. Lara war bereits im Bett und so
hatte sie sich ein Glas Rotwein gegönnt und
saß mit einem Buch in der Hand in ihrem
Sessel. Auch etwas, was er an ihr bewunderte.
Kein sinnloses Abendprogramm malträtierte
ihren Kopf und drängte ihre Gedankenwelt in
unrealistische Bahnen. Sie war so wohltuend
lebensnah und bodenständig. Steve ging an
den Kühlschrank und nahm sich eine Flasche
Bier. Noch im Stehen öffnete er den
Verschluss und trank einen kräftigen Schluck.
Wie ein gebeutelter Junge kam er ein Stück
näher und setzte sich zu ihren Füßen. Seinen
Kopf lehnte er an ihre Beine und blickte zu
ihr herauf. „Tut mir leid. Ich bin heute total
durcheinander. Seit ich draußen auf dem See
bin, schwelge ich in Erinnerungen und trage
ein wenig Wehmut in mir!" Es war eines der
Dinge, die Steve gelernt hatte. Einfach zu
reden und sich mitzuteilen. Sie musterte ihn
und er spürte ihren bohrenden Blick, der so
tief gehen konnte, dass man für kurze Zeit das

Atmen vergaß. „Willst du mir davon erzählen?", fragte sie endlich. Steve holte tief Luft und er rang nach einem passenden Beginn. „Ich habe dir doch von Julia erzählt. Irgendetwas brachte mich heute dazu, dass mir die Zeit von damals so nah erscheint. Sarah, ich liebe dich und bitte versteh mich nicht falsch. Gerade weil ich heute daran denke, fühle ich mich so schlecht, als hätte ich dich betrogen!" Steve nahm einen weiteren Schluck aus seiner Flasche und fügte hinzu: „Es waren eben neun Jahre meines Lebens und vielleicht ist es ganz normal, dass sie immer mal gegenwärtig wird." Sarah schaute nachdenklich und ihre Augen blickten mit einer Mischung aus Verständnis und Liebe. Sie beugte sich zu ihm vor und nahm seinen Kopf in die Hand, um ihm einen Kuss auf die Stirn zu geben. „Alles ok. Ich weiß doch, dass ich nicht die einzige Frau in deinem Leben war und die erste große Liebe ist durch nichts zu ersetzen!" Was war sie nur für eine Frau. Ohne jetzt mit einer Debatte oder Szene zu beginnen, nahm sie ihn nachsichtig in Schutz und zeigte großes Verständnis. „Ich liebe dich!", wiederholte er mit Nachdruck. Er schloss die Augen und spürte ihre Küsse auf dem Gesicht, die sich langsam seinem Mund näherten. Ein inniger Kuss vereinte beide in einen leidenschaftlichen Zustand voller Anziehung und Erotik. Ohne Umschweife liebten sie sich auf dem Sessel. Sarah sah ihm dabei tief in die Augen. Als ihr Blick auf seine Hand auf ihrem Busen fiel und sie den Ring an seinem Finger sah, rollte ihr eine Träne übers Gesicht. Dieser Moment war einfach so emotional, sie konnte nichts dagegen tun. Die Mischung aus tiefer Liebe, Verlustangst und sexueller Lust ergab ein Gebilde, welches ihr einen unbeschreiblichen Orgasmus bescherte. Jetzt weinte sie völlig ergriffen. Sie küsste ihn und gab ihm zu verstehen, dass er nicht aufhören sollte. Sie trieb ihn an, grub ihre Fingerspitzen in seine Pobacken bis endlich die Anspannung aus ihrem Körper entwich, als sie zufrieden spürte, dass er im Zuge der Ekstase über ihr zusammenbrach und sich erschöpft auf sie legte. Erst jetzt ließ sie sich kraftlos in den Sessel zurückfallen. Steves Atem fühlte sich an wie Feuer, welches zwischen ihren Brüsten loderte. Sie drückte seinen Kopf fest an sich und schloss die Augen, um diesen Augenblick noch ein bisschen hinauszuzögern. Sarah hatte schon seit einiger Zeit die Pille abgesetzt und sie hoffte, dass die Wärme die ihr innerstes erfüllte, ihr vielleicht ein Kind schenken würde und sie ihren Steve dadurch noch ein

Stück fester an sich binden konnte. Er wünschte sich ebenso ein eigenes Kind. Nur eine Heirat kam für ihn nicht in Betracht. Die Erfahrungen in seinem Leben hatten ihn geprägt und er besaß keinen Glauben mehr an die Heirat und die ewige Liebe. Sie hatte es akzeptiert. Sie musste es.

Kapitel 40
Am Zeiger drehen

Steve schaute aus dem S-Bahn-Wagon in die Natur. Die vertrauten Geräusche der Bahn drangen in sein Ohr. Er würde 12 Uhr ein Geschäftsessen auf der Oranienburger Straße wahrnehmen und sich danach auf die Suche nach Bernd begeben. Er spürte die Vorfreude aufkommen, aber auch die Angst vor der Begegnung. Wie würde Bernd reagieren? Ist der überhaupt da und kann sich an Steve erinnern. Jetzt wich das Vorhaben wachsender Skepsis und er nahm sich vor, spontan zu entscheiden, ob er seinen Plan in die Tat umsetzte.

An der S-Bahnstation Hackescher Markt stieg Steve aus. Sein Herz schlug in doppelter Frequenz und sein Kreislauf musste sich kurz fangen. Alles hier schien seine Abwesenheit nicht bemerkt zu haben. Nun war er Julia so nah wie schon lange nicht mehr. Wie sollte er sich heute auf seinen Termin konzentrieren? Konnte einem vor emotionaler Überwältigung schlecht werden? Jetzt war sich Steve sicher, dass das ging. Jede Ecke hier, jede Kneipe, jeder Schuhladen und jeder Mülleimer war ihm so unendlich vertraut. Alles erschien ihm so, als wäre es erst gestern gewesen und als würde er jetzt wie gewohnt die Oranienburger Str. 86 aufsuchen und in wenigen Augenblicken seine Julia in die Arme schließen. Die Kehle wie zugeschnürt schlich er durch die Straße und bahnte sich seinen Weg zwischen Touristen, Anwohnern und hektisch vorbeiströmenden Geschäftsleuten.

Jetzt konnte er das Haus sehen. Sofort waren da wieder die Bilder des Unfalls. Aber mehr noch war da das Gefühl unsagbarer Sehnsucht nach längst vergangener Zeit. Steves Hand strich über die kalten Mauern des Hauses. Er betrat den Eingang und versuchte, darauf bekannte Namen zu entdecken. Mit Befremden stellte er fest, dass er sich an keinen der Namen erinnern konnte. Auch von der damaligen WG war kein Name mehr geblieben. Wie vergänglich die Zeit war. Fast schon bereute er, dass er seiner Neugier nachgegeben hatte. Aber vielleicht war es auch gut, damit er endlich Frieden schließen konnte mit der Zeit, die nicht nur voller Liebe war, sondern auch sehr viel Schmerz gebracht hatte.

Nachdem Steve seinen Termin zu Ende gebracht und sein Gegenüber doch recht knapp abgehandelt hatte, galt sein Augenmerk der Suche nach Bernd. Er konnte nicht anders. War er doch so nah an dem Park, an dem er diese einprägsamen Begegnungen hatte. Steve griff an seine Brusttasche. Er wollte sicher gehen, dass er Zigaretten dabei hatte. Ein oder zwei wollte er selber rauchen, die anderen würde er Bernd schenken. Und da saß er dann. Ohne langes Suchen und ohne dass Steve es sich noch einmal anders überlegen konnte, sah er dort den lumpigen Bernd sitzen. Es war schon mehr ein Liegen und dieses Bild amüsierte ihn und machte ihn gleichermaßen betroffen.

„Tag, der Herr ... darf ich mich zu ihnen setzen?" Steve sprach die Worte so lässig und ironisch wie möglich. Keine Reaktion. Er setzte sich neben Bernd und zündete sich eine Zigarette an. „Hallo, alter Freund. Erkennst du mich?" Seine Hand tippte vorsichtig auf die Hose des schlummernden Mannes neben ihm. Ein leichtes Murren zeugte von der Lebendigkeit dieses menschlichen Gebildes. „Bernd! Hier ist Steve ... erinnerst du dich noch?" Seine Hand traf nun etwas energischer die Gliedmaßen von Bernd. Die kleinen verwirrten Augen des Penners öffneten sich. Steve hatte ein wenig Angst. „Hey, Softie. Hab dich schon vermisst ...!" Die Anspannung war verflogen. Nicht nur, dass

Bernd sein Gehirn noch nicht vollständig weggesoffen hatte, nein, er erinnerte sich noch an Steve und war ihm positiv gesonnen. „Ja, Bernd. Ich bin es. Und ich freue mich, dass ich dich gefunden habe!"

Unter kraftsportähnlicher Anstrengung gelang es Bernd, eine gerade Sitzhaltung einzunehmen. Noch immer kämpften die Augen mit der Schärfung des Bildes und seine Synapsen versuchten, den Seegang auf dieser Parkbank einzudämmen. „Was führt dich denn hierher? Hat dich wieder mal ne Olle verlassen oder warum kümmert´s dich auf einmal, was aus einem Suffschädel wie mir geworden ist?" Ein Gedanke, der gar nicht mal so abwegig war. Jahrelang hatte Steve keinen Gedanken an den weiteren Fortgang dieses jämmerlichen Daseins verschwendet und nun kam er hier einfach vorbei um gemütlich eine zu rauchen und dann den armen Kerl wieder seinem Schicksal zu überlassen. Es war sicherlich egoistisch gewesen, jetzt einfach aufzukreuzen und Bernd als eine Art Sightseeing zu benutzen. „Ach … komm schon … alles gut, kleines Sensibelchen. Hab das ja nun auch nicht so böse gemeint. Hättest ruhig mal ein paar Jahre eher vorbeikommen können!" Bernd hatte nun den Versuch unternommen, so etwas wie

Augenkontakt herzustellen. Man konnte nur hoffen, dass er sich im Zuge dieser Anstrengungen nicht plötzlich übergab. „Ich weiß schon … ich hätte mal eher vorbeischauen können. Aber die Zeit war auch für mich nicht gerade leicht." Schon während Steve diese Worte aussprach merkte er, was er da für ein Müll redete. ‚Nicht gerade leicht!' Was für ein Nonsens. Verglichen mit dem Leben von Bernd erschienen die Probleme von damals merkwürdig klein. Na gut, er hatte seine große Liebe an einen anderen verloren, aber wie vielen Menschen passierte das im Laufe ihres Lebens. Zwischenzeitlich hatte er eine wundervolle Frau und ein zuckersüßes Kind und konnte sich doch über sein Leben nicht beschweren. Was musste Bernd nur denken, der hier tagein und tagaus auf dieser Bank weilte und wartete, dass sein Leben endlich vorbei ging. Was sich die Menschen so als Probleme auferlegten, war schon eine Kunst. Die Kunst des Jammerns auf hohem Niveau. Ein teuflisches Produkt unserer Gesellschaft. Wer kann denn wirkliche Probleme noch von künstlich geschaffenen unterscheiden?

Bernd hatte heute offensichtlich nicht seinen besten Tag. Er konnte den Dingen momentan noch nicht so recht folgen. Er zündete sich auch eine Zigarette an und stierte auf die Wiese. Nachdem er inbrünstig den Inhalt seiner Nase nach oben gezogen und sich widerwärtig geschüttelt hatte, versuchte er, der Kommunikation beizuwohnen: „Pass auf. Du kannst doch immer zu mir kommen. Solange ich hier noch gerade sitzen kann, habe ich immer ein offenes Ohr für dich." Das mit dem aufrechten Sitzen wollte Steve jetzt lieber nicht näher beleuchten, denn diesen Moment musste er sicherlich gut abpassen, aber es war sehr liebenswert, was Bernd auszudrücken versuchte. „Und jetzt erzähl doch dem Onkel Bernd was dich bedrückt! Ich bin ganz Ohr!" Steve tat sich schwer, einen Anfang zu finden. „Ach weißt du, Bernd, ich wollte einfach mal nach dir sehen, die alten Gegenden besuchen und ein bisschen wehmütig in Erinnerungen schwelgen. Es war damals eine emotionale Zeit für mich. Ich war schwer verliebt und kam hier mit großem Liebeskummer zu dir. Ich traure manchmal jetzt noch dieser Frau hinterher und ich glaube, ich liebe sie noch immer!" Bernd schaute mürrisch. „Unsinn, Junge! Wenn du sie lieben würdest, dann würdest du sie suchen! Dann würdest du alles in Bewegung setzen, um sie jetzt bei dir zu haben. Ein Jahr ohne deine Liebe ist wie ein Jahr im Knast. Verlorene Zeit. Auf was wartest du denn? Mann! Siehst du nicht die Uhr an deinem Handgelenk? Die Zeit rast von Sekunde zu Sekunde. Du wirst älter und sie wird älter und jede Sekunde ... tick, tack, tick, tack ... ist eine Sekunde weniger, die ihr zusammen auf diesem Planeten habt. Anstatt wie ein Schwuler neben mir auf der Parkbank zu hocken und dir die Eier zu schaukeln, solltest du endlich mal was unternehmen! Hol dir die Kleine. Mach Kinder und noch mehr Kinder! Nutze deine Zeit und gib endlich Gas! Ausruhen kannst du dich noch in der Kiste oder hier mit mir auf der Bank. Ist fast dasselbe. Aber solange du noch gesunde Beine und einen gesunden Kopf hast, bewege dich und reiß die Welt ein!" Bernd hatte im Rausche seiner Emotionen seine Zigarette vergessen. Die Asche flog auf seine Hose. Fluchend wischte er auf seiner Hose herum. Inzwischen kam sich Steve so richtig dämlich vor. Was wollte er hier eigentlich? War es nicht unglaublich kindisch nach alten Dingen zu suchen, die schon längst Geschichte waren? Und was tat er seiner Sarah damit an? Er schüttelte den Kopf. „Können wir nicht einfach ein bisschen über was anderes reden. Einfach eine rauchen und uns über unser Wiedersehen freuen?", unternahm er einen Versuch irgendwie aus dieser Sache rauszukommen. „Doch schwul!", brabbelte Bernd. „Hast du noch eine?" Er deutete auf die Zigarettenschachtel und Steve warf sie im trotzig in den Schoß. „Vergiss es! War eine Scheißidee, dich zu besuchen! Vegetiere du mal weiter vor dich hin!" Das war jetzt vielleicht doch eine Spur zu krass, doch Steve war wütend. Bernd richtete sein Gesicht zu dem jungen Wilden da neben ihm und zeigte seine faulen Zähne im Zuge eines amüsierten Lächelns. „Hey. Aus dir ist ja doch ein Mann geworden! Nun mach mal halblang und leg das Frauengehabe ab. Hier wird sich unter-halten wie Männer, sonst lackier´ ich dir gleich die Fußnägel!" Da war es wieder. Das genussvolle Röcheln über das eigene Gesagte. „Ich kann dich gut leiden, kleiner Mann! Und ich will ja nur, dass du was aus deinem Leben machst. Schau mich an. Mein Kummer hat mich hierher gebracht. Für mich ist hier die Sackgasse zu Ende. Aber du hast die Kreuzung noch in Reichweite. Das Steuer hast du in der Hand. Ist doch wirklich so! Du weißt doch eigentlich, was du willst! Wenn diese Biene jetzt hier drüben über den Acker fliegen würde, dann würdest du sie dir schnappen. Was dir jetzt noch fehlt, ist der Acker über den sie gerade fliegt. Und solange du es nicht versucht hast, wirst du jede Wiese nach ihr absuchen. Völlig instinktiv. Der Versuch macht klug – anders wirst du diesen Fluch nicht los. Hopp oder topp. Ein dazwischen lässt dich zu dem werden, was du jetzt bist!" Da war mal wieder was dran. Steve hatte sich schon wieder eine Zigarette geschnappt.

„Mensch Bernd, hast du nicht doch mal überlegt eine Praxis aufzumachen?" Es war wie vor Jahren. Mit Faszination betrachtete Steve diesen lausigen Zeitgenossen hier neben sich und war völlig verblüfft über die fast schon philosophischen Aussagen eines Säufers. „Sicher hast du mal wieder Recht. Aber ich kann nicht mein Leben lang einer Sache hinterherlaufen, die schon längst der Vergangenheit angehört. Ich muss doch mal loslassen. Vielleicht ist das ja auch nur einfach mal so eine Phase. Ich bin sehr glücklich im Moment und will mein Leben gar nicht anders wissen. Manchmal muss man vielleicht einfach über Dinge reden, um sie zu vergessen." So einen Quatsch hatte Bernd sich schon lange nicht mehr anhören müssen. „Zum letzten Mal, Kleiner! Du liebst dieses Weibsbild noch und mich macht es echt sauer, wenn sich jemand etwas vormacht, obwohl er es eigentlich besser weiß! Such deine Biene und bestell deinen Acker, solange du noch Tinte auf dem Füller hast. Wenn nicht, belaste mich bitte nie wieder mit dieser Story. Ich denke, es ist dahingehend alles gesagt! Prost und Ende!" Steve saß wie ein dummer Schuljunge in sich zusammen gerutscht neben seinem Freund Bernd und war in diesem Moment scheinbar doch ganz allein auf dieser Welt. Er wusste nicht, wohin er eigentlich gehörte. Überall nur so halb. Ein wenig Selbstmitleid mischte sich dabei in seine Gedanken und er spürte die Schwere in seinen Augen. Gern hätte er jetzt ein paar Tränen verloren und da kullerte tatsächlich schon die erste über sein Gesicht. So unmännlich das jetzt sicherlich wirkte – die Kehle war wie zugeschnürt und das Schlucken fiel schwer. Es fehlte nicht mehr viel und Steve würde sich hier neben Bernd schluchzend seinen Gefühlen hingeben. Doch es gelang unter großer Anstrengung und tiefer Atemzüge, das Gröbste an Tränenflüssigkeit zurückzuhalten und sein Gesicht zu wahren. Die Gestalt von Sarah nahm jetzt wieder stärker Gestalt vor seinen Augen an und es gab ihm Kraft, sie bei sich zu wissen. Was würde sie gerade tun? Sicherlich saß sie jetzt mit einem Glas Rotwein in ihrem Lieblingssessel, blickte hinaus ins Nichts und ihre Gedanken malten Bilder in der

Ungewissheit dessen, was Steve jetzt wohl gerade machte.

Jetzt tat sie ihm leid und sein Egoismus auf der Reise in eine längst vergangene Zeit begann lächerlich zu wirken. Sollte nicht irgendwann Schluss damit sein? Hat nicht ein jeder das Recht auf einen Neuanfang? Wer sagt denn, dass Menschen nach so langer Zeit wieder zueinander finden würden. Was damals war, muss nicht automatisch in die jetzige Welt passen. Menschen entwickeln sich weiter. Vielleicht auch in verschiedene Richtungen. Einen klaren Gedanken zu fassen, war jetzt schier unmöglich. Steve spürte nur, dass er etwas ruhiger wurde und wie sein Kopf wieder Oberhand über die Situation gewann. Lange wollte er hier nicht mehr bleiben. Er wollte schnell zurück zu seiner Sarah, sie in den Arm nehmen und nie mehr loslassen …

Kapitel 41
Glück ist da, wo man sich mit Zufriedenheit umgibt

Steve hielt den Atem an, als er die Haustür öffnete. Schimmerndes Licht drang aus dem Wohnzimmer in den Flur. Er streifte die Schuhe ab und ging auf die Wohnzimmertür zu. Sarah lag friedlich auf der Couch. Das Rotweinglas war umgekippt. Zum Glück war es leer und so stellte er es sanft lächelnd auf den Tisch. Er nahm ihre Hand und küsste sie. Sarah begann, sich zu bewegen. Ihre andere Hand streifte seine Stirn, die Wangen entlang. Sanft berührten ihre Finger seinen Mund. Ihr Blick war so tief und voller Liebe. Sie spürte, dass Steve innerlich rastlos war und nach etwas suchte, was sie ihm nicht zu geben vermochte. Aber sie wusste auch, dass sie stets alles gegeben und für ihre Liebe getan hatte. Sie musste sich nichts vorwerfen und wenn es nicht ausreichen würde, um ihn zu halten, dann würde sie ihn nicht fesseln. Seit ihrem Kennenlernen genoss sie die Zeit, die das Leben für sie bestimmt hatte. Steve hatte in ihrer kleinen Familie die Vaterrolle übernommen und ihre Tochter Lara liebte ihn abgöttisch. Gern hätte sie ihm ein Teil ihrer inneren Zufriedenheit abgegeben. Steve hatte hier ein kleines Paradies auf Erden. Eine Familie, die zu ihm stand, zwei Frauen die voller Stolz zu ihm aufschauten und ihm den Rücken freihielten. Sie waren gesund und Sarah war in allen Belangen eine Frau voller Hingabe und Selbstlosigkeit. Steve wusste das sicherlich zu schätzen aber dennoch war er stets auf der Suche. Ihm war es nicht vergönnt, innezuhalten und Stillstand als Ruhe anzusehen. Sicherlich war das die Sache mit seiner großen Liebe. Julia. Es schmerzte zuweilen, den langen Schatten dieser Frau auf ihrem Leben zu spüren, doch gegen Erinnerungen konnte man nichts tun. Es war eine andere Zeit und Steve hatte einfach nicht damit abschließen können. Wenn sie ein Rezept dafür wüsste, sie würde alles dafür geben, ihn ganz zu sich zu holen. Doch inzwischen hatte sie sich abgefunden mit der Situation. Und ihr ging es nicht schlecht dabei. Nur die Sache mit dem Ring bohrte ein tiefes Loch in ihr Herz. Sie war bereit, den Schmerz zu ertragen und für ihr Glück zu kämpfen. Tapfer wollte sie das durchstehen und bloß nicht das weinerliche Mütterchen mimen. Sie nahm sich vor, leise zu weinen. Beim Wäschewaschen, beim Zwiebelschneiden oder bei schnulzigen Filmen. Sarah strich ihrem

Steve durch das Haar. Ihr Blick erfüllt mit aufrichtiger und bedingungsloser Liebe.

Solange er nicht abschließen und loslassen konnte, so lange würde er auf der Suche sein. Er klammerte sich an die Vergangenheit, um Unsicherheit in der Gegenwart zu kompensieren. Denn er war machtlos gegen das Schicksal und er wollte seine Zukunft nicht aus der Hand geben, in eine Sache, die er nicht definieren konnte. Irgendwann wurde er vom Schicksal enttäuscht. In einer Zeit, in der er sich noch sorglos dem Lauf der Liebe hingegeben hatte. Die Erfahrung machte wachsam und niemals sollte es wieder passieren, dass er nicht die Kontrolle über das hatte, was geschah. Dass es ein hoffnungsloser Kampf war, dessen war er sich sicher bewusst. Und daran rieb er sich innerlich auf. Ganz sicher ohne es zu wollen. Sarah hatte schon unzählige Male versucht ihm sanft die Augen zu öffnen, ihm die Sicherheit zu vermitteln, ihm das Gefühl, sich ohne Furcht rücklings ins Nichts fallen zu lassen, in dem Wissen, dass sie ihn auffangen würde. Aber noch war er nicht bereit. Sarah wollte einfach weiter als gutes Beispiel dienen, wollte mit ihrer inneren Zuversicht und Ausgeglichenheit der Anker sein, der die stürmische Seele von

Steve festhielt und irgendwann zur Ruhe kommen lassen würde.

Kapitel 42
Neues Leben, neue Liebe?

Schnell! Einen Arzt! Julia krümmte sich vor
Schmerzen. Das Einsetzen der Wehen ereilte
sie während eines Theaterbesuchs. Zwei
Wochen zu früh. Jörg hatte ihr zum Jahrestag
zwei Karten geschenkt. Mit leuchtenden
Augen stand er neben dem großen Ehebett,
hielt stolz das Frühstückstablett in der Hand
und hatte die zwei Karten zusammengerollt
und mit einer roten Schleife geschmückt. Sie
hob erstaunt ihren Kopf und war in diesem
Moment sehr glücklich. Das neue Leben in
ihrem Körper kündigte sich von Tag zu Tag
stärker an. Die Schwangerschaft war kein
Zufall. Julia wollte noch vor dem
40. Lebensjahr Mutter werden. So begann die
Zeit, in der Sex minutiös geplant wurde.
Nahezu täglich vollzogen sie den Akt. Anfang
war das noch spannend. Denn jede
Ejakulation in ihrem Körper konnte der
erhoffte Treffer sein. Lange danach blieb sie
liegen und hörte in ihren Körper hinein. Doch
dann kam die Zeit der Enttäuschung, des
Wartens, des Frusts. Jeder suchte die Schuld
anfangs bei sich selbst, dann immer stärker in
der Person des anderen. Inzwischen widerte

es Julia an, wenn er sich über ihr aufbäumte, um dann seinen verschwitzten Körper auf ihr abzulegen. Sein stoßweiser Atem drang dabei viel zu laut in ihr Ohr. Julia spürte zunehmend, wie sich ein Graben tiefer und tiefer zwischen ihnen auftat.

Julia wurde 40. Schon Wochen vorher spürte sie aufkommende schlechte Laune. Wohin hatte sie es gebracht? Sie fühlte sich wie eine Versagerin. Vierzig Jahre alt war sie und der Zahn der Zeit begann nun doch sichtbar an ihr zu nagen. Wieder und wieder betrachtete sie sich nackt im Spiegel, hob ihre Brüste an, um sie dann voller Missmut theatralisch hinabfallen zu lassen, sicher in der Annahme, dass sie inzwischen furchtbar hängende Exemplare hatte. Während sie sich in dieser täglichen Zeremonie solange vor dem Spiegel drehte, bis da endlich irgendeine Delle an Po und Oberschenkel sichtbar wurde, spürte sie so etwas wie Wehmut beim Erkennen dessen, dass die Uhr des Lebens immer weiter tickt, egal was man tut. Und egal, was man nicht tut! Hatte sie den richtigen Weg eingeschlagen? War es zu spät, um noch mal umzukehren? Alle ihre Freundinnen hatten inzwischen mindestens ein Kind. Sie hatten sich verändert. Die Erzählungen über die neuesten

Fortschritte ihrer Zöglinge glich einem Ausbreiten der Visitenkarten … Guck mal, was der schon kann! Jede von ihnen war in ihrer eigenen kleinen Welt gelandet oder gefangen. Keine Freundinnenabende mehr. Was war passiert? Da gab es noch eine SMS zum Geburtstag, mal ein Bild vom Bilderbuchkinderfoto, vielleicht auch mal einen Anruf. Aber die Welt hatte sich wieder einmal einfach so weitergedreht. Kein Warten. Schneller und schneller schien die Zeit zu vergehen und Julia verlor so manches Mal den Halt unter den Füßen. Sie saß auf dem Dorf fest, gefangen in einem goldenen Käfig. Umhüllt von Fürsorge und Dankbarkeit schienen die Flügel zu schwach oder der Ausgang zu eng, um dieser Umarmung zu entkommen. Jörg war da anders. Er liebte dieses Leben. Noch immer blickte er voller Stolz auf seine Julia. Er hatte hier sein kleines Reich und er hatte seine Prinzessin, die er über alles liebte. Mehr brauchte er nicht, um glücklich zu sein.

Während sich Julia mal wieder im Spiegel betrachtete und missmutig eine Falte entdeckte, welche auf keinen Fall am Vortag schon da gewesen war, spürte sie Schwindel und Übelkeit. Sie kniete sich vor die Toilette und war bereit, sich zu erbrechen. Im Wasser des Toilettenbeckens erblickte sie ihr Gesicht. Eine traurige Silhouette ohne die Strahlkraft einer längst vergangenen Zeit. Sie erwischte sich dabei, wie sie leise vor sich hin wimmerte: „Bitte lass mich jetzt nicht schwanger sein!" Während sie diese Worte aussprach spürte sie, wie Jörg wieder aus dem Türrahmen verschwand. Er hatte sie also so gesehen. Und ganz sicher hatte er ihre Worte vernommen. Julia wusste zu diesem Zeitpunkt genau, dass da ein neues Leben in ihr heranwuchs.

Und heute? Heute krümmte sich Julia im Flur des Theaters und wartete kurzatmig auf den Krankenwagen Jörg war nur tollpatschiges Beiwerk. Sie ertappte sich dabei, wie sie ihm übel nahm, dass er ihr so kurz vor dem Entbindungstermin einen Theaterbesuch schenkte.

Julia erkannte Markus schon von weitem. Er und sein Kollege eilten mit einer Rolltrage den Gang entlang. Jetzt hatte auch er sie erkannt und seine Miene hellte sich spürbar auf. „Mensch Julia, was machste denn für Sachen? Wusste ja gar nicht, dass du jetzt Theaterstücke aufführst!" Er versuchte die Situation zu entspannen und lustig zu sein. Markus war nicht lustig. Aber sein Bemühen war süß und Julia konnte kurz lächeln. „Hallo Markus! Ich wusste ja gar nicht, dass du zur

Hebamme umgeschult hast!", konterte sie – um dann doch wieder das Gesicht schmerzvoll zu verzerren. „Na dann kommen sie mal, junge Dame!" Sie beförderten die hochschwangere Frau in den Krankenwagen. Jörg verstand gar nichts mehr und kam sich noch unnützer vor als in der vergangenen Viertelstunde. Still und voller Sorge nahm er im Krankenwagen Platz. Irgendetwas war anders und er hatte das Gefühl, seine Julia würde ihm entgleiten.

Wenige Zeit später befanden sie sich bereits im Kreissaal. Sie nahm seine Hand fester und fester und presste so sehr sie konnte. Jörg war bleich im Gesicht und schien mit der Situation überfordert. Was tat die Natur nur den Frauen an, wenn sie ihnen im Zuge der Geburt derartige Schmerzen bereitete. Sicherlich sollte das Mutter und Kind noch fester aneinander binden. Anders war das einfach nicht zu erklären. Alles schien die Natur bis ins kleinste Detail bedacht zu haben und dann wohl im letzten Akt die Öffnung viel zu klein berechnet zu haben. Julias Gesicht schien entstellt und Jörg wäre jetzt am liebsten ganz woanders gewesen. Einfach draußen im Wartebereich, um dort nervös Automaten-kaffee zu trinken und dabei unruhig die Uhr zu beobachten. Das hier musste er nicht haben. Zum Glück durfte er am Kopfende stehen und nicht weiter unterhalb die Fehlkonstruktion mit derselben Konzentration in Augenschein nehmen, wie es die Geburtshelfer taten. Auf jeden Fall sollte es das letzte Kind sein! Dessen war sich Jörg ganz sicher.

Er musste daran denken, wie Julia vor Monaten in sich gekehrt in der Küche stand und sinnierte. In Filmen sah man immer nur Frauen, die bei der Bekanntmachung der Schwangerschaft theatralisch ihren Männern um den Hals fielen. Julia indes weinte als sie es Jörg offenbarte. Er sah noch genau ihr Gesicht vor Augen, wie der Mund lächelte, die Augen jedoch Halt suchten und ihr die Tränen leise über das Gesicht liefen. Jörg wusste damals – anders als heute – nicht, ob das vielleicht Freudentränen waren. Er war in dem Moment nur tief gerührt und überglücklich. Gleichwohl spürte er aber auch die aufsteigende Verunsicherung, denn Julia ließ ihn nicht mehr hinter ihre Fassade blicken, war unnahbar wie nie zuvor.

Im gleichen Zwiespalt verliefen die Monate der Schwangerschaft. Alles war so still und scheinbar ohne Emotionen. Oft legte sich Jörg an den Babybauch, um neugierig zu lauschen und seiner kleinen Familie ganz nah zu sein. Dann streichelte sie ihm wortlos durch die Haare und weinte dabei nicht selten unbemerkt. Jörg spürte, dass seine Frau ihm niemals die Liebe zu geben vermochte, wie er im Gegenzug zu leisten im Stande war. Doch was sollte er tun? Er liebte Julia abgöttisch und jeder Tag mit ihr war ein Geschenk. Er wollte dankbar sein über die Zeit, die er mit ihr hatte und darum auch nichts hinterfragen. Sicherlich hatte er auch Angst vor einer Antwort. Ob sich Glück so anfühlte, das konnte Jörg nicht beantworten. Es war wohl eher der Stolz eines Mannes, einen Ferrari in der Garage zu wissen, auch wenn das Geld für den Sprit fehlte. Er war bereit, seinen flotten Flitzer zu hegen und zu pflegen, mit Stolz das Garagentor zu öffnen und die Blicke der Menschen in sich aufzusaugen. Den Rest konnte Jörg gut ausblenden. Auf seine Art war Jörg ein glücklicher Mensch.

Julias Schreie bohrten sich nun schon in geringerer zeitlicher Abfolge in Jörgs Gehörgang und brachten ihn zurück in den Kreissaal. Seine Hand streichelte über ihr schweißnasses Gesicht. Ihre 41 Jahre sah man ihr sonst nicht an. Heute sah sie zum ersten Mal alt aus. Jörg wollte sie so nicht sehen. Er betrachtete sie ein wenig widerwillig und wieder wünschte er sich raus auf den Gang.

„Wir haben ihn gleich!", stellte der Arzt zwischen Julias Beinen fest. Es würde ein Junge werden. Nach langem hin und her hatten sich Julia und Jörg auf den Namen ‚Ben' geeinigt. Und der wollte nun raus dort aus der Enge. Julia bäumte sich ein letztes Mal auf und als ihr Kopf zurück auf das Kissen fiel, erblickte Ben das Licht der Welt.

Kapitel 43
Erinnerung findet jeden Weg

Neun Jahre später …

Julia hatte beim Aufräumen die Kiste in der hintersten Ecke ihres Schrankes bemerkt. Die Neugierde überkam sie und sie setzte sich auf den Boden – die Kiste auf dem Schoß. Noch war die Kiste geschlossen. Julia sinnierte und strich mit den Händen sanft über die Gravuren und Muster. Fast schon zärtlich blickte sie ihren Händen nach. Ihre Hände waren die einer 50-jährigen Frau. Gepflegt, perfekte Nägel und dennoch schien ihnen die Jugend zu entweichen. Julia fühlte sich noch immer jung und konnte für sich keinen Unterschied zu der Zeit erkennen, in der sie 30 Jahre alt gewesen war. Und dennoch war die Zeit einfach so vergangen. Wie im Fluge waren die Jahre an ihr vorübergezogen. In jedem dieser Jahre war die Zeit stets noch nicht reif für Veränderungen. Ein Warten auf morgen und sicher bessere Zeiten, das Arrangement mit dem Augenblick und das auferlegte Schätzen dessen, was einen umgab. Das waren ihre Wegbegleiter. Das da in der Kiste, das war ihre Jugend. Ihre Zeit mit

Steve. Ein Kapitel, was scheinbar nicht zu Ende geschrieben wurde. Ein offenes Buch, was achtlos, inmitten der Geschichte, liegen und allein auf dieser Welt gelassen wurde. Der Leser hatte sich abgewandt.

Ein Gefühl von Spannung durchströmte ihren Körper, als sie das Schloss der Kiste leise öffnete. Und da waren sie … die Bilder, die Briefe. Wie vertraut war die Schrift von Steve. Fast war es so, als hätte Julia erst gestern das letzte Mal jeden davon gelesen. Aus zärtlichen Augen las sie die Zeilen und schon längst hatte sie einen Kloß im Hals. Und dann lag er in ihren Händen – der Ring. Respektvoll drehte sie ihn, um ihn von allen Seiten zu betrachten. Gedankenversunken steckte sie den einstigen Verlobungsring an ihren Ringfinger. Er passte perfekt.

Es war schon merkwürdig. Alles, was sie hier vorfand, war von Liebe und guten Erinnerungen getränkt. Dieses Gefühl war das schlimmste. Denn man konnte nicht anders, als Wehmut empfinden, wenn man das Glück fein säuberlich dokumentiert aus einer Kiste nahm und dabei zwangsläufig feststellen musste, dass man selbiges wohl hierin zu Grabe getragen hatte. Es schmerzte, die Bilder zu betrachten. Das Glück in den Gesichtern zweier junger Menschen schien zum Anfassen. Julia beneidete das Liebespaar und konnte kaum glauben, dass sie das selbst dort auf den Fotografien war. Sie schloss die Augen und presste die Lippen aufeinander. Wie glücklich sie gewesen war. Eine unbeschwerte Liebe in einer unbeschwerten Zeit. Was würde sie manchmal darum geben, die Zeit einfach zurück zu drehen.

Julia ging zum Fenster. Wie gern hatte sie das in ihrer Jugend getan. Einfach die Stirn an die kalte glatte Scheibe pressend hinaus in die Ferne blicken und dabei die Gedanken kreisen lassen. Es war toll zu träumen!

Der Blick ging zum Himmel, in der das tiefe Schwarz der Nacht die Sterne zum Leuchten brachte. Und in diesem Moment war sie Steve so nah. Ob er auch gerade zum Himmel sah und den Großen Wagen sehen konnte? Wie wird es ihm zwischenzeitlich ergangen sein? War es nicht ziemlich naiv, einer längst vergangenen Zeit nachzutrauern? War es nicht klar, dass ein Mensch sich nur an die schönen Dinge erinnerte. Es war doch nicht alles rosig, oder? Julia mühte sich, an etwas Unschönes zu denken. Krampfhaft versuchte sie, einen schlechten Charakterzug an Steve zu erkennen oder sich an Begebenheiten zu erinnern, die ihr die Rechtfertigung für ihre damalige Trennung lieferten. Missmutig kräuselte sich ihre Stirn. Sie biss die Zähne fest aufeinander, so schwer fiel ihr die Konfrontation mit ihrem offensichtlichen Fehlverhalten von damals. Denn sie musste nicht groß nachdenken um zu erkennen, dass sie damals einfach, im naiven Handeln einer zwanzigjährigen jungen Frau, ein kostbares Gut als Normalität angesehen hatte. Sie war dem Glauben verfallen, dass das Leben zu kurz war, um sich in einem scheinbar tristen Alltag dem Laufe der Zeit hinzugeben. Heute musste sie feststellen, dass das Leben zu kurz war, um falschen Träumen hinterherzujagen.

Julia spürte tiefe Wehmut. Wer kann einem sagen, ob man es richtig gemacht hat? Warum lässt man einen Menschen gehen, nur weil seine Liebe normal geworden war. Wie achtlos war ein Mensch, dass er Zuneigung als gegeben hinnahm und als Standard abtat? Wie war sie in der Lage gewesen, in die traurigen Augen eines Menschen zu blicken und ihm den Boden unter den Füßen wegzuziehen? Würde man das seinem Hund antun, den man zehn Jahre an seiner Seite hatte, der einen treu anblickte – würde man ihn aussetzen, an einen Baum binden, ihn an eine andere Familie geben? Und das, weil er so gewöhnlich geworden war oder sich eine neue Rasse größerer Beliebtheit erfreute und damit scheinbar größeren Reiz ausübte. Julia fand den Vergleich absurd und versuchte ihn zu verdrängen. Die Traurigkeit blieb. Sie hatte einfach nie so recht abgeschlossen mit dieser Zeit, war immer nur weggerannt, ohne sich einzugestehen, dass die damals einfach dem Reiz des Neuen erlegen war. Es war schließlich doch die Bitterkeit der Erkenntnis, dass sie bei der Suche nach ihrem Glück auch mit 50 Jahren noch nicht fündig geworden war, welche ihr abermals die Tränen in die Augen drückte. Ihr Atem ließ die Scheibe kurz beschlagen. Sie hauchte nun bewusst kräftiger an die Scheibe und schrieb ‚Steve' auf das Fensterglas. Wieder und wieder hauchte sie auf den Namen, damit er für sie sichtbar blieb. Mit einem tiefen Seufzer wandte sie sich vom Fenster ab und legte die Sachen zurück in die Kiste. Den Ring behielt sie an ihrem Finger. Sie nahm sich vor, ihn als Erbstück der Oma zu deklarieren, falls sie Jörg darauf ansprechen sollte.

„Na, Schatz, was machst du schönes?", Jörg stand in der Tür und sah auf Julia. Jeden Tag von neuem verliebte er sich in diese Frau. Ihr zartes Wesen, ihre anmutige Art. Sie war seine kleine Lady – seine Prinzessin. Jörg lehnte seinen Kopf zufrieden an den Türrahmen und schaute Julia verträumt an. „Ach, ich habe mal ein bisschen in alten Sachen gekramt. Es ist schön, solche Dinge mal wieder anzuschauen und in Erinnerungen zu schwelgen. Dabei merkt man allerdings auch, wie die Zeit vergeht." Julia schaute unbewusst zum Fenster. Das Geschriebene war dort nicht mehr zu erkennen. Erleichterung spiegelte sich in ihrer Stimme wieder. „So, mein Schatz. Jetzt lass uns in die Realität zurückkehren und nimm eine alte Frau wie mich einfach mal in den Arm!" Lächelnd erhob sie sich und breitete die Arme aus um im gleichen Moment zufrieden die Augen zu schließen, als Jörg sie liebevoll in die Arme nahm. Ja, in diesem Augenblick konnte sie so etwas wie Zufriedenheit und Dankbarkeit empfinden. Es sollte nicht von Dauer sein …

Kapitel 44
Die Kraft der Reinheit

Die Kaffeemaschine brabbelte zufrieden vor sich hin und verbreitete einen wohligen Duft im ganzen Haus. Steve hatte sich an die Brust von Sarah gelegt und sog diesen Moment ganz bewusst in sich auf. Der vertraute Geruch von Sarah, der sanft durchdringende Duft frischen Kaffees und die Zärtlichkeit ihrer Haut. Er lauschte ihrem Atem. Die Sonne hatte schon längst die Dunkelheit aus dem Schlafzimmer verdrängt und erfüllte den Raum mit einem Glücksgefühl. Steve schloss die Augen und drückte sich noch ein Stück näher an Sarah heran. Sofort hatte er ihre Hand auf seinem Kopf und er spürte, wie sie ihm liebevoll durchs Haar streichelte. „Ich liebe dich, mein Schatz!" Während er das sagte, öffnete er wieder die Augen und blickte auf das erhellende Licht der Sonnenstrahlen. Das Gefühl der Liebe war in diesem Moment ganz stark. Die Bewegungen der Hand auf seinem Kopf wurden intensiver und er vernahm damit zufrieden, wie wirkungsvoll seine Worte gewesen waren. „Ich liebe dich auch, Steve. Ich kann mir gar nicht vorstellen, dass man noch mehr Liebe für einen Menschen empfinden kann!" Steve hob den Kopf und schaute sie an. Sie lag da und erwiderte seinen Blick aus sanften, aufrichtigen Augen. Ihr Lächeln hatte eine unsagbare Wirkung und brachte ihre gesamte Person zum Strahlen. Sie war ein Phänomen. Die Reinheit zu ihrer eigenen Person und die Einstellung zum Leben waren so beispielhaft, dass es Steve an manchen Tagen fast wütend machte. Denn wenn er missmutig drauf war, dann erschien ihm die vermeintlich selbstgefällige Art fast schon überheblich, gar gleichgültig. Doch was ihn wohl in solchen Momenten am meisten wütend machte, war das Erkennen der eigenen Schwäche. Sarah war einfach nur glücklich und bereit zu geben. Sie verlangte dabei nichts. Oder sie sprach es zumindest nie aus und gab ihm damit das Gefühl, dass alles gut so war, wie es ist.

Steve streichelte über ihre Brüste und die weiche Haut an ihrem Bauch. Wie lieb er inzwischen ihre runde Weiblichkeit gewonnen hatte. Sarah war in seinen Augen immer schöner geworden. Die Proportionen stimmten, der Duft und ihre Reinlichkeit gepaart mit der Sanftheit ihres Wesens, die bedingungslose Hingabe ohne Bauch einziehen und affektiertes Benehmen brachten Anmut und eine enorme sexuelle Anziehungskraft.

Steve zog sich die Bettdecke über den Kopf und verschwand zwischen ihren Beinen. Sarah drückte seinen Kopf sanft ein Stück fester an sich heran und genoss, die Augenlider aufeinander pressend, schwer atmend seine Liebkosungen.

Ein zartes Klopfen an der Tür unterbrach den Moment innigster Zärtlichkeit. „Frühstück ist fertig!", war von draußen zu vernehmen. Laras freundliche Stimme klang ein bisschen unsicher. „Kommt ihr dann?" Steve und Sarah brauchten einen kurzen Augenblick, um sich zu besinnen. Sarah schaltete am schnellsten. „Wir sind sofort da, mein Schatz! Gib uns noch 5 Minuten …!" Noch während sie das sagte, hatte sich Steve aufgerichtet. Sarahs Mund bescherte Steve einen perfekten Start in den Tag …

Wie zwei Teenager kamen Sarah und Steve die Treppen hinunter und betraten die Küche. Lara saß, mittlerweile schon ein wenig genervt, vor ihrem Werk. Ein kleiner Flunsch und ein gespielt fragender Blick richtete sich auf ihre Eltern. Da standen sie nun ein bisschen verlegen und jetzt lachten alle drei.

Sarah kam zu ihrer Tochter und küsste sie auf den Kopf. Steve nahm Platz und rieb sich mit einem zufriedenen Blick auf die frischen Brötchen die Hände. Schöner hätte wohl dieser Morgen kaum beginnen können.

Lara wurde ihrer Mutter immer ähnlicher. Wie zwei Freundinnen sahen sie aus. Sie war rasend schnell zu einer jungen Frau gereift. Ihre langen Haare und nicht mehr zu übersehende weibliche Attribute waren der Inbegriff männlicher Begierde. Und so kamen sie scheinbar in Scharen und balzten um die Gunst der Tochter. Doch die hatte sich schon längst in ihren 35-jährigen Klassenlehrer verguckt. Ein Thema, auf das man Steve nicht ansprechen durfte. Dieser Typ namens Martin hatte inzwischen den Dienst am Gymnasium aufgegeben. Steve kannte bisher nur den schwarzen Kleinwagen dieses Idioten, denn näher als vor die Hofeinfahrt durfte er nicht an ihr Haus heran. Aber Lara mit ihrem Trotzkopf nahm es mit all den Unwegbarkeiten auf und stellte die Eltern schon oft vor die Wahl – akzeptieren oder sie würde ausziehen. Seither lebten sie in einer Art Kompromisslösung zusammen. Sarah hatte natürlich bald schon Verständnis für diese Liebschaft aufgebracht. Und daher entwickelte sich dieses Thema oftmals zum Streit. Aber nicht heute! Dieser Morgen war einfach zu schön, um ihn mit Missmut und schlechten Gedanken zu zerstören.

Steve zwinkerte seiner Tochter zu und sie entgegnete ihm ihr zauberhaftestes Lächeln.

Kapitel 45
Die Vergangenheit kehrt zurück

Julia bummelte durch die Straßen von Berlin. In ihrer Hand hielt sie die Ausbeute ihrer Shoppingtour und jetzt wartete sie auf ihre männliche Begleitung. Ben war inzwischen 23 Jahre alt und ein stattlicher junger Mann geworden. Sie war unendlich stolz auf ihren Sohn. Da wuchs ein neues Leben heran, eine neue Generation, voller Tatendrang und Lebensmut. Gern beobachtete sie seine Züge und Gesten. Es war wie ein Blick in den Rückspiegel. Da stand nun ein junger Mann und Julia war diesem Alter schon längst entwachsen. Wann das passiert war, konnte sie selbst nicht sagen. Sie war unbemerkt einfach alt geworden. Die Blicke der Männer hatten sie von Zeit zu Zeit immer stärker verfehlt und inzwischen schien sie unsichtbar für die Männerwelt zu sein. Wie hart das Leben manchmal war. Da steckt man in diesem Körper und hat das Gefühl, dass man sich noch genauso jung wie ‚damals' fühlte und dann führten einem die Geschehnisse immer wieder vor Augen, dass die Natur sich da wohl nur eines Tricks bediente. Die Welt drehte sich erbarmungslos weiter. Ein kleines

Leben war ein Witz auf diesem Planeten. Und ein jeder hat nur dieses eine kleine Leben. Es war faszinierend und erschreckend zugleich, wie unwichtig man doch eigentlich war. Ben lächelte seiner Mutter zu. Er hatte, im Zuge seines Streifzuges durch die Geschäfte, endlich ein passendes Oberteil gefunden und strahlte nun übermütig über das ganze Gesicht. Der Tag war gerettet. Ein älterer Herr sprach Ben an und ihr Sohn schien ihm weiterhelfen zu können. Er deutete in die entgegengesetzte Richtung und nun trafen sich ihre Blicke …

Julia stand wie versteinert da und ihre Augen starrten in das Gesicht von Steve. Sie hatte keinen Augenblick gezweifelt, dass er es war. Ihr Atem wurde lauter und schneller. Steve lächelte sanft und die Welt schien stillzustehen. Eine Träne rollte über ihr Gesicht und gleichzeitig begann sie zärtlich zu lächeln. Es war ein zaghaftes Lächeln, als müsste sie ganz vorsichtig sein, damit sie diesen Moment nicht zerbrach. Ben wusste nicht, was hier geschah, war aber intelligent genug, um sich jetzt nicht so wichtig zu nehmen. Jeder konnte spüren, dass hier etwas ganz Besonderes passierte. Jetzt sah er seine Mutter die Augen schließen. Die Tränen liefen hemmungslos während ihre Lippen bebten. Der Mund verzerrte sich unter dem Kampf mit der Fassung. Der ältere Herr ging behutsam auf seine Mutter zu und nahm sie sanft in den Arm. Sie legt ihren Kopf an seine Brust und ließ die Einkaufstüten fallen. Ihr zarter Körper wurde geschüttelt von Weinkrämpfen. Das Bild war kaum auszuhalten für Ben. Obwohl er völlig ahnungslos daneben stand, liefen auch ihm Tränen über das Gesicht. So hatte er seine Mutter noch nie gesehen. Ben nahm vorsichtig die Einkäufe seiner Mutter auf und legte ihr eine Hand auf die Schulter. Dem älteren Mann deutete er mit einem Blick, dass er sich um die Taschen kümmert und die beiden erst mal alleine lässt. Die Männer nickten sich verständnisvoll zu. Nach etwa hundert Metern drehte sich Ben noch einmal um und sah aus der Ferne die beiden noch immer regungslos da stehen, inmitten der vielen Menschen, die unbeirrt ihrer Wege gingen und von dem kleinen Schicksal da nichts mitbekamen.

Julia blickte nach endlosen Minuten aus ungläubigen Augen auf zu Steve und ihre Hand strich sanft über seine weiche Wange. Seine Augen, so tief und voller Liebe, blickten scheinbar bis in ihre Seele. So tief, dass sie sie in ihrem Herzen spüren konnte. Steve nahm seine Julia an die Hand und ging ohne ein Wort einfach los. Sie folgte ihm mit unsicheren, kraftlosen Schritten. Der Kopf war leer und dennoch breitete sich ein Gefühl von Wohlbehagen in ihrem Körper aus. Die Hand fühlte nach seiner und es schien, als hätten sie nie voneinander gelassen. Verstohlen versuchte sie, ein paar Blicke auf den um Jahre gealterten Steve zu richten. Wieder rang sie mit den Tränen. Auch wenn seine Grundzüge noch immer dieselben waren, so zeigten die Zeichen der Zeit mit aller Deutlichkeit, wie viele Jahre inzwischen vergangen waren. Jahre der Suche. Unvollkommen und scheinbar so unbedeutend, wenn jetzt dieser Moment mit aller Gewalt über sie herein brach und ihr verdeutlichte, dass es nur diese eine Liebe war, die ihr Herz jemals erfüllte.

Sie stoppte. Steve blickte sie fragend an. „Bitte drück mich noch einmal ganz fest!", brachte sie hervor. Er nahm sie liebevoll in den Arm und schloss die Augen. Zwischen seinen Armen bebte der sanfte Frauenkörper und wurde durch aufrichtiges und hemmungsloses Schluchzen geschüttelt. Sie ließ ihren Gefühlen freien Lauf und gab sich ihnen völlig hin. Zu viel Zeit war schon vergangen, um jetzt falschem Stolz zu erliegen oder sich etwaigen Ängsten hinzugeben. Hier war ihr

Steve. Hier war ihr Ziel. Sein Geruch war so vertraut, sein warmer Atem auf ihrem Kopf und sein liebevolles Streicheln ihres Rückens ließ sie erschauern. „Ach Julia, ich weiß nicht, wie weit weg du die Jahre gewesen bist aber meine Gedanken haben stets den Weg zu dir gefunden. In jeder Lebenslage war ich dir so nah! Ich bin so froh, dass ich dich noch einmal in meinen Armen halten darf!" Jetzt rollten auch über sein Gesicht Tränen der Rührung.

Ihre Blicke trafen sich und jetzt mussten beide schmunzeln. Was für ein theatralisches Bild wohl beide abgaben. Mit rot unterlaufenen Augen und weinerlichen Gesichtern standen sie sich gegenüber. Die Hände fest um-schlungen – nicht bereit, den anderen noch einmal los zu lassen. „Wohin entführst du mich eigentlich?", wollte sie wissen. „Ich hätte dir jetzt gerne eine ganz besondere Bank gezeigt", entgegnete Steve. „Eine Bank, die ein fester Bestandteil meines Herzens geworden ist, denn dort habe ich die Trennung von dir verarbeitet. Aber ich glaube, das ist jetzt doch ein bisschen weit zu Fuß. Ich wollte einfach los. Irgendwo hin mit dir. Hauptsache ich hab dich bei mir. Und jetzt werde ich doch etwas unsicher. Vielleicht hast du ja etwas ganz anderes vor oder dein Mann wartet auf dich. Eigentlich habe ich ja gar kein Recht, dich hier einfach zu entführen." Ein tiefer Seufzer entglitt ihm. Wieder suchte ihre Hand sein Gesicht. „Ich kann gerade gar nichts sagen!" Mit einem Taschentuch trocknete sie ihre Augenränder. „Ich könnte schreien, lachen, weinen. Mich plagen Gewissensbisse wegen damals und doch will ich den Moment auch nicht mit solchen Themen zerstören. Ich habe so viel falsch gemacht, aber alle Worte ändern nichts. Was bleibt ist dieser Augenblick, das Gefühl in mir, ohne den Gedanken an morgen. Lass uns noch ein kleines Stückchen gehen. Ich möchte das alles ganz tief in mich aufsaugen!"

Nach wenigen Schritten erreichten sie eine Bank. Sie machte ihm deutlich, dass sie sich kurz setzen wollte. Zu schwach waren ihre Beine. Die Knie ganz weich und ohne Kraft. Zu sehr überforderte sie ihre Gefühlswelt. Steve nahm vorsichtig neben ihr Platz und legte seinen Arm behutsam um sie. Sofort bettete sie ihren Kopf auf seiner Schulter. Ihr gepflegt blondiertes Haar wurde vom Wind über sein graues Sakko geweht. Nichts hatte sie von ihrem Glanz eingebüßt. Julia umgab noch immer eine solche immense Aus-strahlung, dass er sich auch heute sofort wieder in sie verliebt hätte. Und so saßen beide gedankenversunken auf einer Parkbank, genossen, einander zu spüren, zu riechen und sich einfach für einen Moment lang bei sich zu wissen.

Als der Schatten der großen Bäume über sie hereinfiel und Julia leicht zu frieren begann, machten sie sich auf den Rückweg. Noch immer kaum in der Lage, ein Wort zu wechseln, liefen sie bedächtigen Schrittes nebeneinander her. Wissend, dass nun gleich wieder ein Moment der Trennung kommen würde, verfinsterten sich die Mienen. Fragen bohrten tiefer und tiefer. Keiner brachte den Mut auf, sie zu stellen, aus Angst, das sanfte Porzellan ihres Wiedersehens damit zu zerbrechen.

„Ich liebe dich!", flüsterte sie kaum wahrnehmbar und entzog sich seiner Hand. „Es tut mir leid!" Julia rannte davon. Tränen nahmen ihr die Sicht. Lange würden sie die Füße nicht tragen und sie betete, dass er ihr nicht folgen würde. Nach scheinbar unzähligen Schritten hielt sie inne und drehte sich flüchtig um. Steve war nicht zu sehen. Erleichtert lehnte sie sich an die Hauswand und starrte in den Himmel. „Lieber Gott! Was stellst du mir jetzt für eine Aufgabe? Warum darf ich nicht abschließen und was soll ich denn jetzt tun? Nochmal mein Leben aufgeben? Menschen verlassen und voller Egoismus nur an mich denken? Ich kann das nicht. Ich will nicht! Hörst du? – Ich will nicht!" Sie spürte, dass sie log und Tränen der Wut und Verzweiflung rannen ungehindert ihre Wangen hinab. Ihr Gesicht war gezeichnet von tiefer Emotion. Die Mundwinkel nach unten gezogen blickten hilflose Augen in den abendlichen Himmel.

Nach einigen Minuten hatte sie sich ein wenig beruhigt und kramte nun nach ihrem Handy. „Ben, kannst du mich abholen …?!"

25 Minuten später saß Julia bei Ben im Auto. Keiner der beiden war in der Lage, etwas zu sagen. Nur die Schwere ihrer Umarmung brachte das zum Ausdruck, was Worte derzeit nicht zu sagen vermochten.

Nach scheinbar endlosen Minuten sagte Julia auf einmal „Danke!". Ben blickte kurz zur Mutter. „Ach, wofür denn!?" Er suchte kurz nach ihrer Hand, um sie zu drücken. „Wenn du mir irgendwann erzählen magst, was es mit dieser Begegnung auf sich hatte, dann bin ich natürlich dankbar darüber."

„Ach weißt du, Ben …", erwiderte sie unvermittelt. „Es ist etwas, wofür ich mich schäme. Ich fühle mich innerlich, als ob ich dich und deinen Vater damit betrüge. Jeder Mensch hat sicher seine Vorgeschichte. Aber ich schleppe sie scheinbar mit durch mein Leben. Bei dem Herrn da vorhin, handelt es sich um meine Jugendliebe." Sie holte tief Luft. „Und das Wörtchen ‚Jugend' nutze ich hierbei wohl nur als Ausrede vor mir selber. Es tut mir leid das sagen zu müssen und dich vielleicht damit zu enttäuschen. Aber das dort war meine große Liebe. Vielleicht ist es sogar die einzige Liebe in meinem Leben. Zumindest was die Liebe zwischen Mann und Frau betrifft. Mit dir hat das nichts zu tun! Du bist das wunderbarste, was mir in meinem Leben passieren konnte und ich bin daher deinem Vater sehr dankbar, dass wir uns begegnet sind. Aber ich habe nie aufgehört diesen Steve, so heißt der Mann von vorhin, zu lieben. Ich habe damals in meiner Jugend viele Fehler gemacht und wusste diese Liebe nicht zu schätzen. Und so strafe ich mich nun schon Jahrzehnte damit, dass ich nicht einfach abschließen und neu beginnen kann. Ich habe es ja versucht Dein Vater ist ein so liebevoller Mensch und ich weiß, was ich an ihm habe.

Doch tut es mir auch weh, dass ich ihm nicht diese Liebe erwidern kann.

Ach Ben …, was wirst du jetzt über deine Mutter denken?" Das nun einsetzende Schweigen war fast unerträglich. Erst als sie an ihrem Haus angekommen waren und Ben mit einer etwas zu harten Bremsung den Wagen zum Stehen gebracht hatte, war es ihm möglich, seine Mutter kurz anzusehen und etwas dazu zu sagen. „Es ist schon komisch. Und Papa tut mir leid. Und du tust mir auch leid – aber auf eine andere Art!" Damit stieg er aus und ließ seine Mutter alleine im Auto sitzen.

Kapitel 46
Der neue alte Stammgast

Steve zerriss es fast das Herz, als Julia sich ihm entzog. Er blickte ihr regungslos hinterher, nicht in der Lage nach ihr zu rufen oder ihr gar nachzulaufen. „Bitte nicht!", sagte er fast unhörbar zu sich. Da rannte seine große Liebe. Sie eilte diesem Wahnsinn davon. Alles würde er darum geben, ihr den Rest des Lebens all seine Liebe zu schenken. Aber er war auch zu intelligent um auch nicht gleichzeitig den Respekt vor ihrem neuen Leben zu spüren. Er hatte kein Recht, in ihr Leben zu treten und das alles zu zerstören.

Langsam ging er die restlichen Meter zurück zu dem Ort ihres Wiedersehens. Liebevoll nahm er die Umgebung wahr. Ein lauer Frühlingswind rundete diesen schönen Tag ab. Er umspielte Kleidung, Haut und Haare und gab dem Geschehen einen passenden Rahmen. Alles erschien hier so friedlich.

Steve setzte sich in ein Straßencafé und wählte gezielt einen freien Platz, von dem aus er diesen denkwürdigen Ort des Wiedersehens beobachten konnte. Wie die Lieblingsszene eines Videostreifens wollte er gedanklich immer wieder auf Anfang stellen, um somit wieder und wieder die Szenen ihres Wiedersehens vor seinem geistigen Auge abspielen zu lassen. Er musste sich zwingen, die Tränen zurückzuhalten und so schluckte er mit jedem Schluck Kaffee den Kloß im Hals wieder ein Stückchen runter.

Eine Zigarette wäre jetzt nicht schlecht. Steve winkte den Kellner her und bestellte sich eine Schachtel. Nach wenigen Augenblicken kam die ersehnte Bestellung und wohlwollend nahm er zur Kenntnis, dass die Packung bereits professionell geöffnet war und er sich anhand der beigelegten Streichhölzer ohne Umstände eine Kippe anzünden konnte. Beim Einatmen des ersten Zuges ließ Steve sich in den Stuhl fallen und schloss die Augen. Der Geschmack verstärkte die Wirkung des Moments. Sofort waren da die Begegnungen mit Bernd gegenwärtig, der Abend mit Lars und die einprägsamen Emotionen dieser Zeit. Schon lange waren die Bilder nicht mehr so deutlich gewesen. Es war fast unheimlich, wie schnell die Zeit vergangen war. Noch immer fühlte sich nichts anders an als mit 20. Sicher hatte sich sein Aussehen verändert, aber das eigene Innere war gleich geblieben. Nur die Zeit war weg. Dieses kostbare Gut. Die Wertigkeit steigerte sich mit zunehmender

Erfahrung. Viel zu oft schwelgte man in zunehmendem Alter in Erinnerungen und versuchte geschickt, das Bewusstsein des eigentlichen Werdegangs durch den Glanz längst vergangener Zeiten zu überspielen. War es nicht so, dass tatsächlich nur der Augenblick und das momentane Empfinden wesentlich waren? Nein. Steve wollte auf keine seiner Erfahrungen verzichten. Sie hatten ihn geistig weiterentwickelt und zu dem geformt, der er jetzt war. Schade nur, dass man nicht schon mit dieser Weisheit durch die jungen Jahre seines Lebens schreiten konnte. Viel Zeit war mit unsinnigen Dingen scheinbar verschwendet worden. Auf der Suche nach sich selbst. Beim Versuch sich und seine Umwelt verstehen zu lernen, Wichtiges von Unwesentlichem zu unterscheiden.

Er drückte die Zigarette aus. Längst hatte er vergessen, daran zu ziehen. Der Geschmack widerte ihn an. Jetzt waren die Gedanken wieder so störend real. Sarah fiel ihm ein. Sicher hatte sie schon unzählige Male versucht, ihn auf dem Handy zu erreichen. Schon lange wäre er heute bereits zuhause gewesen. Alles wäre so schön normal verlaufen. Doch sie hatte ihn eingeholt – die längst vergangene Zeit.

„Zimmer 913, bitte sehr der Herr!" Steve nahm den Hotelschlüssel entgegen und ging ohne ein Wort zum Aufzug. Was er hier tat, wusste er selber nicht. Es war ein Treiben auf dem Fluss der Gefühle. Kein rationales Handeln, kein Vorsatz. Er kannte nur ein Ziel. Das Straßencafé und das Warten auf Julia. Er schaffte es nicht, diesen Ort hier zu verlassen, ohne alles versucht zu haben, seine große Liebe noch einmal in den Arm zu nehmen. Und sei es, um noch einmal Lebewohl zu sagen. Das Hotelzimmer war akkurat hergerichtet. Fast schon steril deutete hier nichts auf eine Geschichte hin. Jeder Aufenthalt hier war so vergänglich wie der einzelne Tag des Lebens. Ein neuer Bettbezug, einmal durchgesaugt und schon erinnerte nichts mehr an das Geschehen des Vortages. Der einzige Speicherort ist das Gedächtnis und es ist wohl, neben der Gesundheit, das teuerste Gut des Menschen. Das Erlebte im Herzen zu bewahren, jede Begebenheit als Erfahrung und Bereicherung zu sehen und die Kunst zu erlernen, voller Bedacht und Dankbarkeit zurückzublicken. Das schien für Steve mittlerweile, nach all seinen Erfahrungen im Leben, das Erstrebenswerteste zu sein. Das Ziel vor

Augen, wohlwollend auf sein Leben zurückschauen zu können, Fehler als wichtige Lektion zu erkennen, Schönheit und Luxus als teure Gabe schätzen zu wissen und nicht der Versuchung zu erliegen, verpassten Chancen nachzutrauern. Aber genau hier lag das Problem. Wie sollte er jemals zufrieden in seinem Schaukelstuhl sitzen und mit einem sanften inneren Lächeln sagen, dass er alles versucht hat, um die Liebe seines Lebens zurückzugewinnen? Wie viel Zeit hatte er eigentlich noch dafür?

Steve hatte die Vorhänge ein Stück zur Seite geschoben und drückte seine Stirn an das kalte, glatte Glas der Fensterscheibe. Unruhe machte sich in ihm breit. Denn von hier aus konnte er das kleine Lokal nicht sehen. Was, wenn sie zurückkam und er war nicht da? Wenn sie auch nur annähernd die Liebe empfand, wie er sie für Julia in sich trug, dann würde sie zurückkommen, würde sie ihn genau hier suchen. Und das sollte nun sein Kampf werden. Sein Gefühl stärken, es zumindest versucht zu haben, mit aller Kraft. In Gedanken versunken tastete er nach seinem Handy. Er wollte nun endlich Sarah informieren und ihr Gewissheit schenken, dass alles in Ordnung ist. „Hallo Schatz", ihre

Stimme klang traurig. Aber sie überfiel ihn nicht mit Vorwürfen oder klischeehaftem Verhalten. Sie war so wohltuend emphatisch und wusste genau, wann sie sich mit ihren Gefühlen zurückhalten musste. „Hallo mein Schatz", erwiderte er. „Es ist doch etwas später geworden und ich werde gleich hier im Hotel übernachten. Wäre Quatsch, jetzt erst noch nach Hause zu fahren. Ich hoffe, ich kann morgen noch die restlichen Dinge klären und dann machen wir uns einen schönen Abend, ja?" Er hatte damit alles offen gelassen und viele Fragen in den Raum gestellt. Aber Sarah fragte nicht. Sicher hatte sie Tränen in den Augen. Sie hatte zuletzt solche Angst, ihn zu verlieren. Obwohl er so ein lieber Mann war und sie stets mit Bedacht liebevoll behandelte, so wusste sie genau, dass sie niemals sein Herz komplett einnehmen würde. Dort war stets ein Teil besetzt. Für immer.

„Ist gut. Da weiß ich Bescheid. Pass auf dich auf. Ich drück dich ganz sehr lieb!", gab sie ihm zu verstehen. „Ich hab dich auch lieb!", entgegnete er. „Bis morgen." Schon war das Gespräch beendet und Steve sank auf das Hotelbett. Er fühlte sich elend und kraftlos. Aber es gab kein Zurück. So sehr, wie sein Handeln wohl Sarah verletzte, so sehr musste er das jetzt für sich tun. Um endlich Klarheit zu bekommen. Abschließen mit einer längst vergangenen Zeit oder die Gelegenheit am Schopfe packen und gemeinsam Durchbrennen. Nur nicht weiter in diesem Schwebezustand leben.

Die Nacht verlief unruhig. Dauernd wachte Steve auf und schaute auf die Uhr. So aufgewühlt hatte er sich schon lange nicht mehr erlebt. Ein inneres Feuer war entfacht. Es loderte und brachte sein ganzes inneres Gleichgewicht durcheinander. Ein 100-Tassen-Kaffee-Gefühl raubte ihm jede Möglichkeit strukturierten Denkens. Völlig matt und mit einem Gefühl, keine einzige Minute in dieser Nacht geschlafen zu haben, stand Steve auf. Das Wasser der Dusche ließ die Flammen seines Inneren für kurze Zeit zur Ruhe kommen, doch er wusste – ein einziger Gedanke würde dieses erbarmungslose Feuer wieder entfachen.

Nachdem er sich angezogen hatte, eilte er die Treppen des Hotels hinunter. Friedliche Ruhe empfing ihn. Eine nette Dame am Empfang wünschte ihm freundlich einen guten Morgen und Steve nickte ihr hastig zu. Er war getrieben. Gefesselt von dem Gedanken, dass seine Julia irgendwo da draußen war. Er

konnte nicht untätig sein, während sie vielleicht längst zurückgekehrt war und nach ihm
suchte.

Endlich hatte er das Café im Blick. Dieser
Anblick bescherte ihm erstmals wieder ein
bisschen Ruhe. Schüchtern nahm er einen der
noch an den Tischen lehnenden Stühle und
stellte ihn auf. Einfach hinsetzen und warten.
Das war es, was Steve jetzt wollte. Eine junge
Dame kam zu ihm heran. Mit etwas
ungläubiger Miene musterte sie ihn. „Junger
Mann, wir haben doch noch gar nicht auf!"
Steve spürte seine Unsicherheit und
entgegnete kleinlaut. „Das macht nix. Ich
möchte einfach nur hier sitzen. Ich warte auf
meine Frau. Ich störe doch niemanden,
oder?" Kopfschüttelnd verschwand die Frau
wortlos im Café. Ihr emsiges Treiben verriet
ihm, dass es sich wohl um eine
Reinigungskraft handelte. Sie war
wahrscheinlich selbst ein wenig unsicher und
daher mit der Situation überfordert. Sie ließ
ihn gewähren. Letztlich hatte Steve auch
Recht. Wem tat es weh, dass er jetzt hier saß?
Obwohl es noch viel zu früh am Tag war,
zündete er sich eine Zigarette an. Was tat er
hier nur? Wie lächerlich sein Verhalten war.
Wie egoistisch und feige. Konnte er nicht
einfach dazu stehen, dass Julia seine große

Liebe, die Zeit aber nun einmal vorüber war. Warum alles zerstören? Die Erinnerung, das Jetzt und vielleicht sogar das Morgen? War es nicht auch schön, diese Zeit im Herzen zu haben? Einander zu wissen und das tolle, fast schon erhebende Gefühl, dass einem die Erinnerung nie genommen werden kann? Steve drückte seine Zigarette angewidert aus. „Kaffee?" Die Putzfrau stand jetzt vor ihm und hielt eine Tasse Kaffee in der Hand. Steve schmunzelte und nickte ihr freundlich zu. „Ja, sehr gern! Das ist sehr freundlich von ihnen, junge Dame!" Ungeschickt stellte sie ihm die Tasse auf den Tisch. Der Tassenrand verriet ihm, dass schon ein beträchtlicher Teil des Inhaltes über den Rand geschwappt war, aber allein die Geste zählte. Steve schaute der Frau nach. Ein stolzer Gang, ein gepflegtes Erscheinungsbild, es passte gar nicht so recht in das Bild, was er von einer Reinigungsfachkraft hatte. Sie nahm wieder ihre Arbeit auf. Wenn er sich nicht täuschte, drangen kleine Gesangsbrocken zu ihm heraus. Es war irgendwie idyllisch. Steve spürte Frohsinn in sich aufsteigen. Gut gelaunt schaute er dem Morgen entgegen.

Kapitel 47
Ich seh´ etwas, was Du nicht siehst ...

„Das macht dann 1.246 €, der Herr." Steve
hatte nach zehn Tagen Aufenthalt aufgegeben.
Sarah hatte er von einer Seminarreihe erzählt
und die Chance seines Lebens, hier bei einer
Koryphäe ungeheuerlich wertvolles Wissen
erlernen zu können. Sarah hatte hemmungslos
geweint. Ihr Schluchzen hörte er überall.
Wann immer er einen Kaffee umrührte,
während er sich eine Zigarette anzündete oder
sich am Abend die Zähne putzte. Sarah war
der Grund, warum er seine Mission hier
abbrach. Wie ein angeschossener Löwe
bewegte er sich durch die Menschenmassen.
Scheu, vorsichtig und missmutig wandelte er
in Richtung Zuhause. Zum ersten Mal wog
das Gefühl zu Sarah genauso schwer wie die
Liebe zu Julia. Das brachte ihn jetzt noch
mehr aus der Fassung und jetzt spürte er
erstmals Angst, Sarah könnte nicht mehr da
sein, wenn er zuhause ankam. Was hatte denn
Julia, was Sarah nicht hatte? Julia hatte ihn
betrogen. Etwas, was Sarah absolut fern war.
Julia war nur noch Erinnerung. Sicherlich ein
wesentliches Kapitel in seinem Leben aber
schlussendlich doch ein Jugendtraum ohne

wirkliche Substanz, ohne den so wichtigen Alltag in einem gemeinsamen Zuhause, ohne Kinder, ohne Reisen, ohne all die Dinge, die letztlich doch eine Beziehung ausmachten. Wenn es damals so toll gewesen wäre, dann hätten sie doch nicht schon in jungen Jahren einfach nur nebeneinanderher gelebt. Sie hätten die Welt erobert, Hand in Hand jede erdenkliche Hürde gemeistert. Was war es denn letztlich? Es war schon verrückt. Sein Denkmal ‚Julia' drohte erstmals einzustürzen. Der Gedanke an das scheinbare Ideal hatte ihn jahrelang verfolgt, getrieben, hatte ihm aber auch Trost und Zuversicht gespendet, gedankliche Zuflucht und den Antrieb weiterzusuchen nach Glück und Zufriedenheit. Doch hatte er dabei auch sehr oft vergessen, einfach zu leben. Innezuhalten und den Moment einzufangen. Das Glück zu spüren, was ihn umgab. Seine Liebe hieß Sarah und sie hatte das alles so akzeptiert. Sie verkörperte den Begriff Liebe, zeigte, was es heißt zu lieben. Und bei all seinen Handlungen und Betrachtungen, hatte immer nur er die tragende Rolle gespielt. Aufs eigene ich fokussiert blieb der Blick für sein Umfeld verklärt. Es war an der Zeit, sich einfach nicht mehr so wichtig zu nehmen. Dinge geschehen zu lassen und bedingungslos zu lieben.

Auf einmal konnte Steve klarsehen. Es war, als hätte ihm jemand eine Brille aufgesetzt und er konnte sich selbst erkennen. Er war ein kleines Würstchen in der großen, weiten Welt. Und bisher war er der Mittelpunkt der Erde gewesen. Was für ein Idiot! Steves Schritte wurden schneller. Wieder und wieder wählte er Sarahs Nummer. Endlich wurde das Rufzeichen von Schweigen am anderen Ende der Leitung unterbrochen. „Sarah?" Steves Stimme klang zwei Stimmlagen zu hoch. Seine Augen waren weit offen und fast vergaß er zu atmen. „Sarah, mein Schatz! Bitte warte auf mich! Ich bin ganz schnell bei dir! Ich habe so vieles begriffen in den letzten Tagen. Es war wichtig für mich und auch für uns. Ich liebe dich von ganzem Herzen! Und das Kapitel Julia ist für mich von nun an geschlossen. Hörst du?! Ich liebe dich und will nur dich. Ich möchte mit dir alt werden und dir endlich das geben, was du verdienst! Bitte verzeih mir!"

Steve war fast schon panisch. Er lauschte und hörte nur das Geräusch des Atems am anderen Ende der Leitung. „Sarah. Leg bitte nicht auf. Du musst auch einfach nichts sagen! Es reicht mir, wenn du mir einfach nur zuhörst. Ich steige jetzt gleich in die S-Bahn und bin ganz schnell Zuhause. Und dann lass uns reden bis tief in die Nacht. Lass uns gemeinsam eine Reise buchen und dann fahren wir einfach mal weg, ok?! Sarah? Sag doch einfach ein kleines Wort! Oder sag mir, dass ich ein Idiot war! Nenne mir ein paar Strafaufgaben! Zum Beispiel, dass ich dir die nächsten zwei Wochen jeden Abend den Rücken massieren soll." Steve versuchte in seiner Verzweiflung ein bisschen komisch zu sein. Er wollte einfach nur irgendeine Reaktion. Doch da war nix. Nur ein leises Atmen.

Ein bekannter Ton verriet Steve, dass das Akku nicht mehr lange durchhalten würde. „Sarah, wenn jetzt gleich die Verbindung weg ist, wundere dich nicht, mein Akku ist leer. Ich denke, ich bin etwa in einer Stunde da. Ich bringe uns zwei Stück Apfelkuchen mit, ok? Ich freu mich auf dich!" Steve war den Tränen nah. Er wollte jetzt einfach bei ihr sein. Über ihr Gesicht streicheln und sie einfach nur in den Armen halten. Was hatte sie nur immer ganz still ertragen. Sie war so eine starke Frau. Und er? Ein jämmerlicher Egomane, der vor lauter Selbstmitleid vergaß, sein Umfeld wahrzunehmen, zu schätzen und zu ehren. „Ich liebe dich!", sagte er noch einmal. Ein Hauch von Nichts erwiderte plötzlich „ … liebe dich, mein Steve!" Und wieder dieses schreckliche Atmen. Es war nun fast schon unheimlich. Jetzt schwiegen sich beide an. Die S-Bahn fuhr heute besonders langsam. Steve klopfte unaufhörlich ganz leise mit seiner Stirn immer und immer wieder gegen die Fensterscheibe. Sein Blick streifte die Wiesen und die Bäume rauschten am Fenster vorbei. Beim Eintauchen in kleinere Tunnel wurde die Weitsicht für kurze Zeit unterbrochen um den Blick kurze Zeit später wieder freizugeben. Steve lauschte. Da war nix. Sein rascher Blick aufs Handy zeigte ein dunkles Display. Er stützte den Kopf in seine Hände und rieb verzweifelt sein Gesicht. Er konnte nicht anders und begann zu weinen. Tränen kämpften sich durch die Finger seiner Hand und liefen die Unterarme hinab. Jetzt war alles egal. Sollten die scheiß Leute doch denken was sie wollten. Steve gab sich seinen Tränen hin. Gänsehaut überzog seinen Körper und er biss sich auf die bebende Unterlippe. Wo hatte ihn seine ewige Sucherei hingeführt? Dass er als alter Mann traurig zusammengekauert in einer S-Bahn saß und heulte wie ein Schlosshund? Hatte er tatsächlich ein Leben lang nur mit Suchen verbracht? Es war deutlich, dass in seinem Kopf nur noch Sarah da war. Sie hatte unbemerkt den Platz eingenommen, der ihr schon längst zustand. Vielleicht war es also gut, dass er Julia noch einmal gesehen hatte. So konnte er unbewusst Abschied nehmen und war frei für sein Leben mit Sarah! Dieser Gedanke brachte ihm allmählich die Fassung wieder. Verstohlen ging sein Blick erstmals durchs Abteil. Keiner schien ihn zu bemerken. Aber sicher wandten sie sich nur verstohlen ab. Wie egal das eigentlich war. Niemanden würde er wohl je wiedersehen und er würde wohl weder reich noch arm dabei, wenn die Menschen ihn hier liebten oder hassten.

Nun war es nicht mehr weit und Steve konnte endlich aussteigen, um seinem Zuhause entgegen zu eilen. Der Gedanke an das gemeinsame Haus ließ ihn gleich wieder melancholisch werden. Als er endlich im Taxi saß, war er beruhigt. Jetzt war er gleich da und konnte alles anders machen. Bewusster leben und genießen. Und er wird von nun an seine Sarah auf Händen tragen und für sie ein gedankliches Denkmal errichten. Er rundete den Zahlbetrag fürstlich auf und ging auf sein Haus zu. Sein Herz raste und er musste mehrmals tief durchatmen. Sarahs kleiner, roter Flitzer stand unter dem Carport und das brachte ihm den Mut zurück. Er schloss die Haustür auf und betrat den Flur. „Ich bin wieder da!", rief er ins Haus hinein. Er streifte die Schuhe ab und ging weiter den Flur entlang Richtung Wohnzimmer. Alles war so liebevoll aufgeräumt. Es war eigentlich immer so. Er liebte diese Ordnung und Sauberkeit und er wusste, dass er ihr das zu verdanken hatte. „Sarah!?" Sie war nicht da. Enttäuscht trottete er in die Küche, um endlich sein Handy ans Ladekabel anzuschließen. Steve durchfuhr ein unsagbarer Schauer. Sarahs Schuhe standen in der Veranda und die Hausschuhe nicht. Er war also beim Betreten des Hauses ganz sicher gewesen, dass sie da sein musste. Mit einem Gefühl der Übelkeit raste er die Treppen hinauf Richtung Schlafzimmer. So behutsam es ihm die Situation erlaubte öffnete er leise die Schlafzimmertür. Sein Blick fiel aufs Bett und tatsächlich war sie da. Sie schlief friedlich. Sicherlich hatte sie die vergangenen Nächte kaum ein Auge zugemacht. Noch immer war ihm ganz unwohl zumute, denn er hatte im ersten Moment tatsächlich daran gedacht, sie könnte sich etwas angetan haben. Langsam setzte er sich aufs Bett und strich ihr sanft über den Kopf. Tränen standen ihm dabei in den Augen. Die warme Haut war ihm so vertraut. Sein Blick fiel auf die Schlaftabletten auf dem Fußboden. Eine weitere Packung lag auf dem Nachttischschränkchen. Jetzt wurde er panisch. Er zog die Bettdecke zurück und sah ein leeres Weinglas in Sarahs Hand. „Bitte nicht!" Er rüttelte an ihren Schultern. Erst zaghaft, dann immer fordernder. „Sarah! He – sag was!!!" Ein leises Geräusch verließ ihre Lippen. Er war sich nicht sicher, ob er sich das nur eingebildet hatte. „Sarah, bitte sag was!", schrie er. Sofort rannte er wieder runter in die Küche zu seinem Handy. Mit zitternden Händen schaltete er es ein und brauchte mehrere Anläufe, um seine PIN richtig einzutippen. Er wählte den Notruf und rief einen Krankenwagen. Während er der Frau am anderen Ende der Leitung hastig die letzten Informationen zukommen ließ, eilte er die Treppen hinauf zurück zu Sarah. Wie friedlich sie dalag. Diese sanfte liebenswerte Frau hatte still gelitten und wollte nun genauso still von dieser Welt verschwinden. Zu groß waren wohl die Verletzungen, die er ihr über Jahre unbewusst zugefügt hatte. Er legte sich neben sie und nahm sie liebevoll in den Arm. „Bitte bleibe bei mir! Ich liebe dich doch so sehr. Hörst du!?" Seine Wange an ihrer weinte er so sehr, dass es ihm fast den Atem nahm. Er wollte sie nicht verlieren. Schuldgefühl und Selbstmitleid brachten ihm die bittersten Weinkrämpfe seines Lebens! Schon vernahm er draußen das starke

Bremsen eines Autos. Sicherlich war der Krankenwagen angekommen. Steve rannte zur Haustür. Er riss sie fast aus den Angeln. „Oben im Schlafzimmer", rief er den zwei Männern zu und sackte dann im Flur zusammen.

Kapitel 48
Wie viel Zeit bleibt uns?

Sarah verstarb noch in der gleichen Nacht. Zu lange hatte sie alleine gelegen und die Hilfe war zu spät gekommen.

Steve redete seit Wochen kein Wort. Er hatte sämtliche Formalien wie in Trance erledigt, hatte sich von Lara beschimpfen lassen, die ihn fortan nie mehr wiedersehen wollte. Sein Lebensmut war gebrochen. Zu einschneidend waren die Erlebnisse der letzten Tage. Erst das Wiedersehen mit Julia und dann der so plötzliche Verlust seiner Sarah. Sein Leben war fast unbemerkt an ihm vorübergezogen und nun hatte er scheinbar alles verloren. Während Steve seinen Tee in der Küche trank, spielten sich die Bilder immer und immer wieder vor seinen Augen ab. Sarah sprach zu ihm, er sah ihr liebevolles Gesicht, erkannte in jeder ihrer Handlungen die stets selbstlose Art. Und dann sah er sie wieder reglos im Bett liegen, friedlich und sanft.

Nie verließen irgendwelche Vorwürfe Sarahs Lippen. Vielleicht hätte sie ihm einfach mal die Stirn bieten sollen. Sie hatte stets alles ertragen, ihm selbstlos Dinge zugestanden, die er im Gegensatz wohl nie so zugelassen hätte.

Sie hatte wirklich geliebt. Gegeben ohne aufzuwiegen. Sie war einfach mit sich und ihrem Leben im Reinen gewesen. Es war wohl die größte Aufgabe in seinem Leben, das zu erkennen und er war zu blöd gewesen, dass zu kapieren. Jeden Morgen, den man gemeinsam neben diesem wunderbaren Menschen beginnt, zuerst einmal als Geschenk zu betrachten.

Wie klein waren denn eigentlich all diese vermeintlichen Sorgen gewesen, wenn man jetzt nochmal über sie nachdachte? War es zuletzt die Sorge um Lara, weil sie sich diesem älteren Mann an den Hals geworfen hatte und Steve das einfach nicht ertragen konnte. Oder war es auch nur der nicht ausgeräumte Geschirrspüler, der oftmals Anlass zum Stirnrunzeln gab. Was waren das für Sorgen? Sollte man nicht jeden Morgen die Bettdecke wegschleudern, nachsehen, ob noch alles dran ist und dann in den Himmel schauen und ‚DANKE' sagen? Einfach das Leben und die Gesundheit als teuerstes Gut anerkennen. Und wenn sich dazu ein lieber Mensch entschließt, dieses eine Leben mit einem zu teilen, dann ist das verdammt nochmal ein Geschenk. Er kommt freiwillig jeden Tag zurück. Nicht, weil ihn jemand zwingt oder ein Trauring vielleicht dazu verpflichtet.

Steve hatte das alles als normal angesehen. War er deshalb ein schlechter Mensch? Er hatte alles besessen, was es zum Glücklichsein bedurfte. Und auf einmal war da Stille. Was konnte ihm denn jetzt seine Julia schenken. Wie scharf war die Klinge der Einsicht, dass seine Jugendliebe aus einer längst vergangenen Zeit stammte. Sie war eine schöne Erinnerung, ein Buch, welches man von Zeit zu Zeit aus seinem Regal nahm um mit einem zufriedenen Lächeln an eine schöne Zeit zu denken. Steve presste die Lippen aufeinander. Er spürte die trockene Oberfläche und schloss die Augen. Sarah war in diesem Moment wieder ganz nah. Er spürte noch einmal die Wärme unter Sarahs Bettdecke, als er sich neben sie legte. Diese Vertrautheit. Dort lag sein ganzes Glück. Ein Geschenk, das ihm das Schicksal überreicht hatte. Und dann sah er die Tabletten … Er hatte im Laufe der Zeit die Wertigkeit aus den Augen verloren und war erfüllt von Selbstzufriedenheit zu einem Idioten mutiert.

Wie oft gockelte er durch die Stadt, um sich in fremden Blicken zu sonnen. Er war teilweise beseelt vom Gedanken, mal wieder eine fremde Brust berühren zu dürfen, den Duft einer Eroberung zufrieden einzuatmen und in fremde Tiefen einzudringen. Aber warum? War er wirklich so ein Primat? Ein Samenspender, der sich mit lauten Brunftschreien durch die Straßen Berlins bewegte? Und wer wollte denn sein altes Zeug überhaupt noch haben? Genau genommen war seine Mission auf dieser Welt längst vorbei. Er hatte es nicht einmal dazu gebracht, ein eigenes Kind in die Welt zu setzen. Er war umher geirrt in dem Glauben die Zeit ist endlos und die Frauen warten gierig und vor Liebeslust volltrunken in verborgenen Winkeln dieses Planeten nur darauf, endlich vor seinem sagenhaften Phallus niederzuknien und nie dagewesene Wogen der Lust zu verspüren. Eine Witzfigur war er. Und dennoch hatte ihn eine kleine Familie bedingungslos in ihr Herz geschlossen. Hatte seine Fehler verziehen, ihn geliebt als wäre er tatsächlich der einzig wahre Mann auf dieser Welt. Der beste Papi, der größte und stärkste Liebhaber.

Inzwischen schmeckte seine Lippe salzig. Tränen rannen aus einer unerschöpflichen Quelle. Steve hatte alle Kraft verloren. Er war zum ersten Mal in seinem Leben wirklich einsam.

Kapitel 49
Der Blick der Generationen

Julia saß mit Ben in der Küche. Sie betrachtete das alte Foto von Oma Edith und sah dabei wie in einen Spiegel. Viel älter war die Oma damals nicht und Julia hatte inzwischen den Platz der Oma eingenommen. Sie war bereit für Enkelkinder, auch wenn Ben in ihren Augen ja selbst fast noch ein Kind war. Sie schmunzelte und sah sich ihr großes Kind mit stolzem Blick an. Ben schaute fragend. „Was denkst du?" Julia breitete die Arme aus und sagte: „Komm mal her, mein Kleiner!" Und so drückte sie ihn so fest sie konnte. Dieses Gefühl tiefster Zuneigung machte diese zwei Menschen für kurze Augenblicke zu einem einzigen Gebilde aufrichtigster Liebe.

„Magst du mir mehr von deiner Jugendliebe erzählen?", fragte Ben. „Da war eine Energie zwischen euch. Ich kann mich nicht erinnern, so etwas schon einmal in Natura erlebt zu haben. Ich dachte, so etwas gibt es nur in Kinofilmen!"

Julia schluckte. Sie hatte die ganze Zeit davor Angst gehabt, was Ben nun insgeheim über sie dachte. Die Zufriedenheit, dass er sich für ihre Geschichte interessierte und sie nicht einfach verurteilte, ließ sie dankbar lächeln, während sie gleichzeitig etwas beschämt zu Boden blickte. Sie wackelte nervös mit den Zehenspitzen. Als sie endlich den Kopf aufrichtete, war ihr Blick ganz fest. Ein letzter tiefer Luftzug und dann begann sie zu reden. Die Reise zurück in eine längst vergangene Zeit bereitete ihr sichtlich Mühe. Immer wieder stockte sie, überwand sich dann aber doch, einfach weiter zu berichten und Ben von ihrer Jugendliebe zu erzählen.

Nachdem sie die Zeit mit Steve mit groben Linien umrissen hatte, fügte sie hinzu: „Weißt du Ben. Wenn ich dich und Katja so sehe, dann sehe ich Steve und mich. Dann sehe ich euer Glück und sehe gleichwohl die Vergänglichkeit. Wie oft bin ich versucht, euch ein paar kluge Ratschläge zu geben. Aber dann weiß ich auch, wie sinnlos das ist und dass ich meine Erfahrungen nicht auf euch projizieren darf. Ich wünsche mir für euch, dass eure Herzen rein bleiben, dass ihr euch die Ehrlichkeit bewahrt, ihr mit Stolz die Hand des anderen nehmt und gemeinsam der Zukunft begegnet. Es wird nicht immer alles toll sein. Doch vergesst eine Illusion. Nämlich, dass das Glück woanders zu finden ist. Wenn es einen Ort gibt, wo sich die Suche lohnt, dann nur in dir. Deine Katja hat dir das

Leben in die Hände gespült. Schau sie dir an und dann nimm das Geschenk an oder lass es. Aber wenn du es annimmst, dann voll und ganz. Sieh sie dir an und mache Merkmale aus, die du auch noch in 40 Jahren lieben wirst. Vielleicht das Lächeln, die Art dich anzuschauen. Merkmale, die dir auch das Alter nicht nimmt. Wenn ihr im Laufe der Zeit etwas an Aussehen und Vitalität einbüßt, dann erinnere dich an das Lächeln. Denn auch eine 80-jährige Frau kann dir einen mit Liebe getränkten Blick schenken, ein aufrichtiges Lächeln. Dann nehme sie mit Stolz an die Hand und blicke zurück auf euer gemeinsames Leben. Liebe einfach keine Illusion, sondern liebe dein Leben!"

Ben rieb sich übers Kinn. Julia spürte seine Verlegenheit. „Ach, Ben. Du machst das schon. Ich bin mir sicher, dass alles so kommt, wie es kommen soll. Du bist ein so guter Junge. Ich weiß nicht genau, an welcher Stelle ich Fehler begangen habe. Fakt ist, wenn es nicht diese Fehler gewesen wären, dann andere. Nur eine Sache hätte ich gern eher gelernt. Das Leben so dankbar anzusehen, wie es wohl die Menschen erst in fortgeschrittenem Alter tun. Dann beginnt man auf einmal zu zählen, wie oft man wohl noch den Frühling miterleben darf oder ist sich bewusst, wie klein Probleme waren, die zur damaligen Zeit fast unüberwindbar schienen. Ich wäre wohl mit dem Geist von heute damals bei Steve geblieben. Aber dann hätte es dich nicht gegeben. Meinen wunderbaren Sohn. Und so war auch diese Wegegabelung letztlich richtig und wichtig. Ach Mensch – ich weiß es nicht. Am liebsten würde ich dir jetzt ein Allheilmittel verraten, ein Rezept zum Glücklichsein. Aber das gelingt mir nicht. Schärfe vielleicht einfach den Blick für den Reichtum der dich umgibt. Und reich bist du dann, wenn du zufrieden bist mit dem was du hast. Wenn du Zeit hast, die Natur zu erkennen, wenn du Ruhe findest um deinen eigenen Atem zu hören, wenn du lächelst, einfach nur, weil gerade ein Vogel auf der Balkonbrüstung sitzt."

Ben streichelt über das Knie der Mutter. Es war toll, ein so ernsthaftes Gespräch mit ihr zu führen. Und er sehnte sich in diesem Moment nach seiner Katja, wollte sie einfach nur sehen, ihr in die Augen blicken und sie fest in die Arme schließen.

Kapitel 50
Ein Wimpernschlag der Zeit

Julia stand am Grab von Steve. Sie war so froh, dass sie sich nach unzähligen Jahren wieder getroffen hatten. Leider hatte sie sich nicht von ihrer Jugendliebe verabschieden können. Steve war von dieser Welt gegangen. In Einsamkeit. Die letzten Jahre seines Daseins hatte er in einem Seniorenheim verbracht. Als sie von seinem Ableben erfuhr, spürte sie einen Schmerz in ihrem Herzen. Dort, wo seit Jahren eine Wunde klaffte, die alle Zeit nicht heilen konnte. Sie brach von Zeit zu Zeit auf und führte sie zurück in eine längst vergangene Epoche. Doch für Wehmut war jetzt der falsche Moment. Längst hätte man an dem Zustand etwas ändern können, solange die Kraft dafür da war und solange beide noch am Leben waren. Nun hatte jeder sein Leben gelebt und insgeheim wohl auf seine Art nach der alten großen Liebe Ausschau gehalten. Dass Steve ihre große Liebe war, das hatte sie erst bemerkt, als sie sich alt und faltig wieder gegenüber standen. Keiner hatte den anderen je vergessen und auch wenn jeder wieder einen neuen Partner fand, so waren das aus ihrer Sicht wohl eher vernunftbasierte Gemeinschaften, als dass die Gefühle jemals wieder das gleiche Level erreichten. Es war schon traurig, wie kurz so ein Leben war. Und mit dem Wissen von heute würde man niemals seine Liebe so achtlos wegwerfen. Die Zeit zurückdrehen – das wäre toll. Ihre Hand fühlte den Ring an ihrem Finger. Sie streichelte den alten Verlobungsring und ihre Augen schauten zärtlich auf die Erde vor ihren Füßen.

Vor zwei Jahren hatte sie schon Jörg zu Grabe getragen. Die drei Männer, die ihr Leben prägten, lagen allesamt unter der Erde. Ihr war es vergönnt, noch ein paar Augenblicke auf der Erde zu verweilen, sich zu verabschieden und die Bilder des Lebens einzufangen, ohne zu wissen, ob der Speicher nicht durch das bevorstehende Ableben unwiderruflich ge-löscht wird. Egal – denn das Gefühl im Jetzt war wunderbar und jedes wackelnde Blatt am Baum ein kleines Instrument im Orchester des Lebens. Und so lange sie konnte, wollte sie dem Zusammenspiel lauschen. Wenn tatsächlich alles vergänglich war, dann musste man jede Melodie einfangen, als ob sie einzigartig wäre.

„Du, Oma! Bist du traurig?", hörte Julia eine Stimme sagen. Neben ihr stand ein kleines

Mädchen und schaute mit der unschuldigen Neugier eines kleinen Kindes zu der alten Frau hinauf. „Luise! Lass die Dame in Ruhe!", war nun aus einiger Entfernung zu vernehmen. Die Mutter des Kindes eilte herbei und holte ihre Tochter ab.

„Entschuldigen sie!", sprach sie zu Julia. „Ach! Gar kein Problem!", erwiderte sie. „Ich bin doch froh über jede Art von netter Gesellschaft!" Die junge Mutter blickte der alten Dame in die Augen. „Recht haben sie, es gibt viel zu wenig nette Menschen auf der Welt. Vor allem die Kerle können mir echt gestohlen bleiben! Versprechen einem das große Glück und entpuppen sich bald als größte Langweiler!" Julia musterte die junge Frau und war fasziniert von dem Lauf der Natur. Immer wieder neues Leben entsteht und damit auch immer wiederkehrend die gleichen Probleme. Die erste Liebe, Liebeskummer, Zukunftspläne, Alltag, Enttäuschung, Trennung, Versöhnung ... Der liebe Gott muss doch einen amüsanten Blick auf diese Geschehnisse haben. Jedes kleine Individuum auf der Welt empfindet seine Probleme als gar einzigartig oder besonders groß. Das Leben stellt allen nahezu die gleichen Aufgaben, nur geht jeder anders damit um. Blickt die eine Generation auf die nachfolgende, dann ist das zumeist wie ein Blick in den Rückspiegel. Die Erfahrungen weiterzugeben, das ist fast unmöglich. Wer hört schon gerne auf veraltete Weisheiten und Omasprüche. Wenn man selber Enkelkinder hat, erst dann wird man wohl die Ratschläge von damals verstehen und akzeptieren.

Julia entgegnete ihr: „Ach weißt du, Kindchen. Ich bin nun über 90 Jahre alt. Ich habe so viel Glück erfahren. Ich durfte leben und ich durfte lieben. Ich habe das Wunder der Geburt erlebt und unzählige Jahreszeitenwechsel. Was mir jetzt allerdings erst bewusst ist und was auch ein wenig schmerzt: Die Freunde, die man hat, die sind auch nur für kurze Zeit auf der Welt. Wie wir alle. Alles ist so vergänglich. Es gibt so viele Menschen, seien es Schulkameraden oder einfach Menschen aus der Nachbarschaft, von denen habe ich mich nicht mal verabschieden können. Die sind schon gar nicht mehr am Leben. Einfach weg. Die wenigsten erinnern sich noch an sie oder haben sie überhaupt gekannt. Die Vergänglichkeit schmerzt bisweilen und der Gedanke daran, dass einem erst viel zu spät bewusst wird, dass ein einzelnes Leben so klein und die Zeit so kurz wie ein Wimpernschlag erscheint, wenn man sein Leben gelebt hat. Und so wird es uns letztlich ähnlich ergehen. Wir werden irgendwann noch ein Bild im Familienalbum sein, aber mehr nicht. Das, was wir hier haben oder jemals hatten, das war für uns. Für unser kleines Leben. Wie einfach erscheint es mir heute mit einem Menschen glücklich zu sein – überhaupt ein glücklicher Mensch zu sein. Aber wie viel Zeit musste für diese Erkenntnis vergehen. Wie viel Schmerz habe ich mir und anderen zugefügt bis ich wusste, dass nur ich Herrscher über mein Glück bin. Fehler an anderen waren oft nur ein Spiegelbild meiner eigenen Probleme. Mit der Weisheit kam die Erkenntnis und mit dieser mein ganz spätes Glück.

Vielleicht kann ich dir einen kleinen Rat geben. Und du entscheidest dann, ob du ihn annehmen möchtest. Führe dir so oft es geht vor Augen, dass jeder Augenblick und jeder Tag ein Geschenk für dich ist. Dein größtes Glück ist es, gesund auf dieser Welt zu sein. Alles was dich hier umgibt, das ist nur geliehen. Jeden Baum, jedes Lebewesen und alles Materielle musst du einmal zurücklassen oder es geht schon vorher von dir. Den Zeitpunkt kennst du nicht. Ein Mensch, der vom Arzt die Diagnose „unheilbar" erhält, der lebt fortan bewusst und voller Lebensfreude.

Wir haben aber seit der Geburt alle diese Diagnose. Für unser Glück sind nicht die anderen verantwortlich. Definiere es selbst und solltest du es einmal in den Händen halten, dann pflege es wie eine sensible Pflanze. Denn allein der Umstand sie zum Blühen gebracht zu haben, ist ein Geschenk, dem Dankbarkeit gebührt. Für mich ist es das größte Glück, wenn es mir gelingt, mein Leben in dem mir möglichen Maße zu genießen und mir dessen stets bewusst zu sein. Das musste ich erst lernen und bis dahin war es ein langer, sehr langer Weg." Julias Blick war kurzzeitig glasig und leer. Aber sie fuhr unentwegt fort. „Das Glück dann noch mit anderen teilen zu dürfen, das ist so unheimlich erfüllend." Sich der Wirkung ihrer Worte bewusst, ließ sie eine kleine Pause entstehen, bevor sie weiter sprach. „Oh je, wie viel Zeit musste vergehen, bis ich das alles kapiert habe. Ich war einfach dumm – oder sagen wir blind." Julia lächelte nachsichtig. „Mein Blick verklärt von Nichtigkeiten war ich einfach nicht imstande, mich und mein Leben zu definieren. Orientierungslos bin ich umhergeirrt. Geblendet von einer fast schon surrealen Welt, die mir da überall tagtäglich vorgegaukelt wurde, verschrieb ich mich künstlich geschaffenen Bedürfnissen. Meine vermeintlichen Glücksmomente bescherten mir somit nur der Konsum von Sinnlosigkeiten und der kurzfristige Erfolg beim Lechzen nach Anerkennung." Sie schüttelte leicht den Kopf, blickte dann aus ganz warmen und herzlichen Augen. „Aber nur auf dem Boden der anerkennenden Betrachtung der eigenen Person und dem Wunder des Lebens kann Glück und wirkliche, bedingungslose Liebe erwachsen. Darum, mein Kind, suche nie nach dem Glück – dann wird es dich finden!"